Anne Chaplet
Russisch Blut

Zu diesem Buch

Weshalb verbringt ein so erfolgreicher Anwalt wie Alex Kemper seine Wochenenden hier am Ende der Welt auf Schloß Blanckenburg? Und was zieht einen Bankmanager wie Peer Gundson hierher? Die Liebe zu ihren Frauen, die auf Blanckenburg wohnen, kann es nicht sein, soviel weiß Katalina Cavic schon nach den ersten Tagen. Denn die Lüge und der Betrug sind hier ebenso offensichtlich wie der Verfall des alten Anwesens. Katalina möchte eigentlich nichts anderes, als sich um ihre neue Stelle als Tierärztin zu kümmern und die Vergangenheit endlich vergessen zu können. Doch der gewaltsame Tod eines bekannten Archäologen bringt Bewegung in die Schloßbewohner und lüftet ein Geheimnis, das mit der dramatischen Flucht einer Frau in den Wirren des Zweiten Weltkriegs zusammenhängt und Katalina an ihre eigene Geschichte erinnert ... Ihre bislang sechs Kriminalromane, messerscharf, kunstvoll und spannend bis zur letzten Seite, bezeugen eindrucksvoll, daß Anne Chaplet zu den besten ihres Fachs gehört.

Anne Chaplet ist das Pseudonym der Publizistin und Historikerin Cora Stephan. Neben ihren Sachbüchern hat sie sechs Kriminalromane geschrieben, für die sie zweimal mit dem Deutschen Krimipreis und dem Radio-Bremen-Krimipreis ausgezeichnet wurde. Sie lebt in Frankfurt. Zuletzt erschien von ihr »Sauberer Abgang«. Weiteres zur Autorin: www.anne-chaplet.de.

Anne Chaplet
Russisch Blut

Kriminalroman

Piper München Zürich

FSC

Dieses Taschenbuch wurde auf FSC-zertifiziertem Papier gedruckt. FSC (Forest Stewardship Council) ist eine nichtstaatliche, gemeinnützige Organisation, die sich für eine ökologische und sozialverantwortliche Nutzung der Wälder unserer Erde einsetzt (vgl. Logo auf der Umschlagrückseite).

Ungekürzte Taschenbuchausgabe
Juni 2006

Umschlag / Bildredaktion: Büro Hamburg
Heike Dehning, Charlotte Wippermann,
Alke Bücking, Daniel Barthmann
Foto Umschlagvorderseite: Ilona Wellmann / Trevillion Images
Foto Umschlagrückseite: Sven Paustian
Satz: Filmsatz Schröter GmbH, München
Papier: Munken Print von Arctic Paper Munkedals AB, Schweden
Druck und Bindung: Clausen & Bosse, Leck
Printed in Germany
ISBN-13: 978-3-492-24743-6
ISBN-10: 3-492-24743-1

www.piper.de

Tiefe Schatten

Aber weiter und weiter
Schlepp ich mich fort;
Von Tag zu Tag,
Von Mond zu Mond,
Von Jahr zu Jahr;
Bis daß ich endlich,
Erschöpft an Leben und Hoffnung,
Werd hinstürzen am Weg
Und die alte, ewige Nacht
Mich begräbt barmherzig,
Samt allen Träumen der Sehnsucht.

Theodor Storm

The Legacy

When I died last, and, dear, I die
As often as from thee I go,
Though it be but an hour ago,
And lovers' hours be full eternity,
I can remember yet, that I
Something did say, and something did bestow;
Though I be dead, which sent me, I should be
Mine own executor and legacy.

John Donne

Prolog

Blanckenburg, im Frühjahr 2004

Er nahm einen tiefen Zug aus der Zigarette und sah zu, wie ein Regentropfen in der Glut verdampfte. Ihm war warm, ein Gefühl, das von innen kam, nicht vom Wetter. Es war das Gefühl, nach einem langen Lauf endlich angekommen zu sein, die verdiente Siegerehrung vor Augen.

»Dem Mann, der nicht aufgegeben hat. Dem Mann, der es wußte, von Anfang an. Dem Mann, der am Ball blieb, koste es, was es wolle.« Applaus. Musik.

Er schob sich den Hut ein wenig tiefer in die Stirn, nahm noch einen Zug und blies den hellen Rauch in die Nacht. Dabei war mit dieser Wendung gar nicht mehr zu rechnen gewesen. Was für ein Zufall, ausgerechnet hier auf alte Bekannte zu treffen! Und daß diese völlig unmögliche Person auf die Idee gekommen war, ihn um Hilfe zu bitten …

Aber gerne. Ganz zu Ihren Diensten. Auf diese Gelegenheit warte ich schon lange.

Er wippte auf den Fußballen und versuchte, im Licht der Zigarettenglut zu erkennen, wo die Zeiger der Armbanduhr standen. Er war zu früh – alte Angewohnheit aus vergangenen Zeiten, als man wissen mußte, was auf einen zukam. Zum Beispiel ein Engel mit seinem Füllhorn. Der Weihnachtsmann. Der Geist aus Aladdins Wunderlampe. Die Erfüllung aller Wünsche.

Er lächelte in sich hinein. Jetzt nicht übermütig werden.

Seine Fußspitze trat die Zigarettenkippe in die Grasnarbe vor der Koppel. Er ballte die Fäuste in den Manteltaschen, hob die Schultern und machte ein paar Schritte auf der Stelle. Es regnete heftiger.

Über die Motive der anderen Seite machte er sich keine Illusionen. Sie waren nicht weniger lebenspraktisch als seine. Alle wollten ihr Auskommen. Wer vernünftig war, sorgte vor und wartete nicht, bis der Staat keine Rente mehr zahlen konnte. Daß niemand etwas erfahren sollte, war ihm recht. Man würde langsam an die Sache herangehen. Tastend. Nichts an die große Glocke hängen.

Die Tür zum Stall war angelehnt, er hörte es schnauben und rascheln. Er machte sich nichts aus Tieren, vor allem nicht aus so großen wie Pferden. Wieder hielt er sich die Armbanduhr vor Augen, diesmal ohne etwas zu erkennen. Seinem geschulten Gefühl nach war es noch nicht weit nach der verabredeten Zeit. Aber die Nässe sickerte durch seinen viel zu leichten Mantel. Er starrte in die Dunkelheit und drehte sich einmal um die eigene Achse. Nichts.

Im Stall schurrte und schabte es. Er zögerte. Dann ging er hinein.

Es roch nach Pferd und Stroh, nicht einmal unangenehm. Er stellte sich in den Gang zwischen den beiden Reihen von Verschlägen, direkt an die Tür, die er offenließ, damit er sah, wenn jemand kam. In den Boxen rechts und links standen keine Pferde, was ihn beruhigte. Er wußte nie, was er machen sollte, wenn ihn die großen Augen anglotzten und sich die riesigen Nasen näherten, die Nüstern gebläht. Hinten im Stall war es unruhig, etwas Großes bewegte sich, stampfte, schlug gegen Holz.

Warum hatten sie sich eigentlich nicht an einem freundlicheren Ort verabredet? Es hätte sich doch leicht ein Vorwand finden lassen, der sie an der Hotelbar unten in der Stadt zusammengeführt hätte. Oder meinetwegen auch in irgendeinem Raum dieser gottverlassenen Ruine.

Hinter ihm wieder ein Geräusch, er glaubte plötzlich, es flüstern zu hören. War da einer bei den Pferden? Wollte man ihn herausfordern? Es dauerte eine Weile, bis er es über sich brachte, durch den dunklen Gang zu tappen. Die große Kreatur, die da hinter den Gittern stand, schnaufte, scharrte, bewegte ihren massigen Leib. Er glaubte, Wut zu spüren wie einen heißen Atem.

Und dann – etwas schrie auf, ein wütender, gellender Schrei, etwas krachte gegen die Eisengitter, gegen die Bretterwand, der Boden vibrierte. Und dann war es über ihm. Eine gewaltige Masse brach über ihn herein, stieß ihn beiseite wie eine Strohpuppe, warf ihn gegen die Eisengitter, fegte an ihm vorbei hinaus ins Freie. Er sah noch die Silhouette des Pferdes in der Tür, gegen das vage Licht von draußen. Die Tür schlug auf und wieder zu.

In der Stille hörte er sich selbst am Eisengitter entlang zu Boden rutschen. Kein Muskel seines Körpers gehorchte ihm mehr. Es kam ihm vor wie eine Ewigkeit, bis er in der Lage war, sich aufzurichten.

Der Mantel war ruiniert, mit Sicherheit. Sein rechtes Bein trug ihn kaum, der Oberschenkel war wie gelähmt. Aber der schlimmste Schmerz saß in der Brust. Er hob seinen Hut auf, stolperte durch den finsteren Gang, raus aus dem Stall, aus dieser Luft, die ihm den Atem nahm.

Draußen blieb er stehen, fächelte sich Luft zu mit der Krempe des Huts.

Er kam noch ein paar Schritte weiter.

Dann stand sie vor ihm, die Frau in Weiß.

Teil 1

1

Flucht aus Ostpreußen, Winter 1945

Es war ein düsterer Tag gewesen. Jetzt stand vor den Fenstern die schwarze Nacht. Mathilde zögerte. Im Eßzimmer lag alles noch auf dem Tisch, die Terrinen, die Platten, die Teller und das Besteck. Ihr Vater hatte es so gewollt. Und die Köksch hatte voller Verachtung gesagt: »Du schließt nicht ab! Dann müssen sie nicht erst die Tür eintreten, bevor sie sich bedienen.« Sie ging noch einmal zurück, nahm das Besteck und den Serviettenring mit ihren Initialen sowie die silberne Schöpfkelle und wickelte alles in eine Schürze.

Der Treck war fort. Sie war die letzte.

Marie Mathilde von Bergen ließ alle Türen offenstehen, nahm die Jacke vom Haken, schlüpfte in die Gurte des gepackten Rucksacks, steckte das Bündel mit dem Tafelsilber in die Satteltasche und ging über den Hof zum Stall. Es war eisig kalt, bestimmt längst unter zwanzig Grad minus. Der Wind pfiff über die Dächer, aber es schneite wenigstens nicht.

Im Stall scharrte Falla unruhig im Stroh. Die meisten Tiere waren fort und die übriggebliebenen schienen die Veränderung zu spüren. Vielleicht vermißte die Stute den Hund? Papa hatte Wotan erschossen, bevor er ging. Er hatte mit Tränen in den Augen die Kühe losgebunden und die Türen zum Schafstall aufgelassen.

Sie nahm Sattel und Halfter von der Wand. Falla reckte ihr den braunen Kopf mit der weißen Blesse entgegen. Sie öffnete den Verschlag, tätschelte der Trakehnerstute den Hals und ließ sie ein Bein nach dem anderen heben, um ihr die scharfen Stolleneisen unter die Hufe zu schrauben. Hoffentlich half das auf den vereisten Straßen. Dann sattelte sie das Tier, führte es aus dem Stall, sah ein letztes Mal hinauf zum ersten Stock von Gut Jechow, in dem ihr Zimmer lag, stieg auf und ritt zum Tor hinaus.

In keinem der umliegenden Gehöfte und Katen brannte noch Licht. Das Grollen hinterm Horizont war jetzt ganz nah. Falla hob den Kopf und spitzte die Ohren. Mathilde spürte die Unruhe des Pferdes wie ein Echo der eigenen Angst vor dem unbekannten Verhängnis.

»Wir kommen zurück«, hatte Mama beim Abschied geflüstert. Nein, dachte Mathilde. Der Osten ist verloren.

Kilometer für Kilometer rückte die vertraute Landschaft in die Ferne. Sie versuchte, sich alles noch einmal einzuprägen in den Farben der Jahreszeiten. Aber sie sah nur Weiß und Schwarz und Grau. Wie auf einer Fotografie, die man Jahre später in der Hand halten würde, um »damals« zu seufzen.

Als es auf die Straße zuging, wurde Falla immer langsamer und blieb schließlich schnaubend stehen. Ein schwarzer Lindwurm kroch dort vorne, ein schweigendes Ungeheuer aus tief vermummten Menschen, die im Schrittempo den Pferdekarren hinterherstapften oder Handwagen zogen, Schlitten, vollgestopfte Kinderwagen. Es gab kein Schluchzen, es fiel kein Wort – man hörte nur das Rascheln von Kleidern und das Knirschen des Schnees und das Schnauben der Pferde, die so müde aussahen wie die Menschen. Noch nicht einmal die Kinder schrien.

Mathilde flüsterte Falla beruhigende Worte ins Ohr und lenkte sie sanft an den Rand der endlosen Schlange geduckter Menschen. Der Treck kroch gen Westen, bis es licht wurde am Horizont. Bald darauf kamen den Flüchtenden Kübelwagen mit Soldaten und Geschütze auf Lafetten entgegen. Und dann rollten Panzer heran, geradewegs zu auf die Menschenmassen, die eingekeilt waren zwischen den schweren Wagen und nicht ausweichen konnten. Mathilde versuchte, ihre Tränen mit der behandschuhten Hand wegzuwischen, bevor sie ihr auf den Wangen gefroren. Am Wegesrand und im Straßengraben lagen armseliger Hausrat, gestrandete Karren und verendete Pferde. Und kleine Leichen.

Hinter Altfelde mußte sie absteigen, um sich neben Falla warmzulaufen. Steif vor Kälte stolperte sie über den verharschten Schnee, als sie ein Puppengesicht im schneeverwehten Graben sah, eine winzige Gestalt in einem weißen Tuch, das der Wind oder ein Tier weggezupft hatte. Von nun an achtete sie nicht mehr auf das, was neben ihrem Weg lag.

Die Gegenwart war der nächste Schritt, die Zukunft der nächste Tag. Alles andere versuchte sie zu vergessen: die Wagen, mit denen schon vor Monaten Jechows Gemälde und Möbel, die Porzellansammlung und die kostbarsten Bände aus der Bibliothek abtransportiert worden waren. Mamas Augen beim Abschied. Papas Bitte, sie möge sich ihren Weg nach Westen abseits vom Treck suchen. Sie wußte, was er dachte: Es erhöhte die Chance, daß einer der Jechows überlebte.

Manchmal dachte sie zaghaft an Gregor. Und manchmal schwebte ihr Blanckenburg vor Augen, wie ein Luftschloß, heiter und hell.

Erst nach mehr als zwölf Stunden machte sie Pause. In dem verlassenen Hof hatten Soldaten Quartier gemacht. Es gab Futter und Wasser für Falla, dünnen Kaffee, Brot und ein Lager im Stroh. Sie war kaum eingeschlafen, als sie wieder hochschreckte. »Weg!« brüllte ein junger Soldat in den Stall hinein. Im Schein der Laterne leuchtete sein Gesicht, die Wangen gerötet, die Augen weit aufgerissen. Er war so jung. Jünger als sie, jünger als Gregor. »Wir sprengen die Brücke über die Nogat!« Wieder zog sie auf Falla neben dem Flüchtlingsstrom her, voller Hoffnung und voller Angst, dem Treck der Eigenen zu begegnen.

Hinter Dirschau verließ sie die endlose Menschenkette und schlug den Weg nach Schöneck ein. Ein ausgemergelter Jagdhund lief eine Weile hinter ihr her, ohne einen Laut von sich zu geben. In Gladau schlossen sich ihr zwei vermummte Gestalten auf erschöpften Pferden an. Man nickte einander zu. Sie sah müde Augen unter schneeverkrusteten Brauen.

Mathilde fühlte sich wie ausgeschnitten aus der Welt, die sie gekannt hatte. Die Stimmen, Gerüche und Farben waren immer flüchtiger geworden und hatten sich irgendwo auf der Strecke aus ihrem Gedächtnis gelöst. Ihr Kopf war leer. Manchmal spielte die Erinnerung ihr Gedichtzeilen zu, »Er stand auf seines Daches Zinnen« oder »Die Kraniche des Ibikus«. Alberne Abzählreime. Kinderlieder. Eine Zeile schwebte immer wieder an und begann sich schließlich einzunisten: »Aber weiter und weiter schlepp ich mich fort, von Tag zu Tag, von Mond zu Mond, von Jahr zu Jahr …«

Im Forsthaus von Ribaken machten sie Rast. Mathilde nahm ihre Umgebung erst wieder wahr, als jemand Brot und heiße Suppe vor sie stellte. Und jetzt erst spürte sie den Hunger. Sie begann gierig zu löffeln.

Die Gaststube des Forsthauses war überfüllt; kein Gesicht sah vertraut aus. Die Wärme und das Essen und die vielen menschlichen Stimmen lullten sie ein, sie wäre auf der Stelle eingeschlafen, wenn nicht die Schmerzen in ihren halberfrorenen Händen gewesen wären. Und die neuesten Nachrichten: Elbing war bereits am 23. Januar von den Russen eingenommen worden. Seither war das nördliche Ostpreußen vom Westen abgeschlossen. Sie war den Eroberern nur wenige Stunden voraus.

»Sie kreisen uns ein. Sie sind hinter uns. Sie kommen von der Seite«, sagte ein älterer Mann mit bebender Stimme.

Noch in der Nacht brach sie wieder auf. Einer ihrer stummen Begleiter half beim Nachschärfen der Stolleneisen. Der Mann hatte die Abzeichen von seiner Wehrmachtsuniform gerissen. Als er ihren Blick sah, sagte er: »Der Krieg ist schon seit letztem Sommer aus. In Berlin hat das nur noch niemand mitgekriegt.« Sie zog die Sattelgurte fest. »Wehe den Besiegten«, murmelte der Mann.

Wenn es Folkert und seinen Freunden gelungen wäre, den größten Feldherrn aller Zeiten umzubringen, letztes Jahr, im Sommer – wäre sie dann auch hier, in dieser eisigen Nacht?

Falla wirkte zum ersten Mal müde. Sie schien das rechte Vorderbein zu schonen. Mathilde murmelte Liebkosungen und kämpfte gegen die Angst an, die ihr in die Kehle stieg. Wer beten könnte.

Sie erreichten Gut Jannewitz in der Dämmerung. Man hatte die letzten Schweine geschlachtet, die ausgeweideten Kadaver hingen an einem Balken im Hof. In der Wohnstube stand die Luft, es roch nach ungewaschenen Menschen und feuchten Kleidern. Ein ganzer Treck war hier gestrandet – Soldaten hatten Straßensperren errichtet, um Truppen der Wehrmacht ungehindert durchleiten zu können.

Alles in Mathilde wollte weiter. Aber das Pferd brauchte eine Pause – und sie auch. Nur langsam drangen Menschen und Stimmen und Gerüche zu ihr durch: Die alte Dame, die ihr einen zweiten Teller Suppe gebracht hatte und jetzt auf dem Sofa saß und Strümpfe strickte, neben einem müden Mann im Wehrmachtsmantel, der den rechten Arm in der Schlinge trug. Das Mädchen mit den viel zu großen Augen. Das Kind, das den Suppenlöffel nicht halten konnte. Mathilde schob den Teller von sich, wollte aufstehen.

Sie mußte schluchzend zusammengebrochen sein. Es war ihr peinlich, als sie merkte, daß ihr Kopf an der Brust ihres Nachbarn lag.

Als die Sperre aufgehoben wurde, brach Mathilde mit den anderen auf. Es hatte in der Nacht geregnet auf den gefrorenen Boden, Straßen und Wege waren spiegelglatt. Sie sah fassungslos zu, wie einer der eisenbereiften Wagen vor ihr im Zeitlupentempo von der Straße rutschte und im Straßengraben landete. Pferde strauchelten und stürzten, Menschen schrien und weinten. Die Welt war verrückt geworden.

Ob noch Brücken über die Oder führten? Ob Schloß Blanckenburg noch stand? Ob Gregor an sie dachte?

Sie hatten es sich versprochen, damals, als man die

Zeichen schon lesen konnte: sie und die beiden Brüder Hartenfels, Folkert und Gregor, Söhne von Tante Betty, der Lieblingskusine ihrer Mutter. Es war wie ein feierlicher Schwur gewesen: Was immer passiert – wir sehen uns wieder in Blanckenburg. Aber Folkert war tot. Und Gregor?

Zum ersten Mal, seit sie sich von Jechow verabschiedet hatte, verließ sie der Mut. Sie glaubte nicht mehr daran, daß sie ankommen würde. Daß der Winter je zu Ende ginge, daß der Kanonendonner einmal aufhören würde, daß sich die Kälte wieder zurückziehen könnte aus den Knochen, aus den Muskeln, aus dem Gedärm. Aus der Seele.

In Bassenthin erzählte man, daß die Russen auf Köslin und Schlawe vorrückten; das lag nicht weit hinter ihr. In Pommern flüchtete noch niemand, es sei verboten, sagte eine Frau und lachte verächtlich. Mathilde zog mit den anderen Richtung Oder, zur Autobahnbrücke.

Die Straße war überfüllt. Mathilde mußte immer wieder absteigen, weil sie so müde war, daß sie befürchtete, aus dem Sattel zu rutschen – und um Falla zu schonen. Die Nacht schien kein Ende zu nehmen.

Weit vor der Brücke begann das Chaos. Soldaten versuchten, den Verkehr zu regeln, um die Flüchtlinge schneller überholen zu können. Mal sollten die Trecks rechts, mal links, mal in der Mitte fahren. Als vier andere Reiter umdrehten und ihr zuriefen, sie wollten zur nächsten Oderbrücke weiter südlich reiten, schloß Mathilde sich an. Eine Weile hielt sie das Tempo der anderen durch. Dann fiel sie zurück.

Es wurde Tag. Langsam setzte Tauwetter ein. Gegen

Mittag begann Falla zu lahmen. Bis Dammwiese hielten Roß und Reiter durch. Dort begann Mathildes Abschied vom letzten Stück Ostpreußen, das ihr geblieben war.

2

Ankunft in Blanckenburg, fast sechzig Jahre später

Ein Bahnhof war wie der andere.

Katalina Cavic setzte Koffer und Taschen ab und zog sich den Kragen ihrer gefütterten Lederjacke enger um den Hals. Über den Platz vor Blanckenburg-Bahnhof strich ein eisiger Luftzug. Die wenigen Menschen, die an diesem frischen Apriltag zu sehen waren, hatten den Kopf gesenkt und stemmten sich gegen den Wind.

Es war ihr mittlerweile egal, wo sie ankam – und was sie hinterließ, wenn sie wieder ging. Eine heruntergewirtschaftete Wohnung, ein paar Bücherkisten, ein altes Auto. Manchmal auch einen Mann. Warum Blanckenburg? Warum nicht? Das letzte Mal war es Kerken gewesen und davor Bramsche und davor …

Sie schob die Hände in die Jackentaschen und zog die Schultern hoch. Irgendwann würde die Zeit kommen, da sie auch Blanckenburg wieder den Rücken kehren würde. Heimat ist, wo es Arbeit gibt. Der Rest ist Erinnerung.

Sie blickte auf die Uhr. Er kam zu spät.

Als sie wieder aufsah, glaubte sie sich in einer anderen Welt.

Zwei schwarze Pferde vor einer offenen Kutsche galoppierten mit wehenden Mähnen auf den Platz. Das paßte weder zum Wetter noch zu diesem trübsinnigen Vorort. Das Friesengespann stob an ihr vorbei, trommelnde Hufe, geblähte Nüstern, rollende Augen. Der Mann auf dem Kutschbock hatte sich halb aufgerichtet, rief den Pferden etwas zu und zerrte an den Zügeln. Vergeblich.

Katalina hielt ihr Gesicht in den Wind und hätte fast gelacht. Ja, es gab zu tun. Blanckenburg hatte eine Verabredung mit ihr. Sie würde das Städtchen schneller kennenlernen, als seine Einwohner ahnten und es ihr lieb war: den Mann, der seine Pferde nicht im Griff hatte. Und all die anderen, deren Hunde und Meerschweinchen, Katzen und Zierfische Koliken oder Flöhe hatten. Das war der Gang der Dinge. Ein Beichtvater war nichts gegen einen Tierarzt, diese natürliche Vertrauensperson aller Menschen mit Tieren, insbesondere der älteren und einsamen. Und ein Tierarzt war nichts gegen eine Tierärztin.

Manchmal machte sie das traurig. Manchmal brachte es sie zum Lachen. Und manchmal sorgte es dafür, daß sie wieder ging.

Immer auf der Flucht, dachte Katalina. That's me.

Das Friesengespann hatte eine Runde um den Platz gedreht und kam jetzt zurück. Das Fell der Pferde glänzte, der Kötenbehang, die Fellstulpen um die Fesseln, und die unbeschnittenen Mähnen waren sauber gekämmt. Rotes Ledergeschirr, schwarze Kutsche – man hatte offenbar Geld und Geschmack. Als das Gespann vor ihr zu stehen kam, griff Katalina dem nervöseren der beiden Tiere ins Zaumzeug und murmelte »Polako, Polako.« Der Gaul reagierte, als ob er flüssig im Bosnischen wäre.

»Ich weiß nicht, was mit ihr los ist«, sagte der Mann in Reitstiefeln und grüner Cordhose, der von der Kutsche sprang und ihr mit ausgestreckter Hand entgegenging. »Alex Kemper. Sind Sie –?«

Das also war der Mann, der ihr beim letzten Telefongespräch versprochen hatte, sie abzuholen. Er schaute fragend. Was hatte er erwartet? Eine blonde Fee? Sie ließ die Hand in der Jackentasche.

Verlegen lächelte er. »Sie müssen Katalina Cavic sein.«

»Und Sie sind der Herr von Schloß Blanckenburg?« Ihre Handbewegung umfaßte Wagen und Gespann.

Kemper verzog den Mund und lachte dann doch. »Ein Herr, der noch nicht einmal seine Pferde im Griff hat.« Er tätschelte den Hals des Wallachs, der ruhig dastand, während die Stute noch immer dampfend atmete. »Das hier ist Woodstock, und die nervöse Dame heißt Daphne.«

Kemper verstaute das Gepäck und half Katalina mit übertriebener Galanterie in den Wagen. Kaum saß er selbst, gingen die Pferde los, als stünde der Große Preis von Niedersachen auf dem Spiel. Die wenigen Zuschauer tuschelten und grinsten.

»Langsam!« Der Mann hielt die Zügel viel zu kurz. Sie hätte sie ihm am liebsten aus der Hand genommen. Aber nach einer Weile fielen die Tiere von selbst in einen lockeren Trab und nach wenigen Minuten hatten sie den tristen Vorort mit dem Bahnhof verlassen. Katalina lehnte sich aufatmend zurück und ließ den Blick über die Landschaft gleiten. Rostrote aufgebrochene Erde auf den Äckern. Dazwischen graugrüne Wiesen und verkrautetes Brachland, ein Tannenwäldchen in der Ferne, am Bachlauf verwehtes Gehölz.

Kemper entspannte sich langsam. »Eigentlich wollte ich bei Ihnen Eindruck schinden«, sagte er. »Aber Friesen können zickig sein.«

Das Ende der Verbindungsstraße kam in Sicht. Vor

ihnen lag Blanckenburg-Stadt, genau da, wo das flache Land sich zu erheben begann und gemächlich dem höchsten Punkt des tannendunklen Gebirges zustrebte. Über dem Städtchen sah man das Schloß thronen. Blanckenburg schien sich zu ducken unter seinem gewaltigen Wahrzeichen.

»Renaissance-Schloß seit dem 16. Jahrhundert, ab 1705 barock umgebaut. Die Burganlage selbst stammt aus dem 12. Jahrhundert«, sagte Kemper.

Autos und Menschen strömten ihnen entgegen, während die Pferde die Hauptstraße entlang zogen. Die Stute ging im Gleichklang mit dem Wallach, ihre prächtigen Hinterteile wogten, die Köpfe mit den spitzen Ohren nickten, ab und an schnaufte eines der beiden Tiere. Nur Kemper wirkte verkrampft, er grüßte niemanden, obwohl man ihm zuwinkte und ihnen hinterhersah.

Dafür lächelte Katalina in die Menschenmenge, als ob sie ihre Untertanen segnete. Es waren ihre künftigen Kunden, die Frau im Regenmantel, deren geschorener Pudel ein bunt gemustertes Deckchen trug, der Jugendliche in Schlabberhosen, der sich von einem energiegeladenen Malamud über die Straße ziehen ließ – und die Frau vor dem Schaufester einer Buchhandlung. Zum vornehmen Grau des edlen Weimaraners, der neben ihr stand, trug sie ein bodenlanges dunkelrotes Gewand und einen auffallend breitkrempigen Hut.

In diesem Moment stieß Daphne ein markerschütterndes Wiehern aus und sprang vorwärts. Woodstock, überrumpelt, hielt nicht lange dagegen und schloß sich dem wilden Galopp an. Die Kutsche schlingerte über die Straße, fast wäre das Gespann mit einem entgegenkommenden Kleintransporter zusammengeprallt.

Alex Kemper brüllte und zerrte an den Zügeln. Diesmal nahm Katalina sie ihm aus der Hand. Sie spürte fast im selben Moment, wie sie Kontakt aufnahm mit den beiden kraftvollen Kreaturen vor ihr, wie über eine Nabelschnur. Daphne schüttelte noch einmal schnaubend den Kopf, Schaumfetzen flogen nach rechts und nach links. Dann wurde sie ruhiger, und schließlich fielen beide Pferde wieder ins Schrittempo.

Katalina atmete tief auf. »Was um Himmelswillen ist los mit den Gäulen?«

»Ich hatte gehofft, *Sie* könnten mir das erklären.« Kemper klang resigniert. »Es kommt aus heiterem Himmel.«

Sie bogen von der Hauptstraße ab, in eine kopfsteingepflasterte Gasse. Es ging bergauf. Über ihnen hing das Schloß wie ein graues Felsennest. Das Gespann zog einen weiten Bogen um den Schloßberg, bis sie durch einen steinernen Torbogen in den Innenhof einfuhren.

Das Geräusch der Pferdehufe hallte von den beiden langgestreckten Seitentrakten des Gebäudes wider. Sie mußte die Zügel unwillkürlich angezogen haben, denn die Pferde schritten wie in einem Trauerzug auf die Schloßruine zu.

Das von Ferne so imposante Gebäude sah aus der Nähe wenig einladend aus. Die Uhr am Turm des Schlosses schien schon lange auf halb sechs zu stehen. Die steinernen Figuren auf den Simsen rechts und links davon wirkten grau und gebrechlich. Türen hingen schief in den Angeln oder waren mit roten Klinkern zugemauert.

»Der alte Kasten ist nicht bewohnbar.« Besitzerstolz merkte man Kemper nicht an. »Wir wohnen standesgemäß nebenan, im Traiteurshaus, da hauste früher der Koch.« Er half ihr vom Bock. »Sehen Sie sich ruhig um. Aber Sie sollten nicht allein hineingehen. In den oberen Stockwerken kann man für nichts mehr garantieren.«

Der einstmals ockerfarbene Putz hatte sich in dicken Placken von der Fassade des vierflügligen Baus gelöst. In den Regenrinnen wuchs Unkraut. Einige Scheiben der tiefgezogenen Fenster waren zerschlagen, andere mit Pappe zugeklebt. Katalina versuchte einen Blick durchs Fenster. Hier mußte eine Kapelle gewesen sein. Die Stuckverzierungen an der Decke des Kreuzgewölbes waren größtenteils abgefallen und lagen in weißen Brocken auf dem Boden.

Durch die Fenster zum nächsten Saal konnte man noch Reste von prächtigen Deckengemälden und Wandmalereien erkennen. Die Kachelöfen, das Parkett, die Wände schienen Opfer von jugendlichen Vandalen, Hausschwamm und kaputten Regenrinnen geworden zu sein. Katalina zog fröstelnd die Schultern hoch.

Der durchdringende Schrei hinter ihr ließ sie zusammenzucken. Die erbitterte Klage eines frustrierten Schloßgeistes? Katalina drehte sich um. Ein Pfauenpärchen schritt heran. Es paßte zu der verkommenen Pracht mindestens so gut wie das Pferdegespann mit den schwarzen Friesen.

Sie atmete tief durch. Der Turmflügel wirkte nicht ganz so verwahrlost wie die beiden Seitenflügel. Im ersten Stock waren die Fenster noch intakt, im zweiten mit Holzplanken vernagelt oder mit Plastikfolie geflickt. Der Anblick des Verfalls löste ein Gefühl in ihr aus, das sie nicht gleich entschlüsseln konnte. Sie legte den Kopf in den Nacken und sah hinauf zum Turm, um den ein Schwarm Krähen kreiste. Genau. Das alles war ihr vertraut. Es erinnerte sie. An Kälte, Feuchtigkeit, Hunger, Verfall. An das graue Bauernhaus, durch dessen Fenster und Türen der Wind blies. An das blakende Herdfeuer in der Küche. An die Großeltern. An Gavro.

Es erinnerte an zu Hause.

Zu Hause ist da, wo es Arbeit gibt, wies eine strenge innere Stimme sie zurecht, die wie Großmutter klang, wenn sie zu lange in der Bibel gelesen hatte. An Arbeit mangelte es in Blanckenburg sicher nicht: Sie hatte die örtliche Tierarztpraxis übernommen, in einem Fachwerkhaus in der Altstadt, das renoviert werden mußte. Bis alles fertig war, durfte sie im Kutscherhaus des Schlosses wohnen, das hoffentlich in nicht ganz so trostlosem Zustand war wie das herrschaftliche Anwesen selbst. Sie mußte möglichst bald verläßliche Handwerker auftreiben und sich um ein neues Auto kümmern. Schließlich wollte sie nicht auch noch die Freizeit in diesem Ruinenstilleben verbringen.

Katalina schlenderte zurück zum Traiteurshaus, einem kompakten Bau, der vor der Schloßmauer lag und bewohnbar wirkte. Eine schrille Stimme schallte ihr entgegen. Sie schaute hinauf zum ersten Stock. Eine Frau mit einem dunklen, strengen Pagenschnitt um das runde Gesicht lehnte aus einem der Fenster und rief wieder etwas, das Katalina nicht verstand. Es klang wie ein empörtes »Nein« auf bayrisch.

»Ich suche Noa, meine nichtsnutzige Tochter«, sagte die Frau, als sie schließlich hinunterblickte und Katalina sah. »Sie sind die neue Tierärztin, stimmt's?«

Katalina nickte.

»Hat Alex Sie hier stehengelassen? Wo ist Ihr Gepäck? Wie war die Fahrt? Sprechen Sie überhaupt deutsch? Frieren Sie nicht?«

Katalina mußte nicht antworten, denn die Frau hatte den Kopf noch vor dem letzten Fragezeichen zurückgezogen. Minuten später öffnete sich die Haustür.

Katalina würde sich immer an diesen Augenblick erinnern, in dem sie Alma Franken zum ersten Mal begegnete: Alma sah aus wie eine russische Mamotschka, es fehlte nur das Kopftuch. Sie war klein, rund wie ein Kegel und trug einen bodenlangen, schweren Faltenrock, ähnlich denen, die die alten Frauen in den Gegenden tragen, wo man an Kirchweih noch Tracht anlegt. Das stark geschminkte Gesicht und die auffälligen Schmuckstücke um Hals und Handgelenke paßten nicht zu dem biederen Gewand.

»Kommen Sie rein in unsere malerische Residenz.«

Im Flur war es düster; es roch nach Essen. Alma öffnete die Tür zu einer Art Wohnküche. Der Raum war überheizt, im Backofen brutzelte irgend etwas und unter dem Fenster bullerte ein schwarzer Kanonenofen. Eine Frau saß auf einem durchgesessenen Sofa und starrte konzentriert auf einen Laptop. Zu ihren Füßen räkelte sich eine riesige schwarze Dogge. Das Tier hob den Kopf, schien sich nicht entscheiden zu können, ob es gähnen oder knurren sollte, und ließ ihn wieder fallen.

»Das ist Frau Dr. –«

»Cavic«, sagte Katalina. »Praktische Tierärztin. Ohne Doktor.«

»Also die neue Veterinärin«, sagte der hagere Mann, der beim Herd gestanden hatte und sich nun neben die

Frau auf dem Sofa setzte. »Willkommen auf Schloß Blanckenburg.«

»Die unhöflichen Herrschaften auf dem Sofa sind übrigens Sophie Franken und Peer Gundson«, sagte Alma und wandte den beiden den Rücken zu. »Meine jüngste Schwester und ihr – Lebensgefährte.« Die Frau mit dem Laptop hob den Kopf, sah blicklos in Katalinas Richtung, nickte und senkte den Kopf wieder. Peer Gundson hob eine Hand und winkte matt.

»Es fehlt noch Erin, das ist die mittlere von uns dreien. Verheiratet mit Alex.«

Nanu, dachte Katalina. Kemper sah nicht nach Ehemann aus.

»Und meine Tochter Noa. Wo ist der Satansbraten?«

Alle guckten zur Tür. Aber es war Alex Kemper, der einen Schwall kühler Luft, ihre Arzttasche und einen mürrischen Gesichtsausdruck in die stickige Küche brachte.

»Es stinkt«, sagte er. »Kann es bei uns nicht dieses *eine* Mal, wenn wir schon mal einen Gast haben, etwas kultivierter zugehen?« Er ließ die Tasche fallen.

Die Frau mit dem Laptop klappte ihr Gerät zu und blickte kurzsichtig in die Runde. Alma begann geräuschvoll den Tisch zu decken. Und Katalina wünschte sich weit fort.

Dennoch folgte sie der unausgesprochenen Einladung, sie hatte Hunger. Alle setzten sich – bis auf Sophie Franken, die nervös abwinkte. Kemper schob seinen Teller schon nach den ersten Bissen von sich.

»Geht's uns so schlecht, liebe Alma, daß wir diesen Schweinefraß hier essen müssen?«

»Du weißt, wie es uns geht«, sagte Alma mit leidender

Miene. »Gut, daß uns Frau Cavic demnächst allmonatlich ihre Miete vorbeibringen wird. Dann können wir uns deinen vorzüglichen Geschmack vielleicht wieder leisten.«

Peer Gundson, der bei Kempers Bemerkung aufgestanden und hinausgegangen war, kam zurück mit einer Flasche in der Hand. Verlegen lächelnd sah er Katalina an und goß ihr, als sie nickte, ein.

Alex prostete ihr zu. Im Unterschied zu den anderen hatte sie mit Appetit gegessen. »Als Tierärztin scheint man einen guten Stoffwechsel zu haben«, sagte er mit Blick auf ihren Teller. Sie sah auf. Alle schienen auf ihren Teller zu starren. Katalina starrte zurück. Ich weiß, was Hunger ist, dachte sie und hob das Glas.

Der Rotwein schmeckte schwer und würzig und ließ sie an gefüllte Heuschober und an ihre Großmutter denken, wie sie mitten im heißesten Sommer in der Küche stand und Marmelade aus schwarzen Johannisbeeren einkochte.

»Solange wir noch was im Keller haben«, sagte Alex und prostete in die Runde. »Und wer weiß – vielleicht werden ja doch noch alle Wünsche wahr.«

Alma nahm einen Schluck und stellte das Glas dann wieder ab. Sie hatte die schwarzen Augenbrauen zusammengezogen und blickte in die Runde. »Sollten wir nicht doch – nach anderen Möglichkeiten Ausschau halten? Ich meine – das Projekt mit dem Golfhotel war vielleicht übertrieben, aber –«

»Es ist vor allem gescheitert, liebe Alma«, sagte Peer Gundson.

»Ich finde, wir sollten Geduld haben«, sagte Sophie, die noch immer neben ihrem leise schnarchenden Hund saß. Ihre Stimme zitterte vor Nervosität.

»Aber das eine schließt doch das andere nicht aus! Ich meine, bevor wir das Schloß weiter verfallen lassen müssen ... Viel Zeit ist nicht mehr!«

»Diesen Sommer hält es noch durch!« Alex Kemper klang bestimmt, aber Katalina war der kurze Seitenblick hin zu ihr nicht entgangen.

»Ich habe darüber nachgedacht, ob wir nicht besser –«

»Heute nicht, Alma. Unser Gast interessiert sich nicht für unsere Sorgen.«

Katalina senkte den Kopf, damit niemand sie lächeln sah. Familie ist doch was Schönes, vor allem, wenn man sie nicht hat, dachte sie.

Ein kluger Gedanke – nur schade, daß er wehtat.

Nach einer Weile löste der Wein die Anspannung, unter der die Schloßbewohner zu stehen schienen. Schloßbewohner? Das Schloß war eine Ruine, seine Besitzer wohnten im Dienstbotenhaus und schienen auch noch auf das bißchen Miete angewiesen zu sein, die sie ihnen zahlte. Zugleich hielt man sich ein kostspieliges Pferdegespann. Seltsam.

»Lachen Sie nur über uns.« Alma lehnte sich zu ihr hinüber, die Stimme verschwörerisch gesenkt. »So ist das in Familien. Abgesehen davon, daß es bei uns nicht die drei Schwestern sind, die sich zanken, sondern unsere Männer.«

»Aber was denn! Peer ist die Bescheidenheit und Zurückhaltung in Person.« Alex grinste spöttisch. »Und im übrigen bin ich sicher, daß Katalina das alles brennend interessiert.«

Ersatzweise begannen nun alle, sie auszufragen. Verheiratet? Nein. Kinder? Keine. Haustiere? Nicht mehr.

Noch nicht. Als irgendwann die Küchentür aufging, schaute keiner hin. Eine zarte, unauffällige Person, die vom Alter her nur Erin sein konnte, schlüpfte auf den freien Stuhl neben Gundson. Alma bemerkte sie als erste und schien sie fragend anzusehen. Erin hob die Schultern und ließ sie wieder fallen und schüttelte dann leicht den Kopf. Alma seufzte, räumte die Teller zusammen und stand auf.

Katalina verabschiedete sich, sobald es die Höflichkeit zuließ. Als sie, von Alex begleitet, hinausging, hob die Dogge den Kopf. Was für ein schönes Tier, dachte sie noch und sah erstaunt, wie sich der Blick des großen Hundes verschleierte und ihm der Kopf wieder auf die Pfoten sank.

Kemper trug ihr das Gepäck zum Kutscherhaus. Er atmete wie sie tief durch, als sie durch die kühle Nachtluft gingen. »Wir sind – eigentlich ganz normal, Katalina«, sagte er nach einer Weile.

Erwartete er eine Antwort?

Das Kutscherhaus war schäbig eingerichtet, aber es hatte Zentralheizung und warmes Wasser. Katalina legte sich in die Badewanne und kroch schließlich angenehm durchgewärmt und todmüde ins Bett. In der Nacht träumte sie von Flicka, der alten Mähre, die sie vor den Leiterwagen gespannt hatten, wenn Großvater sie mitnahm zum Markt in Glogovac. Sie träumte von einem warmen Pferdestall, vom malmenden Geräusch, mit dem die Stute den Hafer fraß. Von ihrem leisen Schnauben. Vom Meckern der beiden Schafe. Von dem betäubenden Geruch aus Heu, Schafwolle und Pferdeäpfeln. Von Gavro.

3

Auf der Flucht, März 1945

Das war kein Kaffee, auch wenn er so aussah. Wenigstens war die Brühe heiß. Mathilde legte beide Hände um den Becher und pustete. Ihre Finger waren dünn geworden in den letzten Wochen, in denen sie krank im Bett gelegen hatte.

»Wir hatten dich fast schon aufgegeben, Kindchen«, hatte Elisabeth gesagt, als Mathilde wieder zu sich gekommen war. Ihr Gesicht war das erste, was sie wahrgenommen hatte: ein ruhiges Frauengesicht, die Strenge, die ihm die scharfe Nase und das aus der Stirn gekämmte und am Hinterkopf zusammengesteckte Haar gab, gemildert durch das spöttische Blitzen in den grauen Augen. Später schob sich Gudrun in ihr Gesichtsfeld, schmales Gesicht, kühle Hand, nervöse Stimme. Und Lida, ein Schatten, der vorbeischwebte und wieder im Hintergrund verschwand.

Mathilde stand allein in der großen Küche des Dorotheenhofs, der gleich außerhalb des Örtchens Dammwiese lag. Was für ein Glück, daß Falla den Weg hierhin gefunden hatte, in diese Frauengemeinschaft, die der Krieg gestiftet hatte. Die anderen waren unterwegs, holten Holz, organisierten Eßbares. Eine hatte früh schon Wasser aufgesetzt, das auf dem Küchenherd summte. Mathilde hob den Deckel. Es war heiß genug für den Abwasch.

Acht Teller, vier Gläser, Besteck. »Und wenn es die Henkersmahlzeit ist«, hatte Elisabeth gestern nachmittag verkündet. Und dann waren die Frauen in Keller und Vorratsräume ausgeschwärmt und hatten die Regale geplündert. Eingelegtes, Eingemachtes aus dem vergangenen Sommer. Die vorletzten Kartoffeln. Vier Flaschen roten Burgunder, den Elisabeths Mann für festliche Anlässe zurückgelegt hatte.

Elisabeth v. Rhein war Herrin des Dorotheenhofs, seit ihr Mann gefallen und ihre Tochter verschollen war. Für das Fest gestern abend hatte sie ihren Kleiderschrank geöffnet. Gudrun wählte ein schwarzes Samtkleid mit Spitzen an Ausschnitt und Ärmeln, steckte sich die Haare hoch, trug Lippenstift auf. Wie eine Großstädterin. Sie war aus Berlin evakuiert worden, nachdem eine amerikanische Bomberflotte das Haus in Schutt und Asche legte, in dessen Keller ihre beiden Kinder und die Mutter begraben wurden.

Nur Lida wollte sich nicht schön machen und war weinend aus der Küche gelaufen. Lida war erst vierzehn. Sie hatte nicht viel erzählt von dem Tag, an dem die Russen über Cosel hinwegrollten. Und keine der Frauen hatte sie gefragt, wie oft es gewesen sei. Und wieviele.

Warum auch? Worüber man nicht reden kann, darüber muß man schweigen, fand Mathilde – und spürte wieder den Kloß im Hals, wie das erste Mal, als Elisabeth ihr Lidas Geschichte erzählte.

Sie fühlte sich hier in Dammwiese wie in einer Luftblase, während um sie herum die Menschen in die Barbarei taumelten. Es war der Krieg, er gewöhnte an die Gewalt. Was hatte Elisabeth gestern gesagt? »Die unseren haben sich im Osten womöglich auch nicht besser aufgeführt. Den Preis bezahlen wir.« Auch ein vierzehnjähriges Mädchen?

Mathilde polierte das Silberbesteck, als ob es sich noch lohnte. Elisabeth dachte nicht daran, irgend etwas zu verstecken – das Porzellan, die Bilder, den Schmuck oder die Uhren. Die Russen würden kommen, sie überrollen und dann weitermarschieren. Man mußte den Kopf einziehen und abwarten, bis die Welle vorübergerauscht war. »Wer jetzt flieht, wird eingeholt«, hatte Elisabeth behauptet.

»Ob von Deutschland etwas übrigbleibt?« Gudruns belegte Stimme klang ihr noch im Ohr.

Wer weiß, dachte Mathilde.

»Sie können uns ja nicht alle totschlagen!«

Wer weiß.

Man mußte abwarten. Der Weg nach Westen war versperrt. Die Oderbrücke lag unter Beschuß; ein Nachbar hatte sich vor ein paar Tagen hinausgewagt und berichtete von russischen MiGs, die aus Bordkanonen und Maschinengewehren auf alles feuerten, was sich noch regte; von zusammengeschossenen Trecks, zersiebten Menschen und Pferden.

Bleiben. Nicht zurück-, nicht vorwärtsdenken.

Mathilde nahm die Schüssel mit dem Abwaschwasser und ging hinaus. Es war Frühling geworden, ohne daß sie etwas davon mitgekriegt hätte. Grüner Flaum bedeckte die Äste, die Forsythien wurden schon gelb. Sie schüttete das Wasser in den Putzeimer im Hof und nahm den Weg die Anhöhe hinauf. Über einer der glitzernden Wasserflächen des Sumpflandes am Rande der Oder kreiste ein Reiher. Sie hielt ihr Gesicht in die Morgensonne. Dort, weit weg, lag Jechow. Das Gutshaus sei abgebrannt, hatte jemand erzählt, der es von jemand anderem gehört hatte.

Der Geschützdonner war in den letzten Tagen leiser geworden. Gudrun hatte gestern lachend behauptet, es sei alles schon vorbei, nur sie hier in der Einöde hätten nichts davon mitgekriegt.

Am Himmel stand ein Roter Milan und schrie. Als Mathildes Blick wieder hinunterging zum fernen Horizont, hatte sich dessen Kontur verändert. Er bewegte sich. Sie stand und starrte, bis ihr die Augen tränten. Der Stolz verbot ihr, in Panik davonzurennen. Aber schon stolperte sie den Hang hinunter zum Dorf. Vor der Kirche blieb sie stehen. Was sollte sie sagen? Sie kommen?

Der Pfarrer trat aus der Kirche und sah sie fragend an. Zwei kleine Mädchen hüpften einem Ball hinterher. Eine Frau mit einer Milchkanne in der Hand und einem Kopftuch auf den grauen Haaren eilte geschäftig vorüber.

Sie kommen.

Die Frauen verkrochen sich in den Eiskeller, der im Park in einen Hang gebaut war, ein ganzes Stück entfernt vom Wohnhaus. Es roch erdig und war dunkel dort unten. Kein Laut war zu hören, nur Lidas angstvolles Atmen. Und dann betete jemand, hastig wispernd, wie ein Kind.

Das Geräusch, das draußen langsam näherkam, war mit nichts zu vergleichen, was Mathilde jemals gehört hatte. Es begann damit, daß die Weinflaschen leise klirrten. Der Boden vibrierte. Und dann rollte es heran und vorbei auf der Straße, die hinunter zur Oder führte, wie eine Flutwelle, Stunde um Stunde, eine unbeschreibliche Kakophonie, markerschütternd und nervenzerfetzend. Als der Lärm verebbte, glaubte sie aus dem Dorf Schreie und Johlen zu hören.

Am Morgen war der letzte Panzer am Haus vorbeigezogen. Niemand hatte ihr Versteck gefunden, die Kellertür aufgerissen, die Frauen hinausgezerrt. Mathilde war die erste, die es wagte, die Tür einen Spalt weit zu öffnen. Der Himmel leuchtete rot, es roch brandig. Aber das Wohnhaus stand noch. Mathilde lief zur Anhöhe hinauf. In der Stadt brannte das Rathaus. Menschen liefen hin und her und versuchten zu löschen. Der feuerspeiende Drache aber war weitergezogen.

Am nächsten Tag kam die Nachhut der Roten Armee. Die zog nicht vorbei.

Als die ersten Panjewagen und die Männer auf den zottigen Pferden im Dorf auftauchten, stand Elisabeth auf, nahm Lida mit nach oben und versteckte sie in einem Verschlag am Ende des langen Flurs mit den Dienstbotenzimmern. Mathilde setzte sich zu Gudrun an den Küchentisch und wartete darauf, daß die Tür aufflog. Sie machte sich keine Illusionen. Keine von ihnen hatte noch welche.

Die Männer grinsten, als sie einer nach dem anderen in den Raum traten. Bauernsöhne mit roten Gesichtern und schlechten Zähnen, breitschädelig und kurzgeschoren. Einer fuchtelte mit dem Gewehr, die anderen trugen ihres an einer Schnur über der Schulter. Der Anführer hielt den Frauen seinen Unterarm entgegen, an dem er vielleicht ein Dutzend Armbanduhren trug. Dann deutete er auf Gudrun und sagte triumphierend: »Frau!«

Die Luft war mit einem Mal zum Ersticken. Es roch nach Schweiß und Urin und Pferden und Alkohol. Mathilde verabscheute sich für die Hilflosigkeit, die sie sitzen bleiben ließ, während Gudrun in Panik nach einem Fluchtweg suchte.

Und dann sprach eine vertraute Stimme fremde Laute. Elisabeth stand in der Tür. Sie stellte sich vor die Männer hin und sagte in höflichem Ton etwas auf Russisch, das sogar die Rotarmisten zu beeindrucken schien. Für eine Weile jedenfalls. Denn wenig später fühlte auch Mathilde eine Hand auf ihrem Arm, einer der Burschen zog sie hoch, sein nach Fusel riechender Atem nahm ihr die Luft. Der Anführer mit den Uhren zerrte an Gudrun. Dann erstarrte die Szene.

»Wieso sprechen Sie Russisch?« Der Mann, der hinter den Soldaten die Küche betreten hatte, war jung, blaß und trug eine Uniform mit viel Lametta. Sein Deutsch klang weich. Er nannte sogar seinen Namen, während er den Kopf leicht neigte. Mathilde verstand das Wort »Major«, mehr nicht.

Elisabeth sah ihn fast demütig an. Die anderen Soldaten taten so, als seien sie nicht übermäßig beeindruckt von ihrem Vorgesetzten, aber der Mann neben Mathilde lockerte seinen Griff.

»Ich wurde jahrelang von einer bourgeoisen dekadenten russischen Familie als Küchenmagd ausgebeutet, Genosse Major.«

Der Major blickte sie mit zusammengekniffenen Augen an. Dann ließ er sich auf einen der Küchenstühle fallen und winkte seinen Begleitern. Einer der beiden packte aus: Brot, Schinken, Wodka. Gudrun rieb sich den Arm und sah verständnislos von einem zum anderen.

»Setz dich, Genossin«, sagte der Major und zog sie mit einem kräftigen Ruck auf den Stuhl neben sich. Auf seinen Wink hin setzte sich Mathilde an die andere Seite. Elisabeth holte Teller, Besteck, Gläser. Die Männer aßen gierig; dazu tranken sie Wodka, in großen Zügen, mit Ernst und ohne erkennbares Vergnügen. Nachdem die erste Flasche geleert war, durften auch die Frauen essen und trinken, während der Major sie einer eingehenden Befragung über ihr Verhältnis zum Faschismus unterzog, die zufriedenstellend ausgefallen sein mußte, denn er nickte immer häufiger und lächelte. Irgendwann holte Gudrun die Fotos ihrer Kinder hervor, die sie stets bei sich trug. Der Major betrachtete jedes einzelne. Mathilde sah mit Verwunderung, daß seine Züge weich wurden.

Die Männer tranken. Elisabeth hielt sich im Hintergrund. Gudrun weinte. Einer der Begleiter des Majors, der wie Dschingis Khan aussah, hatte den Kopf auf die Tischplatte gelegt und zu schnarchen begonnen.

»Könnten Sie sich vorstellen, mich ein wenig besser kennenzulernen?« fragte der Major irgendwann, ohne Mathilde dabei anzusehen. Sie wußte nicht, was sie sagen sollte. Wie ein rettender Engel stand Elisabeth neben ihnen. »Ihr Zimmer ist gleich im ersten Stock, Herr Major«, sagte sie leise. Der Mann seufzte und stand auf. Dann hielt er Mathilde die Hand hin: »Ich heiße Fedor«, sagte er.

Die Russen hinterließen den Geruch nach Wodka und Schweiß. Draußen im Hof wurde gesungen, jemand spielte Geige dazu. Mathilde sah durchs Fenster Männer an Lagerfeuern sitzen, reden, essen, trinken, im Hintergrund Pferde und Kühe. »Geh ins Bett«, sagte Elisabeth leise. »Ich paß schon auf.«

Am nächsten Morgen war Elisabeth noch wach und die Ruhe selbst, während Gudrun sich theatralisch die Augen rieb und behauptete, die ganze Nacht über kein Auge zugetan zu haben. Elisabeth schnitt das Brot auf, das ein blutjunger Bursche namens Wanja vorbeigebracht hatte mit einem schönen Gruß vom Major. »Ich mache mir Sorgen um Lida«, sagte sie. »Ich war eben oben bei ihr, sie fühlt sich fiebrig an und scheint die ganze Zeit zu weinen.«

»*Ihr* ist doch nichts passiert gestern«, sagte Gudrun spitz.

»Dir auch nicht.« Mathilde empfand mehr Mitleid mit Lida als mit Gudrun. Die Ältere hatte erlebt, was Lida womöglich nie empfinden würde: Liebe, bevor man Sex miteinander hatte. Sie versuchte, nicht an Gregor zu denken. Sie verdrängte schon seit Tagen jeden Gedanken an ihn, so als ob sie ihm durch den inneren Kontakt ein Fenster öffnete, durch das hindurch er sehen könnte, wie sie aß und trank – mit dem Feind. Der womöglich auch nur ein Mann war wie alle anderen.

»Ich gehe hinunter ins Dorf«, sagte Elisabeth, nachdem sie stumm ihren Ersatzkaffee getrunken hatte.

Mathilde legte das noch feuchte Brot beiseite, das ihr trotz der Marmelade nicht schmeckte. »Ich komme mit«, sagte sie und holte ihre Stiefel hervor vom Platz neben dem Küchenherd. Die Schnürschuhe waren neu gewesen, als sie losritt, Soldatenstiefel. Jetzt lösten sich die dünngelaufenen Sohlen von den Schuhspitzen.

Draußen auf dem Hof roch es nach Pferdemist und Männerpisse. Die Soldaten putzten die Gewehre, besserten Kleidungsstücke aus, versorgten ihre Pferde. Der Trupp führte zwei Kühe und ein Kalb mit sich. Der Kerl mit den vielen Uhren am Arm winkte grinsend zu ihnen herüber. Elisabeth nickte ihm zu und ging mit entschlossenen Schritten über den Hof. Niemand hielt sie auf.

Im Park standen Geschütze unter den Bäumen und am Teich wuschen zwei Frauen ihre Wäsche – Soldatinnen offenbar, in Feldbluse und Mütze mit Abzeichen. Vor dem Tor weideten drei Männer ein totes Pferd aus; es würde also Pferdebraten geben. Mathildes Magensäfte reagierten beim bloßen Gedanken daran. Sie dachte mit Bangen an Falla – im Stall hatten sich Soldaten einquartiert, sie traute sich nicht nachzuschauen, ob es dem Tier gut ging. Sie blieb stehen und preßte die Fäuste an die Brust. Falla war die letzte lebendige Erinnerung an Jechow.

Im Dorf sah es nicht viel anders aus als oben auf dem Hof. Die Russen hatten sich mit ihren Pferden in Läden und Garagen eingerichtet, es sah fast idyllisch aus, wie die Tiere hinter den zerschlagenen Schaufensterscheiben standen und fraßen.

»Ach Gottchen, gnädige Frau«, sagte eine weißhaarige Alte. »Die Frau vom Schneider und die Kleine von nebenan haben dran glauben müssen – das Geschrei. Es war entsetzlich.« Elisabeth streichelte der Alten die Hand.

Sie gingen von Haus zu Haus. Die Ruine des alten Rathauses rauchte noch. Den Lebensmittelladen hatten Soldaten auf der Suche nach Alkohol verwüstet.

Niemand belästigte die beiden Frauen. Erst kurz vor der Kirche stellten sich ihnen zwei lallende Rotarmisten in den Weg. Der eine rief »Uri, Uri« und griff nach Elisabeth, der andere musterte Mathilde und versuchte ein gewinnendes Lächeln, das plötzlich erstarrte. Er packte seinen Kameraden am Arm und verschwand. Als sie sich umdrehte, stand Dschingis hinter ihnen und zündete sich umständlich eine Zigarette an.

»Begleitschutz«, sagte Elisabeth. »Dem Major liegt an uns.« An mir, dachte Mathilde. Bildete sie sich ein, daß die Menschen ihnen mit Vorsicht, ja Mißtrauen begegneten, sobald sie den Schatten hinter ihnen sahen? »Wir sind Feinds Liebchen«, flüsterte Elisabeth. Sie hatte es auch gemerkt.

Als sie zurückkamen, saßen Fedor und Wanja am Küchentisch und tranken. Gudruns Gesicht war leicht gerötet, sie flirtete mit dem Major. Elisabeth blieb in der Tür stehen. Mathilde sah fragend zu ihr hinüber. »Lida!« formten ihre Lippen lautlos. Aber man hörte es schon.

Soldatenstiefel auf der Treppe. Männerlachen. Ein panischer Aufschrei.

Der Major tat, als gehe ihn der Tumult nichts an. Die Tür flog auf, zwei Soldaten hielten das Mädchen gepackt. Ihre Augen waren weit aufgerissen, sie schrie nicht mehr, man hörte nur ihren keuchenden Atem.

Endlich sah der Major auf, leerte das Glas in seiner Hand in einem Zug, stellte es auf den Tisch, zündete sich gemächlich eine Zigarre an und sagte: »So.«

Gudrun machte den Mund auf. Wanja legte ihr warnend die Hand auf den Unterarm.

»Sie haben mir nicht die Wahrheit gesagt. Sie haben mein Vertrauen mißbraucht. Ich habe Sie geschützt, aber meine Männer sind hungrig. Sie dürsten nach ein bißchen – Liebe.« Er stand langsam auf, ging auf Lida zu, legte ihr den Zeigefinger unters Kinn und betrachtete sie von beiden Seiten.

»Ein hübsches Kind. Wer wird da wohl der erste sein?«

Mathilde trat ein paar Schritte vor. »Bei wilden Hunden, durchgehenden Pferden und unbotmäßigen Menschen hilft nur eines: Haltung«, hatte ihre Mutter immer gesagt, die das in Vollendung beherrschte.

»Herr Major.«

»Fedor«, sagte der Major mit sanfter Stimme, ohne den Blick von Lida zu nehmen. »Nenn mich Fedor, Mathilde.«

»Ich bin sehr enttäuscht von Ihnen!«

Er drehte sich langsam um. Sein Gesicht war mindestens so hochmütig wie ihre Haltung. »So? Das ist aber schade! Kann ich etwas tun, um Ihre Achtung wiederzugewinnen?«

»Lassen Sie Lida gehen. Sie ist noch ein Kind.«

Er sah sie an, ohne die Miene zu verziehen. Dann winkte er seinen Leuten. Sie ließen das Mädchen los, das schluchzend zu Boden sank.

»Ich danke Ihnen für Ihr großherziges Angebot, gnädiges Fräulein!« Der Major hielt Mathilde den Arm hin. Sie neigte den Kopf und folgte ihm zurück an den Küchentisch.

Wanja spielte auf dem Klavier, das im Speisezimmer stand. Die Männer sangen. »Russisch Blut«, flüsterte der Major Mathilde ins Ohr. »Ein Liebeslied.« Die Männer tranken und rauchten. Und tranken.

Am nächsten Tag kamen zwei russische Soldatinnen ins Haus. Sie schauten sich prüfend um und marschierten zielstrebig auf die Truhe zu, in der Elisabeth die Tischwäsche aufbewahrte. Mathilde unterbrach den Abwasch und Gudrun die Näharbeiten. Elisabeth machte eine einladende Geste, das Gesicht todernst. Bepackt mit Stapeln von weißen Damasttüchern und Servietten zogen die beiden Soldatinnen wieder davon. Die Frauen arbeiteten weiter, als wäre nichts geschehen. Nur Lida hockte auf einem Stuhl neben dem Herd, ganz nah bei Elisabeth.

»Ich danke dir«, sagte Elisabeth leise. Mathilde blickte auf. Die Ältere sah müde aus. »Sie könnte es nicht noch einmal ertragen.«

»Es ist nichts.« Mathilde legte das Geschirrtuch beiseite. »Es trifft ja nicht – die Seele. Oder das Herz.« Sicher war sie sich dessen nicht.

Der Major und seine Begleiter kamen schon am frühen Abend. Fedor hatte sich rasiert, seine Haut war gerötet und glänzte. Er setzte sich an den Tisch, streckte die Beine in den Stiefeln von sich und ließ sich von Elisabeth bedienen. Gudrun blickte nicht auf, während sie ihre Suppe löffelte. Und Lida hatte sich hinter den Ofen verkrochen.

Wanja war wieder an den Flügel gegangen und spielte und spielte. Es waren längst keine Volks- und Liebeslieder mehr, die hinüberwehten. Fast kamen ihr die Tränen, als der Junge zu Chopin überging. Eine der Nocturnes. Sie sah auf und in Fedors Augen. Heute war der Major nicht betrunken. »Ich bin Ihnen hoffentlich nicht allzu unangenehm«, sagte er leise.

Mathilde schüttelte den Kopf. Am liebsten wäre sie aufgestanden und hätte die ganze Sache hinter sich gebracht. Der Major hob sein Glas und prostete ihr zu. Sie lächelte schwach und erwiderte den Gruß. Der Wein sah blaß aus und roch nach Staub. Fedor stand auf und reichte ihr den Arm.

Im Schlafzimmer setzte er sich aufs Bett, zog sich unter Grunzen und Stöhnen die Stiefel aus und warf sie in die Zimmerecke, gefolgt von Jacke, Hose und Unterwäsche. Im flackernden Kerzenlicht sah er jung aus. Unerfahren. Verlegen. Sie löschte die Kerze, schlüpfte aus dem Kleid und legte sich neben ihn.

Es war schnell vorbei. Das schlimmste war, daß er ihren Mund küssen wollte. Als er sich danach auf die Seite legte und ihr den Rücken zuwandte, um zu schlafen, hörte sie ihn murmeln: »Nur Huren lassen sich nicht küssen.«

Sie glaubte, kein Auge zumachen zu können. Aber am nächsten Tag erwachte sie, als es schon hell war; sie war noch nicht einmal aufgeschreckt, als Fedor aufgestanden war, sich angezogen hatte und aus dem Zimmer ging.

Ihr Körper war ihr fremd und unangenehm. Sie sehnte sich nach einem Bad. Und sie fürchtete sich vor den Blicken der anderen. Dennoch zog sie sich an und ging in die Küche.

Elisabeth sagte leise: »Sie packen.«

Mathilde wurde vor Erleichterung ganz schwach.

»Mir ist das Unglück lieber, das ich kenne«, murmelte Gudrun.

Von draußen hörte man Pferdewiehern, Fluchen und befehlsgewohnte Stimmen. Der Hof war schon fast leer. Falla, dachte Mathilde. Ich muß nach Falla sehen. Endlich glaubte sie sich aus dem Haus trauen zu können. Einige der Lagerfeuer qualmten noch. Zwischen den Feuerstellen menschliche Exkremente, Lumpen, verbeultes Kochgeschirr, Pferdeäpfel. Sie tastete sich vor zum Stall.

Und dann waren sie über ihr.

Sie gab keinen Laut von sich, und sie wollte auch nicht zählen. Und nur, als einer etwas sagte, das wie »Hure« klang, öffnete sie die Augen. Es war nicht der Major, natürlich nicht. Es war ein Mann, den sie noch nie gesehen hatte, einer mit ausgeschlagenen Schneidezähnen und einer breiten Narbe auf der Wange. Er spuckte ihr ins Gesicht, als er mit ihr fertig war.

Es tat nicht wirklich weh. Es mußte wohl so sein.

Viel schlimmer war, was sie nicht gleich bemerkte. Sie hatten Falla mitgenommen.

»Ihr müßt weg, Mathilde. Lida und du. Gleich morgen.« Elisabeth setzte ihren Korb auf den Küchentisch. Sie hatte den Wodka, den die Russen dagelassen hatten, gegen Lebensmittel getauscht.

»Und du?«

»Ich bleibe hier«, sagte Elisabeth. »Es gibt keinen Ort, wo ich lieber wäre.«

Mathilde sah den Frauen einer nach der anderen in die Augen. »Ich gehe sofort.«

Es gab nicht viel zu packen. Die Satteltaschen brauchte sie nicht mehr, ein Rucksack genügte. Nur das Päckchen, das sie seit Jechow bei sich trug, auf dem Leib, und das ihr die Haut am Rücken blutig geschabt hatte, machte ihr Kopfzerbrechen. Sie wußte ja nun, daß ihr Leib kein sicherer Ort mehr war. Dennoch schob sie das Päckchen in den Hosenbund. Dann setzte sie sich aufs Bett und zog die Stiefel an.

Sie hatten fast fünfhundert Kilometer durchgehalten. Warum nicht weitere fünfhundert?

In der Küche hatte Elisabeth Brot und Wurst in ein Tuch gepackt und legte ein Messer obendrauf, nachdem sie es kräftig nachgeschliffen hatte.

»Wo ist Lida?«

Gudrun sah nicht hoch. »Sie zieht sich an. Sie packt.«

Mathilde mochte nicht warten. Ihre Beine, ihre Füße, alles wollte losgehen. »Ich schau nach«, sagte sie.

In ihrem Zimmer war Lida nicht. Auf dem Bett lag ein mageres Häuflein aus Socken und Unterwäsche. Der Rucksack stand noch neben dem Schrank.

Als sie herunterkam, war Elisabeth schon an der Küchentür, das Gesicht wie gemeißelt. Man sah ihr an, was sie fürchtete. Mathilde schüttelte den Kopf. Elisabeth gab einen schwachen Seufzer von sich. »Sie konnte wohl nicht anders. Wenigstens du gehst. Sofort.«

Mathilde marschierte die ganze Nacht, begleitet vom Donnern und Dröhnen, mit dem sich weiter südlich die Kriegsmaschinerie auf Berlin vorarbeitete. Das Ende war nah – und der Frühling.

4

Blanckenburg, im April 2004

Die Schläge dröhnten durchs ganze Haus. Sie waren vor der Tür, sie schlugen mit den Gewehrkolben dagegen, sie traten sie mit schweren Stiefeln ein, sie würden gleich im Haus sein, die Treppe hochlaufen, die Schlafzimmertür aufreißen, sie …

Katalina hörte sich ächzen. Dann saß sie aufrecht im Bett, die Augen weit aufgerissen, mit rasendem Puls.

»Frau Cavic!« Es pochte gegen die Haustür. Die Stimme klang nicht herrisch, nicht drohend, sondern ängstlich. »Hören Sie mich?«

Katalina tappte zum Fenster, schob den Vorhang beiseite, blinzelte in einen wässrig blauen Himmel und sah dann hinunter auf eine Person, die einen Hut, Regenjacke und Gummistiefel über der Jeans trug, obwohl es heute nicht nach Regen aussah. Wenn sie sich nicht täuschte, handelte es sich um Sophie Franken.

Sie fuhr sich durch die verstrubbelten Haare. Wahrscheinlich sah sie verschlafen und zerknittert aus. Egal, dachte sie und lehnte sich aus dem Fenster. »Was ist los?«

Das Gesicht Sophie Frankens hellte sich auf. Die dunkelblonde Frau, die gestern geistesabwesend und spröde gewirkt hatte, sah plötzlich weich und verletzlich aus.

»Ich störe Sie nicht gern – und das an Ihrem ersten Tag hier – aber Leo –« Sie machte eine vage Geste in Richtung Schloß. »Mein Hund, wissen Sie.«

Katalina nickte. »Ich komme«, sagte sie, schloß das Fenster und schlüpfte dann in die Jeans und den Pullover, die sie schon gestern bereitgelegt hatte. Arbeitsklamotten. Sie hatte sowieso nicht daran gedacht, den Tag tatenlos im Bett zu verbringen.

Leo lag noch immer in der Küche neben dem Sofa. Das Tier rührte sich nicht, als Sophie vor ihm niederkniete und Kosenamen flüsterte. Es trug ein makelloses schwarzes Fell, darunter feste Muskeln; eine weiße Brust und weiße Tupfer an den Vorderpfoten. Seine Ohren waren nicht kupiert. Eine deutsche Dogge, wie sie im Züchterstammbuch stand. Das Tier wirkte völlig gesund.

»Leopold of Wellesley Castle, genannt Leo. Er ist seit gestern so. Erst dachte ich mir nichts dabei. Aber heute – er ist ganz anders als sonst.«

Sophie tätschelte dem Hund die Ohren. Katalina untersuchte das Tier oberflächlich. Die Körpertemperatur war normal, die Lefzen gut durchblutet. Nur der Muskeltonus war ungewöhnlich – der Hund lag viel zu entspannt da und atmete zu langsam. Jetzt begann er auch noch zu schnarchen. Sie hob sein linkes Augenlid an. Dann richtete sie sich wieder auf.

»Haben Sie ihm ein Beruhigungsmittel gegeben? Oder eine Schlaftablette?«

»Ich?« Sophie guckte gekränkt und überrascht zugleich.

»Hat er vielleicht selber so etwas gefressen?« Hunde sind ewig neugierig und nagen an allem. Nichts ist unmöglich.

Sophie schüttelte zweifelnd den Kopf.

Katalina lächelte beruhigend. »Die Dosis dürfte nicht

sehr hoch gewesen sein. Lassen Sie ihn einfach ausschlafen.«

Sie nahm den Weg zurück, der hinter dem Schloß vorbeiführte. Als sie zur Koppel mit den beiden schwarzen Friesen kam, brachen kräftige Sonnenstrahlen durch den Dunst. Die Knospen an den Büschen glänzten prall und das vielstimmige Vogelgeschrei kam ihr plötzlich ohrenbetäubend vor.

Die Stute raste über die Koppel, mit fliegender Mähne und pumpenden Muskeln unter dem schwarzen Fell. Das andere Tier beobachtete das Ganze mit erhobenem Haupt und mahlendem Kiefer, es wirkte erstaunt.

Am Gatter stand Alex Kemper. »Ist das – normal?« fragte er und deutete mit dem Daumen auf das Tier, das jetzt bockte.

»Wie man's nimmt.« Katalina stellte sich neben ihn.

»Es ist natürlich wieder einmal nur Daphne. Woodstock ist die Ruhe in Person.«

Katalina setzte die Stiefelspitze auf die unterste Planke des Weidegatters und legte die Arme auf den obersten Balken. »Kein Wunder«, sagte sie. Daphne schüttelte die Mähne und stieß ein helles Wiehern aus. »Ein Wallach ist dafür nicht mehr empfänglich.«

»Wofür, um Himmelswillen?«

Katalina sah ihn von der Seite an. Konnte ein Pferdehalter so naiv sein? »Machen Sie sich keine Sorgen. Das hier ist ganz normal.«

»Normal?« Kempers Stimme war schrill geworden. »Sie hat Schaum vor dem Mund!«

Katalina mußte grinsen. »Naja – in ihrem Zustand –«

»In welchem Zustand?« Kempers Gesicht war deutlich gerötet. Und mit einem Mal konnte sie den schwachen Geruch identifizieren, der ihr vorhin in die Nase gestiegen war. Alex Kemper hatte eine Fahne. Morgens um halb zehn.

»Sie ist rossig.«

Er starrte sie verständnislos an.

»Haben Sie schon mal daran gedacht, Daphne decken zu lassen?« fragte sie so sanft wie möglich.

Er sah sie an, als ob allein der Gedanke daran kränkend wäre. Dann drehte er sich um und ging. Sie sah ihm nach, der Gestalt in den ausgebeulten Kordhosen und der gelben Regenjacke und dachte an die Szene von gestern abend. Niemand schien in dieser Familie richtig glücklich zu sein.

Zurück im Kutscherhaus, warf sie die Kaffeemaschine an und aß etwas von dem Brot und dem Käse, die Alma ihr gestern abend noch mitgegeben hatte. Am dringendsten war die Renovierung der Tierarztpraxis in der Stadt. Sie nahm den großen Schreibblock und ihren Füllfederhalter und machte sich an die Planung. Hoffentlich waren Blanckenburgs Handwerker schnell und verläßlich.

Etliche Stunden, viele Tassen Kaffee und zwei Käsebrote später stand sie auf und streckte sich. Sie mußte raus, spätestens jetzt, da sich die Sonne gegen die letzten Schleierwolken durchgesetzt hatte. Und sie hatte noch nichts vom Park gesehen.

In den Bäumen johlten frühlingstrunkene Vögel. Der Weg zum Park war gepflastert und von Gebüsch und wilden Rosen gesäumt. Jemand hatte begonnen, das Unterholz zu lichten und die Sache auf halbem Weg wieder aufgegeben. Nach wenigen Metern verzweigte sich der Weg, sie nahm den rechten Pfad. Die verschorften und zerborstenen Giganten links und rechts des Weges wiesen keine Anzeichen des grüngrauen Flaums auf, der bei anderen Bäumen den nahen Frühling signalisierte. Sie hielten ihre kahlen Äste in die Höhe, als ob die Jahreszeiten im Park von Schloß Blanckenburg außer Kraft gesetzt seien. Katalina tippte auf Eichen und Buchen. Und Ahorn, Ulmen und irgend etwas Exotisches.

Der Weg schien immer tiefer in ein ungeordnetes Stilleben von Baumriesen hineinzuführen. Umso überraschter war sie, als sich der Baumbestand lichtete und sie plötzlich auf einer Wiese stand, nein: auf einer Art Plateau, das sich vor dem Schloß erstreckte, obwohl es von unten wie ein in die Felsen geklebtes Räubernest aussah.

Man blickte von der großzügigen Fläche über das Städtchen und über den nahen Fluß, über das Gewerbegebiet, das inzwischen jede deutsche Gemeinde aufwies, die auf sich hielt. Auf eine zerklüftete Felswand linker Hand, die wie ein steinerner Vorhang die Stadt begrenzte. Und auf die Bergkette am Horizont, deren höchster Gipfel der sagenumwobene Brocken war, auf dem sich die Hexen zur Walpurgisnacht trafen.

Und rechts ... Das Bild war ihr vertraut. Sie hatte es viel zu oft gesehen: aufgerissene Erde, Grabkreuze. Dennoch trat sie näher. Die Steine, die dort standen, waren zerborsten, die Inschriften von Wind und Regen ausgewaschen, die Kreuze, ebenfalls aus Stein, verwittert. Wenn das hier ein Friedhof war, dann war er jahrhundertealt. Sie berührte das Wappen auf einem der grauen Steine, dessen Konturen nur noch schwach mit den Fingerkuppen zu tasten waren. Und sagte die Worte, die schon ihre Großmutter sagte angesichts der Zeichen des Todes.

Als sie Stimmen hörte, zuckte sie wie ertappt zusammen. Alma trat aus dem Wald, sie war nicht allein. Hastig drehte Katalina sich um und ging in die andere Richtung davon. Der Mann an Almas Seite hatte eine Figur, die weder zu Alex noch zu Peer Gundson paßte.

Ihr Rückzug führte sie an einer Scheune mit eingestürztem Dach vorbei, daneben frisch zusammengezimmerte Ställe. Sie schlüpfte durch die halboffene Stalltür. Man konnte nichts erkennen im Dämmerlicht, aber sie hörte etwas. Stimmen. Sie stand still, damit sich ihre Augen an die Dunkelheit gewöhnen konnten.

»Hat sie dir nichts erzählt? Sie ist doch täglich bei ihm oben.« Das klang nach Sophie Franken.

»Er ist nicht ansprechbar. Sagt sie.« Alex Kempers Stimme klang gleichgültig. Und dann flüsterte er: »Ich hab dich so vermißt.«

»Du tust mir weh.« Sophie flüsterte zurück.

»Entschuldige.« Katalina hörte den Mann atmen. »Aber dieser verdammte Reißverschluß!«

»Wenn er nur endlich reden würde! Du weißt, wieviel davon abhängt für dich und mich.« Für dich und mich. Katalina grinste in sich hinein.

»Verflucht! Was hast du denn bloß gemacht mit dieser blöden Jeans?« Man hörte Alex schnaufen. »Ich krieg den Reißverschluß weder rauf noch runter!«

»Er *muß* doch mal mit der Sprache rausrücken. Das war doch der Deal.« Sophie Franken schien ungerührt von Alex' Bemühungen. »Nun mach schon!«

»Er ist krank, Sophie.«

»Er simuliert.«

»Er wird 84.«

»Das ist kein Argument!«

Dann hörte man eine Weile gar nichts. Katalina fragte sich, ob Sophie die Hose noch nicht wieder an- oder noch gar nicht ausgezogen hatte.

»Ich kann ihn doch nicht zwingen.« Kempers Stimme klang plötzlich wieder sanfter.

Dafür schraubte sich Sophies Stimme höher. »Aber findest du das nicht alles sehr merkwürdig? Und dann – Leo. Er könnte vergiftet worden sein, meint die Tierärztin.«

»Beruhige dich, Liebling.« Alex Kemper schien der Schwester seiner Frau zärtliche Worte ins Ohr zu murmeln. Katalina zog sich zurück. Als sie wieder in der Sonne stand, atmete sie tief durch. Ihr Aufenthalt hier begann nicht ohne unterhaltsame Entdeckungen.

In die nächste wäre sie fast hineingelaufen. Das Mädchen hatte braune Haare und braune Augen und davon abgesehen keinerlei Ähnlichkeit mit Alma. Aber es mußte ihre Tochter Noa sein.

Katalina hielt ihr die Hand hin. Noa reagierte nicht. Sie schien den Stimmen im Stall hinterherzulauschen, konzentriert, mit zusammengezogenen Augenbrauen. Katalina zog die Hand wieder zurück und streckte sie in die Hosentasche.

Endlich sah das Mädchen sie an.

»Ich bin die neue Tierärztin. Katalina Cavic.«

Das Mädchen musterte sie abschätzend. Unter ihrem kurzen Rock sah man lange schlanke Beine in Sandalen mit viel zu hohem Absatz. Jedenfalls für Waldwege und Kopfsteinpflaster – das linke Knie war verschmutzt und blutig geschlagen.

»Du mußt Noa sein.«

Das Mädchen nickte. Endlich lächelte es ansatzweise. Katalina hatte offenbar den Test bestanden: sie war keine Konkurrenz für frisch aufgeblühte Weiblichkeit.

»Was ist mit deinem Knie?«

Noa sah an sich herunter. Sie hatte die langen dunklen Haare zu einem eleganten Zopf geflochten. Für den Bruchteil einer Sekunde schmerzte der Anblick. Katalina trug ihr Haar kurz, schon seit langem. Seit damals.

»Ach – das«, sagte sie. Und dann, trotzig: »Es gibt Schlimmeres.«

Natürlich, dachte Katalina. Zum Beispiel einen Onkel Alex, für den man ein bißchen geschwärmt hat, bevor man entdecken mußte, daß er eine andere liebt. Ehefrauen zählen ja nicht für Mädchen dieses Alters.

»Sind alle Männer so?«

»Nein«, sagte Katalina behutsam.

Noa preßte die Lippen zusammen und nestelte an ihrem Zopf. Schließlich versuchte sie ein mädchenhaftes Grinsen. »Sie fragen mich gar nicht, warum ich nicht in der Schule bin.«

»Muß ich das wissen?«

»Und ob ich nichts Besseres zu tun hätte als hier herumzustehen.« Sie verzog das Gesicht.

»Wie käme ich dazu?« Katalina hätte fast gelacht. Man meinte, die Stimme Almas zu hören, mit dem üblichen fürsorglichen Nörgeln, das Mütter so draufhaben.

Noa legte den Kopf auf die Seite und inspizierte sie. »Können Tierärztinnen auch –?«

Katalina stemmte die Fäuste in die Seite. »Bullen kastrieren?« fragte sie mit hochgezogenen Augenbrauen. Das wollten alle wissen.

Noa errötete und kicherte.

»Kälbchen aus dem Mutterleib ziehen? Pferden das Gebiß reinigen? Goldhamstern einen Bypass legen?«

Noa lachte. »Könnten Sie Mamas Pfauen bitte das Schreien abgewöhnen?« Sie streckte Katalina die Hand hin, murmelte kleinmädchenhaft »Bis bald!« und war verschwunden.

»Sie sind die neue Tierärztin?« Der Apotheker ließ den Blick zu ihrem Hals und tiefer gleiten. Katalina zog den Reißverschluß der Jacke höher. Der Blick des Mannes im weißen Kittel ging über die in Horn gefaßte Lesebrille hinweg ins Unbestimmte. »Das nenn' ich mutig.«

»Warum?« Ihre Finger spielten mit der Tube Wundheilcreme, die er ihr auf den Tresen gelegt hatte.

»Ich meine – daß Sie oben im Schloß wohnen. Bei diesen … Leuten.«

»Er ist Rechtsanwalt, nicht?« fragte sie unschuldig.

»Eben. Was will wohl so ein Mann mit einer verfallenden Ruine?«

Genau das hatte sie sich auch gefragt auf dem Weg hinunter ins Städtchen. Es war schon wieder kalt und ungemütlich draußen, und Blanckenburg selbst wirkte an diesem Vormittag wie ausgestorben. Was um alles in der Welt zog Städter wie die drei Schwestern und ihre Männer in diese Einöde?

»Sie wollen doch nicht etwa die Praxis ins Schloß verlegen? Für die alten Leutchen ist das nichts.« Die etwa fünfzig Jahre alte Frau, deren Haarfarbe nicht ganz zum Rot ihres Mantels paßte, hatte nach Katalina die Apotheke betreten und sah sie neugierig an.

Natürlich nicht. Keine kurzatmige Rentnerin würde

sich mit ihrem herzkranken Dackel hinauf zum Schloß schleppen. Und kein Katzenbesitzer würde sein Tier in einer Ruine abgeben. »Bis die Praxis von Dr. Gotsky renoviert ist, mache ich Hausbesuche.«

Die Rothaarige nickte und reichte ihr die Hand. »Klara Buddensen«, sagte sie. »Pastor.«

»Sie ist in Wirklichkeit eine Brockenhexe.« Der Apotheker feixte.

»Freut mich«, sagte Katalina. »Die Frankens – ich meine: ist es denn bekannt, was die mit dem Schloß vorhaben?«

»Die? Der Anwalt und diese Dame mit der extravaganten Brille?«

»Sophie Franken ist Kunsthistorikerin, Walter.«

»Die grüßen einen auf der Straße noch nicht einmal, wenn man direkt vor ihnen steht!«

»Man hätte das Schloß schon vor Jahren der Familie zurückgeben müssen. Die hätte sich wahrscheinlich noch am ehesten gekümmert um ihren alten Stammsitz«, sagte die Pfarrerin bestimmt.

»Die Gräflichen?« Jetzt legte der Mann im weißen Kittel tiefe Verachtung in seine Stimme. »Die wurden zu Recht enteignet. Die wollen wir nicht wiederhaben.«

»Lieber den alten Kasten da oben verfallen lassen, ja? Oder glaubst du im Ernst, in den öffentlichen Kassen ist noch Geld für die Erhaltung von Baudenkmälern?«

Die beiden schienen ein eingespieltes Team zu sein. Katalina holte Luft. »Und die neuen Besitzer?«

»Die haben das Schloß wahrscheinlich nachgeschmissen gekriegt. Damit sie was draus machen. Aber passieren tut wieder rein gar nichts.« Der Apotheker hatte sich auf den Tresen gestützt und schien sich auf eine längere Debatte einzustellen.

Die Pfarrerin seufzte. »Man erfährt ja nichts. Das schlimmste wäre –« Sie blickte ins Leere.

Eine Sekte? fragte sich Katalina. Ein Internat? Ein Vergnügungspark?

»Wissen Sie«, sagte die Buddensen leise. »Das Schloß hat Geschichte. Man sollte sorgsam damit umgehen.«

»Ach was.« Der Mann im weißen Kittel richtete sich abrupt auf und hielt den Scanner über die Tube. »Geld regiert die Welt. Da kannst du nicht gegen anstinken.«

Katalina holte ihr Portemonnaie hervor.

»Hat mich gefreut, Sie kennenzulernen«, sagte die Pfarrerin.

Katalina lächelte zurück. »Rufen Sie an, wenn Ihr Wellensittich mal nicht mehr singt.«

Klara Buddensen zog spöttisch die Augenbrauen hoch. »Ich habe keine Schoßtiere zu Hause. Noch nicht einmal einen Mann.« Sie zögerte einen Moment. »Aber ich gebe Ihre Handynummer gerne weiter.«

»Ich auch. Ich mache ein bißchen Reklame für Sie«, sagte der Apotheker gönnerhaft und ließ den Blick wieder halsabwärts wandern.

Katalina verabschiedete sich, ein wenig hastiger, als höflich gewesen wäre.

Wieviel die drei Schwestern und ihre Männer für die Schloßruine wohl hatten bezahlen müssen? Egal – sie würden Millionen in die Erhaltung stecken müssen. Millionen, die offenbar keiner von ihnen besaß, wenn sie die Tischgespräche im Traiteurshaus richtig deutete. Warum nur ließen sie sich auf ein solches Abenteuer ein? Zumal hier, in diesem Niemandsland, im ehemaligen Sperrgebiet zwischen Ost und West?

Katalina schlenderte die leere Fußgängerstraße entlang. Sie würde alles Nötige erfahren, auch ohne danach fragen zu müssen. Geheimnisse waren dazu da, den Menschen entlockt zu werden. Sie war darin mindestens so gut wie in der Diagnose neurotischer Hundebesitzer.

Die verwinkelte Altstadt unterhalb des Schlosses wirkte nur auf den ersten Blick malerisch. Man hatte in den schmalen Gäßchen das Kopfsteinpflaster erneuert. Viele Fachwerkfassaden waren liebevoll restauriert, die kleine Buchhandlung, der Teeladen, eine Boutique für Damenkleidung, die Drogerie und der Gemüseladen logierten hinter altertümlich aufgemachten Ladenfronten und unter phantasievollen Schildern. Aber gleich nebenan waren die Fenster der Ladenlokale verdreckt, vergilbten die Zettel mit der Aufschrift »Zu vermieten«. Und ein paar Häuser weiter wurde ein Fachwerkhaus von mächtigen Balken am Einstürzen gehindert. Blanckenburg war weit davon entfernt, eine Fremdenverkehrsattraktion zu sein. Und das war wohl das einzige, wovon man sich im Osten Deutschlands noch etwas versprach.

Beim Metzger, beim Gemüsehändler, im kleinen Lebensmittelladen empfing man sie freundlich. Auch hier schien man von den neuen Besitzern des Schlosses wenig zu halten und gar nichts zu erwarten. Der Metzger wollte die DDR zurück, der Gemüsehändler die Gräflichen, und nur im Lebensmittelladen zeigte man sich interessiert an Alex Kemper und seiner offenbar illustren Anwaltskarriere.

»Hat er wirklich diesen Millionenbetrüger verteidigt? Und den Menschenfresser?«

Katalina wußte es nicht, und man entließ sie leicht enttäuscht.

Auch beim Bäcker Weber war sie die einzige Kundin. Eine rotbackige Frau mittleren Alters stellte sich als Elisabeth Weber vor und fragte Katalina gründlich aus. Nach einer Weile gesellte sich eine ältere Frau hinzu, »meine Mutti«, sagte die Weber. Die Ältere hatte bewegliche braune Augen in einem kindlich wirkenden, fast faltenlosen Gesicht. Warum war Katalina nicht verheiratet, warum hatte sie keine Kinder? Ob sie schon länger in Deutschland wohne, und woher sie käme?

»Aus Glogovac«, hörte sie sich sagen. Und dann, als ob das etwas erkläre, das die beiden Frauen verstünden: »Aus Bosnien. Aus Schutzberg.«

Die alte Frau Weber, deren Hände unablässig mit ihrer blaugepaspelten weißen Schürze beschäftigt waren, erstarrte. »Aus Schutzberg!« sagte sie atemlos.

»Reg dich nicht auf, Mutti.« Elisabeth Weber sah Katalina an und schüttelte den Kopf, als ob man Nachsicht haben müsse mit einem starrköpfigen Kind.

»Dann kennen Sie die Sommers? Die Frau Eisenweis?« Die alte Dame lächelte, fast entrückt.

»Mutti, Frau Cavic kann die Leutchen gar nicht kennen. Die sind doch schon lange tot.«

Katalina wußte ein paar Atemzüge lang nicht, was sie sagen sollte. Als sie 1982 aus Glogovac flüchtete, gab es dort keine Deutschen, es hatte seit dem Krieg dort keine Deutschen mehr gegeben. Auch viele der serbischen Familien wohnten noch nicht lange da, weshalb sie es nie bereut hatte, weggegangen zu sein. Schlimm war das nur für die Großeltern gewesen. Und für Gavro begann die Katastrophe erst, als sie zurückkehrte – in der Zeit nach dem Fall des Eisernen Vorhangs, in den blutigen Jahren, als ein Mensch mit der falschen Herkunft vogelfrei war. Was ihr passiert war, war längst nicht so schlimm wie das, was sie ihm angetan hatten.

»Sie haben uns verjagt«, hörte sie die alte Bäckersfrau klagen, als sie ging.

Wie viele andere auch, dachte sie. Nur Zyniker nennen das ausgleichende Gerechtigkeit.

Als sie zurückkam zum Schloß, schien niemand da zu sein. Auf dem Schloßplatz paradierten drei Pfauen und zeigten sich gegenseitig ihre prächtigen Schwanzfedern. Die untergehende Sonne spiegelte sich in den Fensterscheiben, die noch heil waren. Katalina blieb wie angewurzelt stehen. Die vier überlebensgroßen Marmorfiguren, die in der Kuppel des Glockenturms standen, schienen sich zu bewegen im unklaren Licht. Und hinter den mannshohen Sprossenfenstern irrlichterte etwas. Das war nicht der Widerschein des Abendlichts. Ganz bestimmt nicht.

Der Mann ohne Kopf. Die weiße Frau. Sie wunderte sich über ihr Unbehagen. Seit wann war sie abergläubisch?

In dieser Nacht ließ sie im Kutscherhaus ein Licht an im Flur.

5

Frühling 1945, Ankunft in Blanckenburg

Am Tag, als der Krieg zu Ende war, blühte der Flieder. Und jetzt war die Kirschenzeit bereits vorbei und die Äpfel noch nicht reif. Das Land wirkte wie kahlgefressen von den Flüchtlingsmassen, die von Osten und Süden durch Deutschland fluteten und die Vorräte an Menschlichkeit und Lebensmitteln aufgezehrt hatten.

Mathilde marschierte mit leichtem Gepäck Richtung Harz, dessen Umrisse sie am Horizont zu erkennen glaubte. Der Rucksack war gestohlen worden auf einer der Fahrten in überfüllten Zügen, das Silberbesteck mit ihren Initialen hatte sie eingetauscht und von den Stiefeln mußte sie sich kurz vor der Elbe trennen. Sie war barfuß weitergelaufen, bis sie auf einen englischen Offizier traf, der ihre blonden Haare und graublauen Augen bestaunte und ihr Armeestiefel schenkte. Mathildes Füße hatten sich noch nicht an den festen Halt gewöhnt, den die Schuhe ihr gaben. Bloß keine Blasen kriegen, dachte sie und bewegte die Zehen, jetzt noch, so kurz vor dem Ziel.

Blanckenburg war nicht mehr weit. Ob Gregor da sein würde? Es wäre ein Wunder.

Sie glaubte nicht, daß er tot war. Aber sie vermißte ein Echo, wenn sie an ihn dachte. Ob es daran lag, daß sie versucht hatte, das innere Band zwischen ihm und ihr nicht zu überdehnen mit all dem, was weh tat? Gewalt und Raub, Gier und Neid – und Überlebensangst in den

Gesichtern, die ihr begegnet waren auf der langen Flucht.

Oder war es – das andere? Sie spürte die Veränderung mit jedem Tag. Sie verwandelte sich. Es verwandelte sie.

Sie versuchte, nicht an ihre Füße zu denken. Statt dessen begann sie, mit offenen Augen zu träumen – von der Erfüllung der einfachsten, der großartigsten Wünsche: in einem richtigen Bett schlafen. Unter Menschen allein sein dürfen. Durch die Bibliothek gehen und endlich wieder ein Buch in die Hand nehmen. Mathilde versuchte, die vertrauten Fingerübungen zu machen, erst mit der linken, dann mit der rechten Hand: Klavierspielen!

Sie trat an den Straßenrand und wartete, bis die beiden Armeelastwagen vorbeigefahren waren. Vielleicht gab es sogar etwas zu essen.

Abends war sie angekommen. Von fern boten Stadt und Schloß den gewohnten Anblick: oben die mächtige Barockanlage, unten ein spitzer Kirchturm über Fachwerkhäusern und Jugendstilvillen. Aber noch vor der Stadtmauer begannen die Schuttberge und Trümmerhalden. Mathilde nahm den steilen Fußweg hoch zum Schloß. Der Geruch der erkalteten Brandstätten wurde intensiver, je näher sie kam. Das Ausmaß der Zerstörung war von oben erst richtig zu erkennen. Das Pförtnerhaus unterhalb des Schlosses war zerbombt, Bäume lagen zersplittert im Park. Und nach einer weiteren Wegbiegung sah sie etwas, das ihr den Atem nahm: die Schloßkirche war getroffen worden, das Hauptschiff zerstört und der Turm ausgebrannt.

Im Schloßhof wimmelte es von Menschen. Flüchtlingsfrauen wuschen Wäsche, Männer mit Krücken rauchten dünne Zigaretten, ein Trupp gellend schreiender Kinder lief ihr entgegen. Mathilde bahnte sich den Weg zum Eingang.

In der Schloßküche war es heiß. Als sie vor Ella stand, wußte Mathilde sekundenlang nicht, was sie sagen sollte. Die ehemals rundliche Köchin hatte unnatürlich große, fiebrig glänzende Augen im blassen Gesicht. »Kindchen«, sagte sie zur Begrüßung. Und dann schossen ihr die Tränen in die Augen.

Sie hielten sich lange umschlungen, weinend. Dies hier war das erste Stück Heimat seit langem.

Endlich löste sich Ella verlegen lächelnd aus der Umarmung und sagte: »Du mußt ja ausgehungert sein!« Und dann saß Mathilde am großen Tisch, vor sich einen Teller mit Suppe und Brot, neben sich die Köchin, die so wie früher, als sie noch ein Kind gewesen war, aufpaßte, daß sie den Teller auch leer aß. Ella erzählte, leise, erst stockend, dann immer schneller.

Von der Bombardierung Halberstadts. Von den letzten Kämpfen auf dem Hexentanzplatz. Vom Einmarsch der Amerikaner. Von der Weigerung des Stadtkommandanten, die Stadt kampflos zu übergeben. Von jenem Tag im April, als gegen elf Uhr morgens eine Bomberstaffel über dem Harzvorland auftauchte, dreizehn schnelle Thunderbolts, die auf Blanckenburg zuzutänzeln schienen, bevor sie ihre Fracht abluden.

Mehr als sechzig zerstörte Gebäude. Über siebzig Tote. Die Kirschblüte hatte gerade begonnen.

»Aber das schlimmste ist: Sie haben uns verraten. Sie überlassen uns den Russen. Der Graf ist fort. Die Wagen mit Möbeln und Büchern sind vorausgefahren. Alles andere –« Ihre Handbewegung umschrieb das Schloß und das, was dazugehörte, wie etwas, das bereits verschwunden war.

Mathilde war für Sekunden wie gelähmt. Und dann setzte jene Ernüchterung ein, die sie den ganzen langen Weg über begleitet hatte. Sie sollte auch diesen Ort verlieren? Das mußte wohl so sein.

»Erinnerst du dich an Matthias Klenke? Er ist zurück, als Berater der Roten Armee.« Ella klang verächtlich. »Er kam hoch ins Schloß und erzählte, wir seien enteignet und das Schloß gehöre ab sofort dem Volk. Ich hab ihn achtkant rausgeworfen.«

»Weiß man etwas von Gregor?« Mathilde zögerte, bevor sie danach fragte. Plötzlich fürchtete sie die Antwort.

»Er hat geschrieben, aus französischer Kriegsgefangenschaft. Halbverhungert wahrscheinlich. Aber er lebt.« Ella schüttelte mißbilligend den Kopf. »Und wir können ihm noch nicht einmal etwas schicken.«

Mathilde lächelte unter all den Tränen, die plötzlich so locker saßen. Sie schrieb seit Wochen alles auf für ihn, jeden Tag ein Stückchen mehr, mit einem Bleistift, von dem mittlerweile kaum noch ein Stummel übrig war. Sie hoffte auf die richtigen Worte. Er sollte sie nicht mißverstehen.

»Ich hab ihn da, den Brief.« Ella sah verlegen aus, als sie das Stück Papier aus der Schürzentasche holte, auf dem Küchentisch glattstrich und dann an Mathilde weiterreichte, die es stumm entgegennahm. Später. Später würde sie den Brief lesen.

»Wann kommen die Russen?«

»Am 23. Juli. Du mußt weg. Möglichst bald.«

Ella baute ihr ein Bett neben ihrem eigenen, oben, in einem Zimmer auf dem Dienstbotenflur des Turmflügels. Mathilde schlief tief und fest, und als sie morgens erwachte, schwebte noch ein Traumbild am Rande ihres Bewußtseins, das schön und leicht und sonnig war. Mehr erinnerte sie nicht.

Das Schloß kam ihr bemerkenswert ruhig vor, als sie hinunterging. Die britischen Soldaten waren fort. Die verwundeten Gefangenen auch. Ella stand allein in der großen Küche, ihr Gesicht war gerötet, und ihre Augen hatten noch immer diesen seltsamen Glanz. Und plötzlich schwankte sie. Mathilde war mit wenigen Schritten bei ihr. Die Hände der Köchin waren trocken und heiß. Sie faßte sie um die Schultern und zog sie auf einen Stuhl. Ella hustete, als sie sich hineinfallen ließ.

»Du bist krank.«

»Unsinn.« Der Husten schüttelte den schmalen Körper. Und dann brach die treueste Seele von Schloß Blanckenburg zusammen.

Ella fieberte. Mathilde wagte nicht, sie zu verlassen. Aber seit sie den Brief gelesen hatte, wußte sie, was zu tun war. Sie deckte die Kranke zu und schlüpfte aus dem Zimmer.

Den ganzen Tag über hatte es geregnet auf ausgedörrte Wiesen und staubige Straßen, und jetzt stiegen Nebel aus dem Flußtal. Mathilde näherte sich der Kirche mit abergläubischer Vorsicht. Der Glockenturm war ein zerklüfteter Stumpf, das Hauptschiff ausgebrannt. Was hinderte einen strafenden Gott, Rache zu nehmen und auch noch diese geborstenen Mauern fallen und auf sie herabstürzen zu lassen?

Sie kletterte über Gesteinsbrocken und Gebälk, über Säulen und Pilaster, über Heiligenköpfe und Dämonenfratzen. Durch eine Bresche in der Schutthalde gelangte sie in das Seitenschiff, dessen Kreuzgewölbe dem Luftangriff standgehalten hatte. Es roch nach wilden Tieren.

Die Marienstatue war fast unversehrt. Auf ihren Schultern hatten sich Mörtelbrocken niedergelassen und hockten da wie Tauben oder Spatzen. Ein herabstürzender Stein mußte ihr die segnende Hand abgeschlagen haben.

Mathilde stieg vorsichtig über die beweglichen Schuttmassen. Ihre Hand tastete nach dem Päckchen, das sie unter der Strickjacke an sich gepreßt hielt. Sie mußte ans Ende des Seitenschiffes gelangen, dort führte eine Tür hinunter zur Krypta. Als sie endlich davorstand, blickte sie zurück. Über dem aufgerissenen Hauptschiff rötete sich der Himmel. Niemand war ihr gefolgt.

Beim Schein der Kerze, die sie mitgebracht hatte, stieg sie die schmale Treppe hinunter. Hier unten stand die Luft, faulig und brandig. Beutesucher und Plünderer hatten Zerstörung und Exkremente hinterlassen. Die Tür zur Familiengruft war aufgebrochen. Was mochten sie hier gesucht haben? Schädel, Knochen, Grabbeigaben? Mathilde hob die Kerze. Die Kindersärge waren geöffnet worden und die Deckel beiseitegeschoben, einige lagen zerborsten am Boden, in einem der kleinen Sarkophage sah man Tuchreste und winzige Knochen. Sie ging den Mittelgang entlang. Auch am Katafalk in der Mitte des Raumes hatten sich die Grabräuber versucht. Aber der gußeiserne Deckel hatte widerstanden.

Unter ihren Füßen raschelten vertrocknete Kränze und Blumengebinde. Als Kinder hatten sie sich oft hier hinuntergeschlichen, an heißen Sommertagen. Damals war es ein Vergnügen gewesen, sich zu gruseln. Mathilde gruselte nichts mehr. Sie kannte Schlimmeres. Und war nicht dieser Ort der Toten angesichts der Ruinen draußen und der Dunkelheit, in die Deutschland zurückgefallen war, ein Hort des Friedens? Die hier lagen, waren wenigstens bestattet worden.

Die ältesten Särge standen am Ende des Gewölbes. Nicht weit davon blieb sie stehen – vor einem schlichten grauen Steintrog mit einem Deckel, durch den ein Riß ging. Der hier bestattet lag, war ihr Schutzheiliger gewesen, damals, als Folkert noch lebte und Gregor noch keinerlei Ähnlichkeit mit dem finsteren Herrn erkennen ließ, der sein Vorfahre war. Gregor Gawan Graf von Hartenfels zu Blanckenburg, 1640 bis 1723, dessen überlebensgroßes Porträt im Kaminzimmer Blanckenburgs gehangen hatte und das nun verschwunden war, wie so vieles andere auch.

Als sie noch ein Kind war, zu Besuch bei den Verwandten auf Blanckenburg, hatten sie bei einem Spiel namens Schatzsuche entdeckt, daß sich am Kopfende von Graf Gawans Sarkophag der steinerne Fußboden bewegte. Man konnte eine der grobbehauenen Platten aus dem Fußboden lösen. Sie erinnerte sich noch an die Begeisterung der beiden Brüder, als sie darunter einen Ring und eine schwarz angelaufene Silbermünze fanden.

»Wir werden uns Nachrichten schreiben und sie hier hineinlegen«, hatte Folkert mit verschwörerisch gesenkter Stimme und leuchtenden Augen verkündet. Jahre später war er tot. Verendet – an einem Fleischerhaken baumelnd. Mathilde schloß die Augen. Es war vorbei. *Das* war vorbei.

Ob alles noch dalag?

Sie kniete sich auf den Boden neben dem Steinsarg und schob das Taschenmesser in einen kaum sichtbaren Spalt zwischen Platte und Fuge. Dann hebelte sie den Stein hoch.

Sie hatte die Luft angehalten und atmete jetzt erleichtert aus. Hier hatte niemand nach Schätzen gesucht. Alles sah noch so aus, wie sie es zurückgelassen hatte: nur das Foto war stumpf geworden und die Rose vertrocknet. Sie hatte beides am Morgen nach einem unwirklich schönen Sommertag hineingelegt; der Krieg warf bereits Schatten. Gregor hatte sie am Abend zuvor bei den Händen gehalten und etwas von immer und ewig geflüstert – wie man das machte, in dieser untergegangenen Welt; sie sechzehn, er neunzehn. Und dann mußte er gehen. »Nach dem Krieg in Blanckenburg!« Sie hatten einander in die Augen gesehen bei diesem feierlichen Schwur. Wer konnte schon ahnen, was der Krieg aus ihnen machen würde. Und aus Blanckenburg.

Mathilde hob Bild und Rose behutsam aus ihrer Höhle. Das Mädchen auf dem Foto sah ebenso ernst wie furchtlos in die Welt. Sechs Jahre war das her. Sie spürte ihre Brust eng werden. Sie war nicht mehr der Mensch, den Gregor geliebt hatte.

Dann nahm sie seinen Brief aus dem zerknitterten Umschlag, den sie von Ella bekommen hatte. Sie kannte die Zeilen auswendig, sie hatte sie wie unter Schüttelfrost gelesen, immer und immer wieder.

»Mathilde ist der Stern in der Nacht meiner Demütigung. Meine geheiligte Inbrunst, all die Jahre über. Edle Größe in süßer Gestalt. Ihre Reinheit war jedes Opfer wert.« Seine Worte waren herabgesunken und liegengeblieben, unverdaulich und kalt. Sie hatten sie bestärkt in ihrem Beschluß.

Mathilde holte das flache Päckchen unter der Strickjacke hervor, das sie ein halbes Jahr lang bei sich getragen hatte; es war noch warm von ihrem Körper. Sie faltete die Serviette auseinander, die nicht mehr weiß war, sondern fleckig von Schweiß und Schmutz und Blut. Die Bilder waren nicht groß, barocke Miniaturen, zwei davon Email auf Gold, Porträts von Anna Katharina und Friedrich von Jechow, angefertigt von Peter Boy. Das dritte zeigte einen hakennasigen Herrn mit strahlend blauen Augen. Seine Oberlippe war zu schmal, seine Unterlippe zu ausladend. Von den Nasenflügeln zogen sich scharfe Linien hinunter zu den Mundwinkeln. Graf Gawan. Pastell auf Elfenbein. Rosalba Carriera. Wenn man den grimmigen Gesichtsausdruck durch ein heiteres Lächeln ersetzte, konnte man ihn für Gregor halten. Die Miniatur war sein Verlobungsgeschenk gewesen.

Sie wickelte alle drei Bilder wieder sorgfältig ein und bettete sie zuunterst in die Höhle im Fußboden. Die Kerze, die sie auf den Steinsarg gestellt hatte, flackerte im Lufthauch, der durch das Gewölbe strich, als ob er etwas suche. Ihre Hand schien in dem warmen Licht zu zittern. Sie zögerte. Dann legte sie die vielen Seiten hinzu, die sie beschrieben hatte in den letzten Wochen. Das Foto. Die Rose, die ihr in den Händen zerfiel. Sie zögerte, bevor sie die Steinplatte wieder herabsenkte. Er würde nicht verstehen. Jetzt nicht. Aber vielleicht ... später.

Falls er überhaupt zurückkommt nach Blanckenburg, sagte eine kalte Stimme in ihr. Und falls er das alles dann noch wissen will.

Sie richtete sich auf, nicht mehr mit der alten Leichtigkeit, die sie gewohnt war. Sie spürte die Veränderung. Es begann etwas Neues, das seine Ansprüche an sie anmeldete. Vorsichtig tastete sie sich zurück, die schmale Treppe hoch, hinaus in die warme duftende Abendluft.

Ella starb im Schlaf. Mathilde löste behutsam die erstarrten Finger, die sich um ihre Hand gelegt hatten und zog die Stiefel an. Es war Zeit.

Der Schloßhof war menschenleer. Aus dem Neuen Flügel hörte sie Stimmen, Gelächter. Und ein Klavier. Chopin. Wanja? Fast wäre sie stehengeblieben, um den Klängen zu lauschen. Dann hörte sie Schritte. Sie duckte sich gerade noch rechtzeitig unter den Torbogen und wartete, bis sich die Schritte entfernten. Dann war sie auf dem Weg hinunter zur Stadt. Die Russen waren gekommen.

Im Gemeindehaus brannte Licht. Es gab etwas zu essen, ein paar Decken, eine Pritsche. Sie schlief nicht in den wenigen Stunden bis Sonnenaufgang. Sie dachte an den Brief.

Gregor hatte den Brief an seine Eltern adressiert, aber er war geöffnet worden, wahrscheinlich von der Zensur. Nichts stand darin über die Gefangenschaft, über die Zustände in dem französischen Lager, über die Aussichten, bald freizukommen. Der Brief war eine Hymne an die Zukunft. Und eine Hymne an seine künftige Frau.

Diese Worte, diese quälenden, entsetzlichen Worte. »Stern in der Nacht der Demütigung.« »Geheiligte Inbrunst.« »Edle Größe in süßer Gestalt.«

Edle Größe. Reinheit. Mathilde hätte gern gelacht, aber ihr war nach weinen. Wie konnte man edel, groß und rein bleiben in diesen Zeiten? Wie sauber sein, wenn man durch Morast gelaufen war?

Es gab sie nicht mehr, die Welt, die sie einst mit Gregor teilte.

Deine Stella ist nicht mehr, dachte sie. Das Sternchen ist verglüht. Und Blanckenburg, unser Blanckenburg, wird nie mehr unser sein. Die Erbin von Jechow nennt sich ab sofort Mathilde Bergen. Sie ist schwanger, im schätzungsweise vierten Monat. Wie viele Väter für das Kind in Frage kommen, ist unbekannt. Sie hat keine Zeit mehr für hehre Worte und edle Größe. Sie will überleben, für sich und das Kind. Sie *wird* überleben.

Zwei Tage später machte sie sich auf den Weg. Je früher sie den Harz überquerte, desto besser. Als sie sich weit genug entfernt von Blanckenburg glaubte, drehte sie sich um. Das Schloß lag da, wie es seit Jahrhunderten auf dem weißen Kalkstein gestanden hatte. Neben ihm ragte die Turmruine der zerstörten Schloßkirche in den blassen Himmel.

Die Welt stand still. Und dann schoß eine Staubfontäne lautlos in den Himmel, dahinter verzerrten sich die Konturen des Kirchturms. Seine Säulen und Pilaster schienen zu schweben, bevor sie ineinanderstürzten. Und in einer weiteren aufbrandenden Rauchwolke, mit einem mächtigen Grollen, versank die Kirche von Schloß Blanckenburg. Ihre Trümmer verschütteten den Ort, an dem Mathilde von Bergen niedergelegt hatte, was noch übrig war von ihrem vergangenen Leben.

Sie hatten den Turm über der Krypta gesprengt.

Teil 2

1

Der Geruch fiel sie an, sobald sie die Tür geöffnet hatte, er war ihr vertraut, sie kannte ihn viel zu gut. Katalinas Schritte hallten durch die Räume mit den leeren Wänden. Die Praxis von Dr. Gotsky war in einem erbärmlichen Zustand. Der Fußboden, eine Art Linoleum, hatte Flecken und Dellen und Einkerbungen, an den Wänden hingen schwärzliche Spinnweben, die stockfleckigen Tapeten lösten sich bereits. In der Luft stand der Geruch nach Desinfektionsmittel und nassen Hunden mit chronisch gereiztem Zahnfleisch.

Sie hatte nicht die Absicht, allzuviel Geld in die Praxis hineinzustecken, nur das Nötigste sollte getan werden, aber selbst das sah nach Arbeit für Wochen aus. Katalina lehnte sich in den Türrahmen und studierte die abgegriffenen Standardrassetafeln für Pferde und Rinder und die anderen eselsohrigen Plakate an den Wänden, auf denen für Floh- und Wurmmittel geworben wurde. Einige der dort genannten Medikamente waren schon vor Jahren aus dem Verkehr gezogen worden. War das wirklich so eine gute Idee gewesen, alle Brücken hinter sich abzubrechen und ausgerechnet hierhin zu flüchten?

»Wer nirgendwo bleiben kann, ist niemals frei«, hatte der vorletzte ihrer Männer einmal gesagt. Es war eine kluge Bemerkung gewesen – das einzige, was sie daran gestört hatte, war der Vorwurf, der darin mitschwang. Zwei Monate später hatte sie ihre Koffer gepackt.

Warum nur kam der Neuanfang in Blanckenburg ihr diesmal nicht wie eine Befreiung vor? Sie löste sich von der Tür und ging zum Fenster. Sie hatte heute Nacht geträumt, bis in die Morgenstunden, als eine Nachtigall vor ihrem Fenster zu schlagen begann. Seit sie in Blanckenburg angekommen war, quälten die alten Dämonen sie wieder. Alles war da, alles, was sie zu verdrängen gelernt hatte. Vor allem Gavro. Das tat am meisten weh, denn jeder Traum von ihm, von seinem Lachen, seinen Küssen, seinen Worten, endete mit dem Erwachen in einem Leben, in dem es ihn nicht mehr gab.

Sie riß sich aus ihren Gedanken und öffnete die Tür zu einem dritten Raum. Ein, zwei Sekunden lang hielt sie die Luft an. Hier roch es nicht, es stank. Dr. Gotsky hatte alles, was er nicht mehr benötigte, in das fensterlose Zimmer gepackt: einen ramponierten Behandlungstisch, Besucherstühle, die noch aus tiefsten DDR-Zeiten stammen mußten, Medikamente, Verbandszeug und eine Kiste voller Instrumente, die ganz so aussahen, als ob sie bereits Sammlerwert hätten.

Katalina bückte sich und holte das stählerne Maulgatter hervor, mit dem man Pferden den Mund aufsperrte, damit man ihnen die Zähne stutzen konnte. Erfreulicherweise hatte es der alte Herr Gotsky schon zu einer bohrmaschinenbetriebenen Raspel gebracht, das sparte Betäubungsmittel und schweißtreibende Handarbeit. Tatsächlich sah alles noch einigermaßen brauchbar aus: die Kastrationszangen in allen Größen, die roten Nasen-Schlund-Sonden und das Wurfzeug für Pferde, diverse Faßzangen für die Geburtshilfe und ein Embryotron. Hoffentlich mußte sie das so bald nicht einsetzen. Man holt damit tote Kälber stückweise aus dem Bauch der Mutterkuh.

Sie ging wieder nach nebenan, öffnete die Fenster

und begann, Blanckenburgs Handwerker abzutelefonieren. Beim Elektriker meldete sich niemand. Beim Klempner brüllte im Hintergrund ein Kleinkind. Die Klempnersfrau war freundlich, aber ausweichend. »Hoffentlich wird das auch was mit Ihrer Praxis. Soweit ich gehört habe ... Naja: sicher ist das nicht, aber der Eigentümer will alles so lassen, wie es ist. Sagt mein Mann.« Der offenbar an diesem Auftrag nicht interessiert war.

Ihre Laune näherte sich dem Nullpunkt. Sie schloß die Fenster, verließ die Wohnung und ging am mittelalterlichen Rathaus vorbei über den Markt bis zu der schmalen Treppe, die vom Städtchen hoch zum Schloß führte. Je höher sie stieg, desto stärker spürte sie den Sog, der von dem grauen Koloß ausging. Es war kein angenehmes Gefühl.

Als sie im Kutscherhaus ankam, war sie angespannt und gereizt. Der Kaffee von heute morgen schmeckte nicht mehr, er war in der Warmhaltekanne lauwarm und sauer geworden. Sie zuckte genervt zusammen, als das Mobiltelefon schnarrend auf dem Küchentisch vibrierte, bevor es zu piepsen begann. Mit ein paar Schritten war sie beim Küchentisch. »Ja?« sagte sie ins Telefon, während sie sich auf den Stuhl sinken ließ.

»Sprechen Sie lauter!« Eine ungeduldige Stimme. »Sind Sie die neue Tierärztin?« Eine mißtrauische Stimme.

Sie atmete tief ein. Eine Kundin. »Das ist richtig. Hier ist Katalina Cavic.«

»Ja, wo finde ich Sie denn? Sie sind auf dem Schloß, wurde mir gesagt. Aber da geh ich nicht hin, das ist mir zu weit!«

»Frau –«

»Ich bin Frau Werner, und mein Liao hustet so komisch.«

»Liao ist Ihr –« Erkälteter Guppy? Alles war möglich.

»Liao-Wangtai von Aasenheim. Ein Chow-Chow, fünf Jahre alt – ein ganz wunderbares Tier!«

Katalina notierte Name und Anschrift. »Und er hustet, sagen Sie.«

»Können Sie gleich kommen? Es ist dann nämlich Zeit für meinen Mittagsschlaf, und nachmittags kommt Besuch.«

Was für eine herrische Lady – getreu dem Spruch: »Der Chow ist ein Hund, der ein Herr ist, auf der Suche nach einem Herrn, der kein Hund ist.« Wenigstens hatte die alte Dame zu tun. Es gab genug einsame Leute, die ihrem Tier alles mögliche andichteten, damit wenigstens ein Mensch mal nach ihnen sieht.

Sie kramte den Stadtplan von Blanckenburg hervor. Frau Werner wohnte nicht in der Altstadt, nein, sie residierte im Kurviertel, in dem sich die Bessergestellten um die Jahrhundertwende Jugendstilschlösschen und Fachwerkvillen hatten bauen lassen, damals, als ein Kurort mit Heilquelle nicht die Rentner, sondern die Reichen und Bedeutenden anlockte. Wie es sich gehörte für die Besitzerin eines reinrassigen Chow-Chows. Katalina sah auf die Uhr. Zu Fuß war das nicht zu schaffen. Sie brauchte bald einen Wagen oder wenigstens ein Mietauto. Ein Moped. Ein Fahrrad! Wie schnell man doch bescheiden wird. Sie hatte gestern ein Fahrrad gesehen, beim Stall, in einem offenen Unterstand.

Katalina zog Laufschuhe an, nahm die Wetterjacke vom Haken und griff sich den Arztkoffer. Dann lief sie hinüber zum Traiteurshaus. Eine Klingel gab es nicht, also ging sie hinein. Im Flur roch es noch immer nach Essen. Sie klopfte an die Küchentür. Nichts rührte sich. Sie zögerte. Dann öffnete sie die Tür.

Der Anblick überraschte sie. Alma stand in Rock und BH vor dem Sofa, auf den sie einen großen Spiegel gestellt hatte, und betrachtete sich. Sie hatte sich noch stärker geschminkt als sonst, ihr Dekolleté glitzerte, als ob sie Goldpuder aufgetragen hätte und um ihren nicht eben schwanengleichen Hals lag ein Kollier aus Glastropfen in tiefem Rot. Sie drehte sich langsam um.

»Und?« fragte sie. »Was sagen Sie dazu?«

»Schön«, sagte Katalina. Mehr fiel ihr nicht ein.

Alma seufzte, nahm das Kollier ab und schlüpfte in die Bluse, die sie über den Stuhl vor dem großen Tisch geworfen hatte, auf dem Kästen mit Schmuckperlen lagen, Silberdraht, Zangen. »Ich wünschte, es wäre nur ein Hobby«, sagte Alma mit Blick auf ihr Handwerkszeug. »Aber ich müßte mal wieder was davon verkaufen.«

Sie drehte sich um und setzte den Wasserkocher auf.

»Ich habe eigentlich nur eine Frage.« Katalina hatte keine Lust auf ein beschauliches Kaffeestündchen mit Alma. Und keine Zeit.

»Die anderen sind in der großen Stadt. Geld verdienen. Wichtige Termine. Na, was man so alles vorschützt, wenn man den Anblick hier nicht mehr erträgt.« Alma nahm eine Dose aus dem Regal und versuchte, den Schraubdeckel zu öffnen. »Sophie ist Kunsthistorikerin, ich weiß gar nicht, ob Sie das wissen.« Katalina schüttelte den Kopf. »Alex muß immer mal nach seiner Anwaltskanzlei gucken, Peer nach der Bank.« Ein Banker. Irgendwie überraschte sie das nicht.

»Könnten Sie mal?« Alma hielt ihr die Dose hin. »Sie sehen so aus, als ob –«

Alma sprach es wenigstens nicht aus. Aber Katalina wußte ja, wie sie wirkte. Wie eine, die gewohnheitsmäßig und mit leichter Hand zehn Bullen am Stück kastrieren konnte. »Patent«, hatte der Arzt gesagt, bei dem sie ihr zweites Praktikum absolvierte. Er mußte es als Kompliment gemeint haben, denn er war ihr trotzdem an die Wäsche gegangen. Sie reichte die geöffnete Dose zurück.

»Und Erin hockt in ihrer Bibliothek.« Alma klang plötzlich geringschätzig. »Ich – nun ich habe das Glück, hier die Stellung halten und auf meine nichtsnutzige Tochter aufpassen zu dürfen.« Sie setzte sich an den Tisch und schob mit dem Unterarm die Kästen und Werkzeuge beiseite. »Warum setzen Sie sich nicht?«

»Ehrlich gesagt –«

»Und haben Sie eigentlich mitgekriegt, daß der Hund tot ist? Sophie hat gestern abend ein Theater gemacht, als ob es ihren Lebensgefährten erwischt hätte.«

»Leo?« Die Nachricht überraschte sie. Das Tier hatte zwar betäubt gewirkt, aber davon abgesehen völlig gesund. Hatte sie sich etwa getäuscht? Einen Fehler gemacht?

»Vor dem Schlafengehen wollte sie mit dem Hund noch mal raus – wundern Sie sich übrigens nicht, wenn Sie in einen dieser gigantischen Haufen treten! Sophie scheint der Meinung zu sein, die Absonderungen ihres Lieblings seien der reine Naturdünger.«

»Gab es – Fremdeinwirkung?«

»Ein Messer in der Brust oder so etwas? Nein. Er sah ganz friedlich aus.« Alma wirkte wenig erschüttert. »Sie hat übrigens getobt und geschrien und behauptet, Sie hätten Leo für gesund erklärt.«

»War er auch.« So ein großer Kerl stirbt nicht gleich, wenn er mal eine Schlaftablette verschlingt. Oder? Sie wischte ihre Selbstzweifel fort. »Es tut mir zwar leid, aber –«

Alma nickte. »Sie können nichts dafür.«

In der Tat. Leos Tod war erstens nicht zu ändern und zweitens nicht ihr Hauptproblem. »Ich habe eine Bitte. Ich muß zu einer Kundin.«

»Nennt man das so bei Ihnen? Nicht Patientin?« Alma runzelte die Stirn.

»Ich würde mir gern Ihr Fahrrad leihen – sonst bin ich nicht rechtzeitig da.«

»*Mein* Fahrrad?« Alma sah an sich hinunter. »Sehe ich so aus?«

»Es steht eins beim Stall.« Katalina wäre fast ungeduldig geworden, wenn ihr nicht aufgefallen wäre, daß Alma sich von ihren üblichen einsamen Klientinnen nur durch eines unterschied: sie hatte kein Schoßtier als Vorwand.

»Ach das«, sagte Alma. »Bedienen Sie sich.«

Katalina dankte und war schon bei der Tür, als Alma leise ihren Namen rief. Sie drehte sich um.

»Kommen Sie heute abend zum Essen?«

Sie nickte und zog behutsam die Tür hinter sich zu.

Liao war ein sehr stilvoller Hund. Katalina horchte ihn ab, schaute sich Zahnfleisch und Zunge an, suchte im seidig gestriegelten Fell nach Zecken oder anderem Ungeziefer und versuchte gar nicht erst, ihm ein Thermometer in den Hintern zu schieben. Sie gab sich mehr

Mühe als sonst, der Fall Leo saß ihr in den Knochen. Aber es half nichts: das Tier war in bester Verfassung.

Frau Werner nickte, so, als ob sie es immer schon gewußt hätte. »Ich wollte nur wissen, ob Sie was von Ihrer Arbeit verstehen.«

Katalina atmete tief ein und zählte bis drei.

»Dr. Gotsky machte keine Hausbesuche und roch schon mittags nach Alkohol. Liao mochte ihn nicht.«

Verstehe, dachte Katalina. Und jetzt möchten Sie *meine* Zeit verschwenden. Sie griff in den Koffer, nach dem Quittungsblock.

»Und wenn Sie einer alten Frau verzeihen mögen –«

Katalina schaute auf. Frau Werner hatte zu lächeln begonnen, was ihr Gesicht völlig veränderte.

»Ich wollte wissen, wer Sie sind. Wer freiwillig in diese weltabgeschiedene Gegend kommt, in der wir alle nur bleiben, weil wir hier immer schon gewohnt haben. Oder weil uns niemand sonst haben wollte.« Das Lächeln wurde tiefer. »Wer sich traut, oben aufs Schloß zu ziehen. Und wer das ist, dem es gelungen ist, meine alte Freundin Mariechen Weber für Tage aus der Ruhe zu bringen.«

Katalina hatte keine Ahnung, von wem die Rede war.

»Bäckerei Weber. Sie ist die Seniorchefin. Mariechen war fünfzehn, als sie nach Blanckenburg kam. Sie sprach kein vernünftiges Deutsch und war völlig verstört. Ich war das einzige der Mädchen, das mit ihr befreundet sein mochte.« Frau Werner guckte wie die Klassenbeste. »Meine Eltern hielten nichts von Vorurteilen.«

War das ein mehr oder weniger feinfühliger Hinweis darauf, daß die Menschen in Blanckenburg vor einer Tierärztin mit ausländischem Nachnamen zurückschrecken könnten? Bislang hatte Katalina nichts davon gespürt.

Frau Werner rückte einen Stuhl vom Tisch ab. Wie auf Befehl setzte sie sich. Die alte Dame stellte eine Karaffe mit einer bernsteingelben Flüssigkeit auf den Tisch und zwei fingerlange, schmale Gläser, die alt aussahen und kostbar.

»Erzählen Sie.« Frau Werner goß ein. Sie hoben einander die Gläser entgegen. Katalina nippte nur am Sherry. Der Tropfen sank wie eine warme Wolke hinunter in ihren Magen.

»Was gibt es da zu erzählen?«

»Kindchen! Wann Sie weg sind aus Jugoslawien! Wie Sie das erlebt haben, das ganze Gemetzel!« Frau Werner schüttelte sich theatralisch.

»Ich bin schon Anfang der achtziger Jahre in den Westen geflüchtet.« Sie zeichnete mit dem Zeigefinger das Muster auf der Tischdecke nach. Was ging es die alte Dame an, daß sie 1991 zurückgekehrt war und mehr von dem »ganzen Gemetzel« mitgekriegt hatte, als ihr lieb war? »Ich bin hier. Ich versuche nicht mehr daran zu denken.« Dann sah sie auf und der Frau ins Gesicht. Die lächelte noch immer. Es war ein Lächeln, das sie, wenn sie Mariechen Weber und fünfzehn gewesen wäre, nicht lange ertragen hätte. Es war das Lächeln der unendlichen Großmut.

»Ich verstehe, Katalina – darf ich Katalina sagen?« Frau Werner hob ihr Glas wieder und leerte es. »Ich werde Ihr Loblied singen. Bei all den Damen und Herren, die vernünftige Ernährung und einen täglichen Marsch mindestens so nötig hätten wie ihre verfetteten Schoßhunde.«

Beim Hinausgehen sah sie Gummistiefel neben der Haustür stehen unter der wetterfesten Jacke am Garderobenhaken.

Als sie das Fahrrad besteigen wollte, meldete sich wieder das Mobiltelefon. Es hörte für den Rest des Tages kaum noch auf zu piepsen. Halb Blanckenburg wollte überprüfen, ob man ihr die geliebten Ponies, Zwergkaninchen, Katzen, Wellensittiche und Reitpferde würde anvertrauen können.

Als Katalina zum Schloß zurückradelte, begannen sich die Wolken vor den Strahlen der Abendsonne aufzulösen. Sie bildete sich ein, daß der grüne Schleier über den Bäumen und Sträuchern in den vergangenen Stunden kräftiger geworden war. Die Hecken aus Schwarzdorn am Straßenrand standen in voller Blüte, es roch nach Wildnis und Tieren. Kurz vor dem Anstieg zum Schloß stieg sie ab und schob.

Blanckenburg unterschied sich nicht von anderen Kleinstädten. Sie würde in Windeseile alles erfahren, was man für berichtenswert hielt – und in manche Geheimnisse eingeweiht werden, für die andere Geld bezahlt hätten. Sie würde mit den Stammbäumen bedeutender und weniger bedeutender Familien der Stadt vertraut sein, mit deren Größe und deren Niedertracht, würde von der Taufe bis zum Grabgang jedes Ereignis im menschlichen Leben aus erster Hand miterleben, würde mitleiden, mitverfluchen, sich mitfreuen und irgendwann wieder fliehen müssen vor soviel Menschlich-Allzumenschlichem.

Katalina Cavic war weder ein halber Mann noch empfindungslos.

Eine Stunde später war sie geduscht und umgezogen und ging zum Traiteurshaus hinüber. Alma hantierte mit Töpfen und Pfannen. Auf dem Sofa in der Wohnküche räkelte sich ein junges Mädchen mit endlos langen Beinen, hielt einen Apfel in der Hand und las eine Zeitschrift, die nach Mode oder Musik aussah. Noa hatte die Größe, ihr verschwörerisch zuzulächeln, bevor sie sich wieder in das Magazin vertiefte.

»Kannst du mal bitte, Noa.« Alma klang – wie die meisten Mütter halbwüchsiger Töchter – nach bis zum Äußersten angespannten Nerven.

»Was ist denn?« murmelte Noa halblaut und biß geräuschvoll in den Apfel.

»Noa!!« Das Mädchen rollte die Augen gen Himmel, sah Katalina mit dem Ausdruck tiefster Erschöpfung an und sammelte ihre langen Gliedmaßen ein, um sich ins Unvermeidliche zu fügen. Katalina hörte nicht hin, während die beiden sich lustlos und routiniert stritten.

Das Traiteurshaus spiegelte etwas vom vergangenen Glanz des Schlosses – selbst in der Küche gab es Stuck an der Decke und Holzvertäfelung an den Wänden. Den Kamin hatte man leergeräumt; wahrscheinlich zog der Schornstein nicht mehr, sonst hätte man das Rohr des Kanonenöfchens nicht zum Fenster hinausgeführt. Über dem Kamin hing ein Gemälde, es zeigte eine Frauengestalt in hellen, fließenden Gewändern. Als sie näher trat, fiel ihr Blick auf die Bibel, die auf dem marmornen Kaminsims lag. Und auf die drei Stiche, die in schmalen Holzrahmen daneben standen.

»Ist nicht viel übriggeblieben von der alten Herrlichkeit. Die Bibel ist alt, und die Bilder – naja.« Alma setzte eine Schüssel auf den Eßtisch. »Wir haben das meiste auf dem Dachboden gefunden. Alles nix wert.« Dann trat sie neben Katalina.

»Sophie ist sich nicht sicher, aber sie glaubt, das Porträt sei eine mindere Arbeit aus dem 18. Jahrhundert.«

Sie seufzte und straffte die Schultern. »Ich stelle mir manchmal vor, es ist die weiße Frau. Die schwangere Gräfin, die im 16. Jahrhundert bei einem Schloßbrand ums Leben gekommen ist und seitdem hier spukt.«

Katalina sah sie von der Seite an. Meinte sie das ernst?

»Na, wenigstens ein Schloßgespenst sollten wir vorweisen können, oder?« Alma wandte sich wieder ab. »Was Handfesteres gibt's hier nicht. Was die Gräflichen 1945 nicht mitgenommen haben, wurde geplündert – erst von den Amerikanern, dann von den Engländern, zum Schluß von den Russen. Gottlob hatte irgendein DDR-Bonze hier später sein Jagdschloß. Ohne den stünden wir heute noch trauriger da.«

Die Dame in Weiß hielt eine verwelkte Rose in der Hand und schaute elegisch aus dem Fenster auf eine Landschaft mit Flußlauf. Katalinas Blick streifte die alte Bibel. Zwei der Stiche, die daneben standen, zeigten Blanckenburg, wie es einmal gewesen war. Ein Städtchen zu Füßen des Schlosses. Das Schloß selbst in barokker Vollkommenheit – die Mauer, der Hof, auch das Traiteurshaus waren zu erkennen. Katalina kniff die Augen zusammen und versuchte, alle Details zu erfassen. Im wesentlichen stimmte das Alte mit dem Neuen überein, nur eines fehlte heute: die Kirche, die sich auf dem Stich neben dem Schloß erhob. Sie mußte da gestanden haben, wo sie vorgestern die alten Grabsteine entdeckt hatte, auf dem Plateau in südlicher Richtung. Ein Kriegsschaden? Oder kommunistischer Vandalismus?

»Noa!« Alma mäkelte schon wieder an ihrer Tochter herum. Katalina begann, sich nach einem ruhigen Abend im Kutscherhaus zu sehnen. Dann setzte man sich endlich zu Tisch.

Alma kochte keineswegs schlecht; diesmal gab es keinen »Schweinefraß«, sondern eine zarte Lammkeule. Aber der Impuls, der Alma ihre Einladung hatte aussprechen lassen, schien verflogen. Die Spannung zwischen Mutter und Tochter ließ jedes Gespräch ersterben. Als Katalina sich bedankte und verabschiedete, wirkte niemand traurig.

Draußen in der frischen Nachtluft atmete sie tief durch. Vielleicht war es doch von Vorteil, keine Kinder zu haben. Der Gedanke kämpfte kurz mit dem Schmerz, den die Erinnerung enthielt. Dann schüttelte sie ihn ab. Das war vorbei.

Erst als sie fast vor dem Kutscherhaus stand, fiel ihr auf, daß sie ihren Schal über der Stuhllehne im Eßzimmer hängengelassen hatte. Ein Blick zurück zeigte ihr, daß noch Licht war im Traiteurshaus. Kurz entschlossen lief sie zurück, drückte die Eingangstür auf und ging durch den Flur zur Küche.

»Ich habe mein Tuch vergessen«, rief sie zu Alma hinüber, die sich erschrocken umdrehte. Ihr wäre gar nicht aufgefallen, daß sie etwas zu verbergen hatte, wenn sie nicht so bemüht gewesen wäre, ihren ausladenden Leib vor das zu schieben, was auf dem Küchentisch stand. Ein Tablett mit einem Glas Rotwein und mit einem Teller, von dem Dampf aufstieg.

»Gute Nacht!«

Alma antwortete nicht. Als Katalina wieder im Park stand und sich zum Haus umdrehte, wurden unten die Lichter ausgeschaltet. Dafür sah sie oben im zweiten Stock eine Lampe angehen. Und dann – nein, diesmal täuschte sie sich nicht. Es brannte Licht im Turmflügel des Schlosses, im ersten Stock, dort, wo man nicht hingehen durfte, weil alles angeblich so baufällig war.

Aber das war nicht die erste Lüge, die man ihr in Schloß Blanckenburg aufgetischt hatte.

2

»You won't be lost, hurt, tired and lonely, something beautiful will come your way.« Katalina drehte den Walkman lauter. Es war ein anstrengender Tag gewesen.

Sie hatte zwei Hunde entwurmt, einen alten Gaul gegen Mauke behandelt, ein Kälbchen aus dem Mutterleib geholt, eine ganze Herde Ferkel geimpft und eine einsame Katzenfreundin getröstet. Wenn das so weiterging, würde sie den Tierbesitzern Blanckenburgs bald nichts mehr beweisen müssen. Und nebenbei hatte sie mit den örtlichen Handwerkern gekämpft, die allesamt taten, als ob sie beide Hände voll zu tun hätten. Manchmal fragte sie sich, warum sie das Angebot eines Bekannten nicht angenommen hatte, ihr einen Trupp schneller Polen zu schicken. Dann sähe es in der Praxis von Dr. Gotsky bereits ganz anders aus.

Katalina schaltete, trat etwas kräftiger in die Pedale und fuhr im Schrittempo die steile Auffahrt zum Schloß hoch. Sie hatte sich überraschend schnell wieder ans Fahrradfahren gewöhnt, es begann sogar Spaß zu machen. Alles war intensiver, vom Sattel aus gesehen: die Landschaft, die Gerüche, die Farben, die Laute. Und außerdem vermochten ein paar kräftige Tritte in die Pedale die Spinnweben zu vertreiben, die nächtliche Träume beim Aufwachen hinterließen. Träume, die immer um das gleiche kreisten.

Als sie durch die Allee auf das Schloßtor zufuhr, war es wieder da, das Gefühl, in die Vergangenheit einzutauchen. Und heute täuschte sie sich nicht: Es gab Licht im

Schloß. Licht? Das war untertrieben – der Neue Flügel rechts vom Turm war illuminiert, jedenfalls im Parterre. Zwei seiner Eingangstüren standen offen, durch die vielen tiefgezogenen Fenster erkannte man eine Gestalt, die geschäftig durch den Raum ging.

Sie stieg ab und lehnte das Rad an einen Holunder, der aus dem Pflaster im Schloßhof gebrochen war. Das Schloß war ins Leben zurückgekehrt. Es war Alma, die in dem großen Saal umherhuschte. Irgendwie war es ihr gelungen, das alte Sofa aus der Küche im Traiteurshaus hinüberzuschaffen und eine verwirrend vielfältige Menge von Sesselchen, Stühlen und Beistelltischen über den ganzen Raum zu verteilen. Bilder hingen an den Wänden, Kerzenleuchter standen vor Spiegeln, Stoffe waren über Tische und Stühle verteilt – eine rote Samtdecke. Ein bunter Quilt. Dazwischen mehrere Grünpflanzen und eine abschreckend moderne Stehlampe. Katalina stand staunend in der Tür und ging dann langsam durch den Saal. Wenn man näher kam, sah man, wie schäbig vieles war – die Spiegel blind, die Bilderrahmen billig.

»Schön?« Alma stand neben ihr, das Gesicht gerötet, die Augen funkelnd.

»Wunderschön«, sagte Katalina. Die warmen Töne der Stoffe, der glitzernde Schmuck, den Alma auf den Tischchen verteilt hatte und das Kerzenlicht gaben dem Raum etwas von seiner alten Würde zurück. Eine Wiedergutmachung.

Der Anblick rührte etwas an, irgendeine Saite in ihr, die sie noch nicht kannte. Vielleicht hatten die drei Schwestern und ihr Anhang etwas von seiner Aura gespürt, als sie den alten Kasten kauften? Denn ohne sentimentale Zuneigung zu diesem Ort verbrachte ein erfolgreicher Anwalt wie Alex Kemper nicht seine Wochenenden hier. Und was sonst konnte auf einen Bankmanager wie Peer Gundson, auf eine bekannte Kunsthistorikerin wie Sophie Franken so unwiderstehlich wirken?

»Ich habe alles genommen, was ich finden konnte. Gerümpel meistens. Aber jetzt, da es Frühling wird, ist es Zeit, das Schloß zu öffnen.«

Alma, hatte sie geglaubt, war noch am ehesten zu verstehen. Sie spielte die Haushälterin, wahrscheinlich gegen Bezahlung durch die anderen. So konnte sie nebenbei an ihrer Schmuckkollektion arbeiten und ihre Tochter im Auge behalten. Aber jetzt nahm sie eine gänzlich neue Rolle ein: Alma war die Schloßherrin. Und die fragte man, wenn man mehr von dem alten Monstrum sehen wollte, als der Blick durch verstaubte Fenster offenbarte.

Alma zögerte kaum merklich. Dann lachte sie. »Eine Führung? Warum nicht?«

Es war noch nicht dunkel draußen, aber in den anderen Räumen des Schlosses herrschte Zwielicht. Alma ging voraus, durch die Kapelle – »im Stockwerk darüber befand sich die Bibliothek, übrigens im 18. Jahrhundert schon öffentlich« – und durch den Kaisersaal – »Stuckarbeiten von Jakob Perinetti und Carlo Rossi«. Vor dem Turmflügel zögerte sie. »Die Statuen symbolisieren die Künste und die Wissenschaften – Eversmann 1723«, sagte sie, so, als ob Katalina wissen müßte, wie großartig das war. Katalina lächelte schweigend. Sie hatte von Architektur soviel Ahnung wie Humanmediziner vom Knochengerüst eines Pferdes.

Alma erlaubte ihr einen flüchtigen Blick in die ehemalige Schloßküche, die im Parterre des Turmflügels untergebracht war, sagte vage: »Im ersten Stock waren die Wohnräume der gräflichen Familie« und eilte dann zurück zum lichtdurchfluteten Saal – »im Neuen Flügel wurden die Gäste untergebracht«. Der Gartensaal, wie ihn Alma getauft hatte, der mit der einbrechenden Dämmerung draußen umso heiterer wirkte, öffnete sich auf der Rückseite zu einem mauerumstandenen kleinen Garten. Katalina ging durch die Terrassentür hinaus und blickte in den Abendhimmel und über die Dächer Blanckenburgs hinweg, wo die Straßenlichter angegangen waren.

Vielleicht war es die warme Luft, vielleicht die ersten Frühlingsgefühle, aber plötzlich glaubte auch sie an neues Leben in den Ruinen Blanckenburgs. Sie ging zurück in den Gartensaal, in dem Alma stand, mit glühenden Wangen, und sich langsam um die eigene Achse drehte, um ihr Werk zu bewundern.

»Sie kommen hoffentlich auch morgen.« Alma klang wie ein Kind vor der Bescherung. »Morgen eröffnen wir die Saison. Eine Soiree –« Ihre Hand umschrieb einen weiten Bogen. »Für die Stadthonoratioren. Für die Elite Blanckenburgs. Sie wissen doch: Pfarrer, Bürgermeister, Notar.«

Sie legte Katalina die Hand auf den Unterarm und beugte sich mit Verschwörermiene vor. »Blanckenburg hat sein Schloß zurück. Die werden uns noch die Füße küssen.«

Bevor sie ging, half Katalina, das Sofa an eine andere, eine »dramatischere« Stelle zu rücken, wie Alma sich ausdrückte. Auf dem Weg zum Kutscherhaus drehte sie sich um und badete ihre Augen in dem warmen Licht, das vom Schloß her hinüberdrang. Und dann ... Nein, sie täuschte sich auch diesmal nicht. Im Turmflügel, dort, wo einst die gräflichen Wohnräume gewesen waren, ging hinter dreien der Fenster das Licht an. Eine Gestalt trat ans Fenster, öffnete es, blickte hinaus, schloß es dann wieder und zog die Vorhänge zu. Das konnte nur eine sein: Noa.

Als sie vor dem Kutscherhaus angelangt war, sah sie drei der schloßeigenen Pfauen auf dem Fensterbrett neben dem Eingang hocken. Die Vögel schienen etwas zu betrachten, nein – zu bewachen. Sie trat näher. Unter dem Fensterbrett stand ein Karton, der sich bewegte.

Katalina seufzte. Sie hatte damit gerechnet. Man mußte darauf gefaßt sein, daß die einzige Tierärztin weit und breit zur Anlaufadresse für alle unerwünschten Kreaturen wurde, die man loswerden wollte, ohne allzugroße Schuldgefühle haben zu müssen. Sie scheuchte die Pfauen fort. Im Karton hockte ein feuchtes, graues Fellbündel, das jämmerlich wimmerte, als sie es hochhob, und ihr dann begeistert die Nase ableckte.

»Das hat mir gerade noch gefehlt«, murmelte sie und trug das Bündel ins Haus.

Es war das häßlichste Hundebaby, das ihr je unter die Augen gekommen war.

Später machte sie eine Flasche Wein auf. Es war kein Rotwein, wie Peer Gundson ihn ausgeschenkt hätte. Alex Kemper würde wahrscheinlich noch nicht einmal probieren davon. Aber schon der erste Schluck versetzte sie an die Berghänge von Mostar. Sie nahm das Glas mit nach draußen zur Bank vor der Tür. Nach einer Weile kam das struppige Tierchen schlaftrunken hinter ihr her, kletterte auf ihren Schoß, drehte sich zweimal um sich selbst, steckte die Schnauze unter seinen Schwanz und schlief ein, tief, wie Babies eben schlafen.

Katalina hielt das Gesicht in die kühle, duftende Brise und starrte mit halbgeschlossenen Augen in die Nacht. Das wäre eine Nacht für Gavro gewesen. Neumond. Kein Laut, nirgends. Einschwebende Fledermäuse, jagende Eulen. Jetzt raschelte irgendwo ein Tier.

Das Mädchen stand vor ihr. Katalina zuckte zusammen. Gavro, den sie eben noch neben sich gespürt hatte, zog sich zurück in die tieferen Schichten ihres Bewußtseins.

Noa trug ein weites T-Shirt über bequemen Hosen und sah plötzlich wie ein ganz normaler Teenager aus. Nein – wie ein verwirrter, ja verängstigter Teenager.

»Alles in Ordnung mit dir?«

Das Mädchen nickte.

»Geht es Alma nicht gut?« Man konnte ja nie wissen. Tierärzte sind Mädchen für alles.

Noa biß sich auf die Unterlippe und schüttelte den Kopf.

»Könnten Sie ... ich meine: so, daß es niemand merkt? Vor allem Alma nicht?«

»Was soll ich so, daß es niemand merkt?« Katalina konnte sich ein Grinsen nicht verkneifen.

»Es ist der alte Herr.«

Welcher alte Herr? »Peer Gundson? Alex Kemper?«

»Ach, die doch nicht. Es ist – mein Pflegefall«, sagte Noa mit der Bitterkeit der Jungen, die lieber in die Disco gehen würden als sich in einem halbverfallenen Schloß um Pflegefälle kümmern.

»Wo gibt es denn hier einen Pflegefall, den ich noch nicht kenne?«

Noa verzog den Mund zu einem schmalen Lächeln. »Es soll ja auch niemand wissen.«

»Also: wer und wo?«

»Er liegt im Turmflügel. Es geht ihm nicht gut.«

»Wer – er?«

»Na, der Alte halt.« Sie wand sich verlegen wie ein Kind. »Alex nennt ihn Nepomuk, das Schloßgespenst.«

Katalina gab auf. »Was sagt der Hausarzt?«

Noa guckte gequält. »Der ist –« Sie dachte ein bißchen zu lange nach, bevor sie »im Urlaub!« anfügte.

»Und warum versuchst du es nicht mit dem Notruf?«

»Katalina! Bitte! Alma bringt mich um!« Das Mädchen sah so verzweifelt aus, daß Katalina es fast in den Arm genommen hätte.

»Na, ich kann ja mal nachsehen.« Wer was von Pferden versteht, kennt sich auch aus mit Menschen, hatte ihr Lehrer an der Universität gesagt. Sofern es nicht um einen Schlüsselbeinbruch geht – Pferde haben nämlich keins. Und kotzen können sie auch nicht.

»Er ist … er ist so *komisch.*« Noa knetete ihre Hände. »Erst hat er wirre Sachen erzählt. Dann war er völlig verschwitzt. Und jetzt fühlt er sich ganz kalt an. Und – seine Medikamente. Erin hat mir noch erklärt, was ich ihm alles geben soll, aber ich weiß nicht mehr genau, wieviel und in welcher Reihenfolge und wann.«

Noa war sichtlich durcheinander. Kein Wunder. Das klang nach Kreislaufkollaps – schlimmer wären Schlaganfall oder Herzinfarkt. Hatte Erin dem Mädchen wirklich die Pflege eines kranken Mannes anvertraut, der auch noch in dieser unwirtlichen Ruine hauste? Katalina schüttelte mißbilligend den Kopf und setzte den Hund von ihrem Schoß hinunter auf die Bank. Das Tier hob den Kopf mit geschlossenen Augen, seufzte und steckte die Schnauze wieder unter den Schwanz. Die Art, wie Noa den häßlichen kleinen Köter betrachtete, ließ sie weit jünger erscheinen, als sie sich gab. Fast war Katalina gerührt.

Sie folgte dem Mädchen zum Turmflügel und in das Treppenhaus, das in die oberen Räume führte. Der lange Flur im ersten Stock wirkte licht und aufgeräumt und entschieden weniger baufällig als andere Teile des Schlosses. Mit der Warnung vor dem Betreten der oberen Stockwerke wegen Einsturzgefahr wollte man offenbar Neugierige abschrecken.

Noa öffnete eine der großen Flügeltüren, die vom Flur abgingen.

Der alte Herr lag in einem wuchtigen Holzbett unter dickem Bettzeug, drei elektrische Heizkörper standen um ihn herum. Es war viel zu heiß im Zimmer. Sie bat Noa, eines der Fenster zu öffnen, und ging auf das Bett zu.

»Herr –?« Sie guckte Noa an. Noa zuckte mit den Schultern.

Die Augenlider des Mannes flatterten. Die Haut über dem schmalen Schädel wirkte wächsern, in den tief eingegrabenen Mundwinkeln sammelte sich der Speichel. Katalina nahm die rechte Hand des Kranken. Kalkweiß und kalt. Der Puls kaum zu spüren. Auf einem Tisch in der Nähe des Bettes lagen Arzneimittel, eines davon ein gängiges blutdrucksenkendes Medikament.

Der Mann vor ihr hatte keinen zu hohen Blutdruck. Er hatte fast gar keinen mehr. Als ihr Blick auf die

Packung neben dem blutdrucksenkenden Mittel fiel, ahnte sie, was los war. Der Mann nahm außer Wandonorm auch noch Amaryl, ein orales Antidiabetikum, das den Blutzucker senkt – und zwar bis unter die Grasnarbe, wenn man nicht aufpaßte.

Katalina nahm die Hand des alten Herrn zwischen ihre Hände und begann sie behutsam zu massieren. Schöne Hände hatte der Mann, lange, schmale Finger und die Spannweite eines Klavierspielers. Nur die weißliche Warze auf dem Handrücken störte.

An einen Schlaganfall glaubte sie nicht mehr. Wohl aber an eine massive Unterzuckerung, die erst ins Koma und dann zum Tod führen kann, wenn man nichts dagegen unternimmt.

»Habt ihr Traubenzucker im Haus?«

Noa starrte gebannt auf den alten Herrn und rührte sich nicht vom Fleck.

Wieder flatterten dessen Augenlider. Die wächserne Haut. Die kalten Hände. »Apfelsaft! Bananen! Irgendwas Süßes! Worauf wartest du noch? Noa! Beeil dich!«

»Ist er ... erholt er sich wieder?«

»Ja, wenn du tust, was ich dir sage! Honig hilft auch!«

Endlich ging Noa. Katalina betrachtete den Kranken. Kurze weiße Haare. Cäsarenschnitt. Sie strich ihm sanft über die Stirn, die sich glatt anfühlte, trotz der vielen braunen Altersflecken. Kalter Schweiß.

Der Mann war bestimmt über achtzig. Ein Verwandter? Der Vater der drei Franken-Schwestern?

»Herr Franken?« Man konnte es ja mal versuchen. Vielleicht bekam er noch etwas mit von dem, was um ihn herum geschah.

Und dann öffneten sich seine Augen. Hellblau. Heller geworden mit dem Alter, nahm sie an. Noch blicklos. Aber plötzlich nahm er sie wahr. Das eben noch eingefallene Gesicht veränderte sich. Ein hingerissenes, ein hinreißendes Lächeln breitete sich aus, begann mit den Augen, ergriff den Mund. Er flüsterte etwas. Sie nahm wieder seine Hände zwischen die ihren und rieb sie sanft. Sie schienen nicht mehr ganz so kalt zu sein. Die Augen des Alten schlossen sich und öffneten sich gleich wieder. »Sternchen«, sagte er. Diesmal verstand sie ihn deutlich. Er hatte Sternchen gesagt.

In diesem Moment kam Noa mit Saft und Honig und Bananen, Alma im Gefolge – im Nachthemd, mit verstrubbelten Haaren und aufgerissenen Augen. Sie sah alt aus ohne die übliche Make-up-Schicht.

»Was machen Sie hier?« Dann fiel ihr Blick auf den Mann. Sie stürzte ans Bett. »Was ist los? Ist er –?«

Plötzlich gingen Katalina all die unvollendeten Sätze, zu denen die Familie Franken neigte, entsetzlich auf die Nerven.

»Nein, er ist nicht tot. Nein, es sieht auch nicht so aus, als ob er gleich sterben würde. Er hat einen zu niedrigen Blutdruck und eine schwere Unterzuckerung. Das ist zwar sicherlich gefährlich, aber man kann etwas dagegen tun.«

»Hat er was gesagt?«

Katalina wunderte sich über die Frage. Nein, besser gesagt: über die Art, wie Alma fragte. Lauernd. Mißtrauisch. Erwartungsvoll. Alles davon. Sie legte den Arm um den alten Herrn und zog ihn hoch, bis er halbwegs aufrecht in den Kissen lehnte. Langsam flößte sie ihm etwas von dem Saft ein.

»Nein, er hat nichts gesagt.« Der Schluckreflex funktionierte noch. »Wie lange ist er schon bettlägerig?«

Die beiden sahen sich an. »Seit ein paar Wochen«, sagte Alma schließlich zögernd.

»Und was sagt der Arzt?«

»Was soll der schon sagen?«

Richtig. Sie hätte im übrigen auch nicht gewußt, wie gefährlich die Kombination von Amaryl und Wandonorm bei älteren Menschen sein kann, wenn sie nicht so etwas Ähnliches schon einmal erlebt hätte. Der Mann hatte einen prächtigen Schäferhund gehabt, der gottlob die ganze Nachbarschaft zusammengebellt hatte.

»Wer gibt dem Mann seine Medikamente?«

»Erin. Normalerweise.«

Katalina bildete sich ein, daß sich der alte Herr zu erholen begann.

»Es ist nur – ich habe die da heute morgen vergessen.« Noa machte eine vage Kopfbewegung hin zu der Packung mit den Antidiabetika. »Und deshalb habe ich ihm vorhin gleich zwei gegeben. Aber das hat wohl nichts mehr genützt.«

Im Gegenteil. Es hatte zu gut genützt. Katalina verstand Erin nicht. Wie konnte sie die komplizierte Versorgung eines Diabeteskranken einem fünfzehnjährigen Kind überlassen?

Sie hielt dem alten Herrn das Glas an die Lippen, während Alma die Banane mit Honig vermengte. »Er war – es ist – mein Exmann«, murmelte sie.

»Noas Vater?« Warum nicht. Auch wenn keine Ähnlichkeit zu erkennen war – der Mann hatte ausgeprägte Gesichtszüge, eine starke Nase, ein herrisches Kinn.

»Nein. Der kam vorher. Ich meine: danach.«

Wie denn nun? dachte Katalina, während sie auf den Atem des Alten lauschte.

»Sind Sie sicher, daß es der Blutzucker ist?« Alma klang plötzlich wieder mißtrauisch.

»Nein«, sagte Katalina, die hinter dem Wasserglas einen Streifen mit Filmtabletten entdeckt hatte. Rohypnol war ein Schlafmittel, das auch in normaler Dosis einen älteren Herrn umhauen konnte, sofern der nicht durch jahrelangen Gebrauch daran gewöhnt war. »Wenn er nicht bald wieder hochkommt, dann war es ein Schlafmittel. Oder besser gesagt: zuviel davon.«

Zuviel davon. Ein Schlafmittel. Eine Dogge, deren Lebendgewicht allerdings nicht ganz an das eines erwachsenen Mannes heranreichte. Hatte jemand an Leo getestet, wie Rohypnol wirkt und in welcher Dosis es tödlich ist? Was für ein Gedanke!

Katalina ließ den Kopf des Mannes aufs Kissen zurücksinken. Er kam langsam zu sich.

»Wie können Sie das wissen, Sie sind doch –« Alma versuchte, sich zu bremsen.

Katalina stand von der Bettkante auf, steckte die Hände in die Jeans und drehte sich zu Alma um. »Ich bin Veterinärmedizinerin, Frau Franken. Und ich kenne den Unterschied zwischen Tieren und Menschen. Er kann sehr groß sein. Und sehr klein.«

»Und gackernde Hühner sind auch nicht besser als dumme Esel«, knurrte es vom Bett her.

»Schön, daß Sie wieder unter uns weilen, mein Herr«, sagte Katalina.

»Und wie immer bei bester Laune.« Alma drehte sich um und zog die widerstrebende Noa mit hinaus. Sie ließ die Tür hinter sich geräuschvoll ins Schloß fallen.

»Wer sind Sie?« fragte der alte Herr.

Katalina reichte ihm die Hand. »Katalina Cavic. Ich bin der Pferdedoktor hier.«

Er lächelte. Nicht so weich, wie vorhin, nicht so traumverloren, fast zärtlich. »Na, dann kann ja nichts mehr schiefgehen«, sagte er.

3

Ein toter Hund. Ein alter Mann, den man an den Rand des Todes medikamentiert hatte. Katalina hatte nicht gut geschlafen nach der Begegnung mit dem Kranken gestern abend. Wieso wohnte der Exmann von Alma im Schloß, obwohl er noch nicht einmal Noas Vater war? Und warum hielt man seine Anwesenheit in den ehemals gräflichen Zimmerfluchten geheim?

Beim Zähneputzen fiel es ihr wieder ein. Irgend jemand hatte einen alten Mann erwähnt, 84 Jahre alt. Aber wann, wo, wer?

Sie trank den Kaffee in der Küche und hörte zu, wie das Findeltier mit gieriger Schnauze seinen Eßnapf über den Küchenfußboden schob. Der Hund fraß mit beeindruckendem Appetit. Bei Tageslicht war er nicht hübscher geworden. Zeus, dachte sie. Der Göttervater, der sich nicht zu fein war, sich in ein niederes Tier zu verwandeln, wenn ihm nach Nähe zu den Menschen war. Gott ist auch in den häßlichsten Dingen.

»Dein Name sei Zeus«, sagte sie und hob den Kaffeebecher. Der Hund stellte sein hingerissenes Schmatzen und Schlingen ein und blickte auf, die Ohren gespitzt, die bernsteinbraunen Augen voller Aufmerksamkeit. »Zeus«, wiederholte sie. Er bewegte seinen Schwanz, erst langsam, dann schneller, sprang auf sie zu und leckte ihr ausgiebig die Hand.

Die provisorische Leine, die sie ihm anlegte, bevor sie ihn mitnahm zum Einkaufen, kam weniger gut an. Sie gingen zu Fuß in die Stadt – sofern man von gehen sprechen konnte, wenn an jedem zweiten Baum angehalten werden mußte, weil dem Köter etwas Aufregendes in die Nase stieg. Ihr Mobiltelefon verhielt sich erfreulich still. Die anderen Tiere Blanckenburgs schienen heute alle gesund zu sein – oder das frühlingshafte Wetter draußen hatte ihre Besitzer abgelenkt von der eigenen Einsamkeit.

Zwei ihrer Kunden führten den Hund aus und begrüßten Katalina auf der Straße. Andere nickten ihr zu – sie war bereits eine bekannte Größe in der Stadt. Alle waren höflich, tätschelten Zeus und beglückwünschten sie zu ihrer Namenswahl, aber man sah ihnen an, was sie dachten: Zeus war der häßlichste Hund, den man jemals gesehen hatte.

Nur die Dame mit dem ausladenden Hut konnte Katalina nicht gleich einordnen. Sie war nicht ohne weiteres wiederzuerkennen, weil sie bei Katalinas erstem Besuch kein Wagenrad auf dem Kopf getragen hatte – es war das Frauchen von Gero, dem schon etwas altersschwachen Weimaraner.

Man mußte niemanden lange auffordern, über das Schloß, seine Geschichte und seine neuen Besitzer zu reden. Alex erregte allgemein die Neugier: die einen hielten ihn für ein ganz großes Tier, die anderen fanden ihn wenigstens charmant. Peer Gundson entzündete die Phantasie weit weniger. »Wenn er schon bei der Bank ist, dann soll er mal das Geld beischaffen, damit endlich was passiert da oben in diesem Rattennest«, sagte die Buchhändlerin, bei der Katalina zwei dicke Krimis kaufte. Aber niemand erwähnte einen »alten Herrn« und auf ihre direkte Frage, ob es außer den Frankens und ihrer Sippe noch andere Bewohner des Schlosses gäbe, erntete sie erstaunte Blicke. In der Tat: wer sollte das schon besser wissen als sie?

Die Frankens hatten offenbar mehr zu verbergen als ein bißchen Ehebruch und finanzielle Probleme. Katalina setzte sich auf einen der weißen Stühle vor dem italienischen Eiscafé und blinzelte in die Sonne, während ein erschöpfter Zeus sich zu ihren Füßen fallen ließ. Sie versteckten einen alten Mann. Und womöglich hatte jemand den Hund zu vergiften versucht. Noa? Mädchen in ihrem Alter waren zu den merkwürdigsten Dingen fähig. Und Noa zeigte alle Anzeichen pubertären Irreseins: Sie spionierte Alex Kemper hinterher, wahrscheinlich schwärmte sie für ihn, und sie wußte, daß Alex etwas mit Sophie hatte. Nichts läge also näher, als Sophie durch das Vergiften ihres Hundes zu bestrafen. Den Zugang zu den entsprechenden Medikamenten hatte Noa ja.

Aber daß sie dem alten Herrn aus Absicht die doppelte Dosis des blutzuckersenkenden Mittels gegeben haben sollte … Katalina hatte das Mädchen vor Augen. Das war echte Panik gewesen, da war nichts gespielt. Und es würde sie sehr wundern, wenn Noa der Zusammenhang zwischen Unterzuckerung und Koma vertraut wäre. Sie trank ihren Milchkaffee aus und stand auf.

»Haben Sie schon gehört?« Ettore, der Besitzer vom »Golfo di Napoli«, quittierte ihren Wunsch nach der Rechnung mit höflicher Abwehr. Er hielt den kostenlosen Milchkaffee für eine Ehrensache, seit sie die Meerschweinchen seiner Bambini von Koliken befreit hatte.

»Es kam eben in den Nachrichten. Sie haben am Krellberg einen alten Bunker geöffnet und ein Munitionslager gefunden. Und zwei Skelette. Von *Menschen.*«

Den ganzen Heimweg über beschäftigte sie der Gedanke an die Menschenknochen. Sie war aufgewachsen in dem festen Glauben ihrer Großmutter, daß die Toten zurückkehren – nicht jene, die friedlich im Bett verschieden und ordnungsgemäß beigesetzt worden waren. Sondern die anderen: die man erschossen, erschlagen, ertränkt oder sonstwie gemeuchelt hatte. Ein Aberglaube, der im Land ihrer Herkunft Wirklichkeit geworden war – wahrscheinlich spülte noch immer jedes Frühjahrshochwasser Totenteile an die Oberfläche. Und hier, in Deutschland, fast sechzig Jahre nach dem Ende des Krieges? Auch hier stiegen sie aus dem Hades, die Opfer von Gewaltherrschaft und Krieg. Wann wurden Knochen zu Staub? Sie wußte es nicht. Es schien unendlich lange zu dauern.

Alma mußte den ganzen Tag für ihre Soiree gearbeitet haben – der Gartensaal sah selbst im hellen Spätnachmittagslicht verwunschen aus. Katalina registrierte das charmante Lächeln, mit dem Alma sie begrüßte, ohne auch nur mit einem Blick auf die Ereignisse vom Abend zuvor anzuspielen. Auch die anderen waren da. Alex. Erin. Und Sophie, die ihr Gesicht unter einem großen Hut mit schwarzer Schleife verbarg und die Hand auf Peer Gundsons Knie gelegt hatte, als ob es der Hundekopf des treuen Leo wäre.

Noa drückte Katalina ungefragt ein Glas in die Hand. Das Mädchen servierte die Drinks mit der ganzen Zuvorkommenheit einer rebellierenden Fünfzehnjährigen. Die anderen Schloßbewohner aber waren zur Charmeoffensive angetreten.

Sophie war die einzige, die nichts Frühlingshaftes

trug. Alma hatte sich pfundweise Eigenkreationen um den Hals gehängt, Erin sah ausnahmsweise mal nicht nur blaß aus, und sogar Peer Gundson wirkte belebt. Alma schwirrte von Gast zu Gast wie eine Hummel von Blüte zu Blüte. Und Alex Kemper lehnte an dem reichlich ramponierten Klavier, das Alma sonstwo aufgetrieben haben mochte, und flirtete mit der Bürgermeisterin, wobei ihm Erin vom Fenster her zusah. Es war nicht das erste Glas, das er leerte, und er winkte viel zu schnell und viel zu gebieterisch nach Noa und Nachschub.

Katalina stand an der Terrassentür, die Nase so nah wie möglich an der Luft, die nach warmer Erde und Narzissen roch, und betrachtete das Tableau im Gartensaal von Schloß Blanckenburg, das alle Merkmale eines Heimatromans aus dem 19. Jahrhundert versammelte. Wenn die von der Burg zum Empfang luden, kamen immer noch alle: der Bürgermeister und der Pfarrer und der Lehrer. Es störte noch nicht einmal, daß der Bürgermeister viel zu jung war, der Pastor eine Frau, der Lehrer der Leiter einer hochangesehenen Eliteschule eine Burg weiter und der Advokat fehlte. Wenn sie sich dazustellte, wäre sogar der Arzt zur Stelle – wenn auch nur der Tierarzt.

Die einzige, die nicht ins Bild paßte, war Noa, die bauchfrei trug und hohe Stiefel zur engen Hose. Und Alma. Sie lachte zu laut. »Ein Golfhotel? Nein, nein, keine Sorge, daran sind schon unsere Vorgänger gescheitert!«

Die Bürgermeisterin nickte. Sie sah verloren aus unter dem großen Ölgemälde über dem Kamin, unter dem selbst Alma wie eine Zwergenkönigin wirkte. Irgendein Pippin der Seltsame. Gestern hatte es dort noch nicht gehangen. Katalina trat näher. Man hatte das Bild nicht gerade gut behandelt – der Rahmen sah billig und nicht sehr alt aus und dort, wo ein empfindungsloser Mensch die Leinwand gefaltet oder geknickt hatte, war die Ölfarbe abgesprungen. Ein Urahn derer von Blanckenburg? Finster genug sah er drein, der hakennasige Herr mit dem strengen Mund. Und die anderen, kleineren Bilder, einige älteren, einige jüngeren Datums? Sie hingen ohne Ordnung an der Wand, Alma hatte sie offenbar nach Größe und Schönheit sortiert und nicht nach einer Familienchronik, die ohnehin niemanden, der heute auf Blanckenburg wohnte, betraf.

Trotzdem verglich Katalina die drei Schwestern mit dem finsteren Ahnen. Er kam ihr bekannt vor. Aber nein, es gab keine Ähnlichkeiten. Höchstens Alma konnte es an Imposanz mit dem gräflichen Vorfahren aufnehmen.

Sie legte den Kopf in den Nacken und schaute nach oben, dorthin, wo noch Reste des alten Stucks an der Decke hingen. Man würde viel, sehr viel Geld brauchen, um das Schloß wieder herzurichten. Ein Thema, das auch die Anwesenden beschäftigte, wieder einmal. Sie senkte den Kopf und blickte in die Runde.

»Ein Gartenfestival ist nun wirklich keine zündende Idee«, murmelte Sophie, ohne Erin anzusehen, von der offenbar der Vorschlag gekommen war, und nippte an der Tasse mit dem Kaffee, der schon längst kalt sein mußte. »Und stell dir vor: all die Leute, die dir den Rasen kaputtrampeln und alles mitnehmen, was nicht angeschraubt ist.«

»Man muß die Geschichte einbeziehen. Die eigentliche Tradition von Schloß Blanckenburg«, sagte der Schulmann mit tragender Stimme. »Sie sind hier von Geschichte umgeben!«

Alma nickte eifrig.

»Wir können die Entstehungszeit der ursprünglichen Burganlage auf das 12. Jahrhundert zurückführen.« Die Bürgermeisterin klang, als ob sie auch bei Tatsachenbehauptungen auf die parteipolitische Zulässigkeit ihrer Aussage achtete.

»Die Napoleonischen Kriege. Blanckenburg war von französischen Truppen belagert, und der Schwarze Herzog starb 1815 bei Quatrebras.«

»Vielleicht denken Sie auch an die Kirche, die bis 1945 neben dem Schloß stand«, sagte die Pfarrerin leise. Klara Buddensen war die einzige unter den Gästen, die sich nicht wohl zu fühlen schien. »Wäre der damalige Stadtkommandant nicht so stur gewesen, stünde sie noch heute da.«

»Romanisch. Zweimal abgebrannt. Zweimal wieder aufgebaut. Zerstört durch einen amerikanischen Jagdbomber-Angriff am 20. April 1945 um 11 Uhr«, fügte der Lehrer soldatisch knapp hinzu. »Gesprengt im August. Natürlich ist auch das Geschichte, die es wert ist, bewahrt zu werden.«

»Und was ist mit den Jahren danach? Wir haben in der Bibliothek eine wunderhübsche Sammlung realsozialistischer Memorabilia gefunden.« Alex Kemper blickte unschuldig. »Eine Marxbüste. Die illustrierte Volksausgabe von Karl May. Und einen Meter Jugendbücher, Reihe ›Spannend erzählt‹, vom Verlag Neues Leben.«

Der Lehrer lächelte mild, die Bürgermeisterin guckte gequält.

Nur Alma lachte. Zu laut. Alle starrten sie an, als sie sich mit strahlendem Lächeln in Bewegung setzte. In diesem Moment hob Zeus den Kopf, der bis dahin zufrieden vor der Terrassentür gelegen hatte, und stieß ein erstaunlich tiefes Knurren aus. Mit einem Satz hatte er Alma eingeholt, die mit ausgestreckten Armen auf die Tür zurauschte.

Katalina versuchte, ernst zu bleiben. Zeus wuchs über sich hinaus. Wahrscheinlich glaubte der kleine Kläffer, er sei als Ersatz für Leo eingestellt. Sie versuchte gar nicht erst, ihm hinterherzupfeifen. Der Hund war nicht schlecht erzogen. Er war noch gar nicht erzogen.

Alma stieß einen spitzen Schrei aus, Noa ließ ein Glas fallen, und von der Tür her hörte man erstaunte Laute. Dann hatte Zeus sich beruhigt. Er saß fromm auf seinen Hinterläufen und ließ sich von einem der beiden Männer, die im Türrahmen standen, die Ohren kraulen.

»Das sind – unsere Überraschungsgäste«, sagte Alma mit einem schiefen Lächeln.

»Die Überraschung ist ganz meinerseits«, sagte der andere der beiden Männer und trat in den Raum. Er hatte seine runden Körperformen in einen rustikalen Tweedanzug mit Weste gesteckt, wie ihn der gepflegte Landmann trägt, am Hals eine weinrote Fliege, und er trug einen Hut – wahrscheinlich, um den Kahlkopf zu verbergen. Seine Gesichtsfarbe deutete darauf hin, daß er dem guten Leben nicht abgeneigt war.

Der andere, der Hundeflüsterer, dem Zeus wie ein Lämmchen folgte, die Lefzen zu einem anmutigen Lächeln verzogen, hatte ein schmales, asketisches Gesicht mit hellblauen Augen, die ein wenig schräg zu stehen schienen, volle, dunkle Haare, obwohl er nicht mehr der Jüngste war, und scharfe Falten zwischen Nasenwurzeln und Mundwinkeln.

Alma hatte sich wieder beruhigt, hakte den kleinen Dicken unter und zog ihn mit sanfter Gewalt in die Mitte des Raumes. »Das ist Professor Doktor Sigurd Rust, der bekannte Archäologe!«

Niemanden schien diese Auskunft sonderlich zu erregen.

»Und das ist –« Alma kniff die Augenbrauen zusammen. Mit dem anderen Gast hatte sie offenkundig nicht gerechnet.

»Dr. Moritz Bergen, ein Kollege«, sagte Rust großmütig. Der Mann wußte, wer hier der Star des Abends war.

»Habe ich nicht kürzlich etwas gelesen von Ihnen?« Sophie runzelte die Stirn.

Rust neigte den Kopf. »Sie meinen sicher meinen Beitrag zum Streit über die Varusschlacht?«

»Quinctili Vare, legiones redde!« rief der Schulmeister.

Rust lächelte geschmeichelt. »Ja, der Artikel hat Aufsehen erregt. Zu Recht. Ich kann schlüssig nachweisen, daß der nationalgeschichtlich so bedeutsame Sieg der Germanen über die römischen Legionen nicht dort stattfand, wo man Millionen von Steuergeldern in ein gigantisches Museum investiert hat, um dem Publikum das Geld aus der Tasche zu ziehen. So etwas nennt man unter ehrlichen Wissenschaftlern Betrug.«

»Und Sie wissen – wo es wirklich geschah?« Alex Kemper klang irreführend höflich.

Rust schien Kempers Ironie nicht zu bemerken. »Nicht nur ich vermute, daß Varus nie in Kalkriese war.«

»Aber man hat doch etwas gefunden dort!« Sophie schüttelte den Kopf.

»Münzen. Eine Axt. Eine Gesichtsmaske, der einzige Fund von Belang. Beschläge von Fuhrwerken. Ein paar verrottete Pfosten. Reste von Sandalen. Solche Funde kann man überall machen, wo Römer waren.«

»Aber –«

Rust strahlte Sophie an. »Genau! Es fehlt jeder konkrete Hinweis auf eine finale Schlacht! Aber wer will schon zugeben, daß die Fördermittel ins falsche Projekt geflossen sind?«

»Und nun sagen Sie uns noch, daß das wirkliche Schlachtfeld gerade hier um die Ecke war, und wir können unsere Probleme als gelöst betrachten!« sagte Kemper.

»Wer weiß?« Rust schüttelte Gundson die Hand und sah Alma dabei an. »Ich habe es gleich gespürt, gnädige Frau. Hier liegt etwas in der Luft« – er hob die Nase, als ob er den Geist der Geschichte erschnüffeln wollte. »Hier gibt es – Magie.«

»Wir sprachen gerade darüber, Herr Professor.« Alma klang andächtig. »Von der wechselvollen Geschichte dieses Ortes.«

»Vom 12. Jahrhundert bis zum Zweiten Weltkrieg«, assistierte Alex. »Da lag ganz schön was in der Luft – ganze Bombergeschwader, zum Beispiel.«

Der Professor ließ sich von Noa ein Glas Prosecco in die Hand drücken. »Die Menschen bauten schon immer dort, wo sie einen ›spiritus loci‹ verspüren. Auch vor dem 12. Jahrhundert wird dieser Ort hier sein Kraftfeld entfaltet haben. Die Geschichte ist älter und größer, als wir kleinen Geister ermessen können.« Er leerte das Glas und hielt es so lange am ausgestreckten Arm in die Luft, bis Noa endlich begriffen hatte, daß sie nachzuschenken hatte.

Katalina schielte zur Terrassentür hinaus. Draußen

spreizten sich die Pfauen, nickten die rosa Blüten der Zierkirschen in den Blumenkübeln.

»Also?« Almas Gesicht glühte.

Sigurd Rust beugte sich vor und deutete mit dem Zeigefinger auf den Fußboden. »Also müssen wir nachschauen!«

Katalina hätte fast gelacht, als alle Blicke dem Zeigefinger folgten.

Der Archäologe erging sich in Plänen, die das große Feld bei den Grabsteinen, eine Gruppe junger Studenten und wissenschaftliche Methoden mit unaussprechlichen Namen einbezogen. Die anderen verstummten. Selbst Alex Kemper schien zuzuhören. Nach einer Weile verlor sich der spöttische Zug auf seinem Gesicht.

Katalina gab es auf, irgend etwas verstehen zu wollen. Sie beobachtete Moritz Bergen, der noch immer Zeus' Ohren kraulte und dessen Gesicht eine Art widerwillige Bewunderung erkennen ließ. Entweder fand er, daß Rust ein Scharlatan war. Oder er steckte mit ihm unter einer Decke. Ihr Blick wanderte hinaus in den sonnendurchfluteten Garten, durch den die Hummeln schwärmten. Erst als Klara Buddensen ihre Stimme erhob, sah Katalina wieder auf.

»Ich möchte nur eines dazu anmerken. Mehr steht mir nicht zu.« Die Pastorin übertönte mühelos alle anderen.

»Dort, wo Sie offenbar Ihre Sonde ansetzen wollen, Herr Rust« – sie nickte dem mittlerweile ziemlich betrunken wirkenden Rust zu – »liegen die Trümmer der alten Schloßkirche. Deren Fundamente reichen bis ins 13. Jahrhundert zurück. Und wahrscheinlich würden Sie darunter nur die Krypta finden – mit den Gräbern von Äbten, Bischöfen und derer von Hartenfels zu Blanckenburg.«

»Mir ist das egal.« Alma hörte sich nicht an, als ließe sie sich von einem Plädoyer für ungestörte Totenruhe beeindrucken. »Was wir brauchen, ist Geld für die Sicherung des Schlosses – auch wenn wir dadurch die Grabruhe einiger vermoderter Knochen stören.«

»Malerisch über den Schatz der Nibelungen gebreitet«, sagte Alex.

Die Umstehenden waren verstummt. Deshalb hörte man umso deutlicher, wie Erin »Ich kann das Wort Schatz nicht mehr hören« zischte und den Raum verließ.

Die Pfarrerin war weiß im Gesicht geworden. »Frau Franken«, sagte sie mit fester Stimme. Katalina konnte sich mittlerweile vorstellen, wie das klang, wenn die Frau in einer vollbesetzten Kirche von der Kanzel herab mit den Sündern abrechnete. »Sie haben dieses Schloß nicht ererbt. Sie sind Nutznießer der Tatsache, daß man die rechtmäßigen Besitzer nach 1945 um ihr Eigentum gebracht hat. Ich – finde es unfein, wie Sie aus den Trümmern einer großen Vergangenheit Geld herauspressen wollen, koste es, was es wolle.«

Und dann wurde ihre Stimme ganz leise. »Folkert von Hartenfels zu Blanckenburg ist 1944 von den Nazis aufgehängt worden, weil er an einer Verschwörung gegen Hitler beteiligt war. Das ist Geschichte, an die man erinnern sollte. Auch wenn es die Touristen nicht so interessieren dürfte wie ein Römerhelm.«

Klara Buddensen folgte Erin. Aber sie ging nicht leise, bescheiden und achselzuckend, sondern mit der Bühnenpräsenz einer Brunhilde. Katalina sah in die erstaunten Gesichter der Anwesenden, in das verblüffte Kempers, das schockierte Sophies, das ungläubige Almas. Und plötzlich war sie dankbar für diese Verteidigung einer Tradition, die ihr eigenes Vorstellungsvermögen weit übertraf.

Draußen schrie ein Pfau. Katalina sah das Haus vor sich, in dem sie ihre Kindheit verbracht hatte, zusammen mit ihrem jüngeren Bruder Milo und den Großeltern. Wie armselig es wirklich gewesen war, zeigte der Geröllhaufen, den eine Panzerfaust an einem Frühlingsmorgen davon übrigließ.

Sie spürte, wie ihr die Kehle eng wurde, und blinzelte in den hellen Himmel draußen vor der Terrassentür. Geschichte. Bis zurück ins 12. Jahrhundert. Tausend Jahre. Dort, wo sie her kam, hatte niemand Wurzeln, geschweige denn etwas, das man Geschichte nennen könnte. Die, auf die sich einige Leute etwas einbildeten, war Legende – mit tödlicher Wirkung.

Als sie sich wieder umdrehte, stand Alex Kemper neben ihr.

»Und was glauben Sie, Frau Doktor?« Fast war sie versucht, sein Lächeln zu erwidern. »Soll Blanckenburg zum Anziehungspunkt der Golfer dieser Welt werden? Oder zu einem Paradies für Gartenfreunde? Oder sollen wir unsere Finanzen mit archäologischen Sensationen aufpäppeln? Stellen Sie sich vor –« Er breitete die Arme aus. »Die Schlacht bei Blanckenburg. Sammeln Sie echte germanische Pfeilspitzen und römische Bleigefäße! Und abends servieren wir Wildschwein am Spieß, wie bei Asterix und Obelix!«

Jetzt lachte sie doch. Alex Kemper war ein Frauenheld, aber ein unterhaltsamer.

»Und wer weiß, was sich noch alles finden wird

irgendwo in den Katakomben von Schloß Blanckenburg.« Alex grinste. »Unschätzbar kostbares Geschmeide, versteckt in einem schweinsledern eingebundenen, ausgehöhlten Gesangbuch? Geheime Dokumente in der Familienbibel, denen zufolge den Eigentümern von Blanckenburg in Wirklichkeit der ganze Industriepark Nord mitsamt seinem Erlebniseinkaufscenter gehört?«

Die Bürgermeisterin lachte verschämt.

»Kostbare Gemälde?«

Täuschte sie sich, oder warf Sophie ihrem aufgekratzten heimlichen Liebhaber einen strafenden Blick zu? Katalina schenkte Alex ein strahlendes Lächeln. Jetzt erst recht.

4

Zeus gab keine Ruhe. Unwillig schlug Katalina die Augen auf. Sie überließ dem Hund einen ihrer Hausschuhe, den er begeistert in die Zimmerecke schleppte, um ihn zu zerlegen, und lehnte sich noch einmal in die Kissen. Ein paar weitere Stunden Schlaf hätten wahrscheinlich Wunder gewirkt – gegen müde Augen und einen dicken Kopf. Sie hatte viel zu viel getrunken gestern abend, denn nach dem Abgang der Gäste war überraschend gute Laune ausgebrochen und Gundson hatte eine Flasche nach der anderen aus dem Weinkeller geholt.

Zeus unterbrach seinen Versuch, den eigenen Schwanz zu fangen, um aufs Bett zu springen und ihr einen feuchten Stupser gegen das Kinn zu verpassen.

Sie war ziemlich angeheitert gewesen, als sie sich im Schloßhof mit einer Umarmung von Alex verabschiedete. Zu ihrer Überraschung hatte er versucht, sie zu küssen. Sie hatte nicht wirklich etwas dagegen gehabt, aber ihr war aufgefallen, daß Alex just in dem Moment zärtlich geworden war, in dem Erin aus der Tür zum Turmflügel trat. So, als ob er Katalina daran hindern wollte, darüber nachzudenken, wo seine Frau mitten in der Nacht gewesen sein könnte. Zu Besuch bei ihrem Patienten, der aller Wahrscheinlichkeit nach um diese Zeit schon schlief? Katalina merkte, wie sie unruhig wurde. Sie mußte nach dem alten Herrn gucken. Der Gedanke an das Rohypnol und das Ableben von Sophies Dogge machte sie nervös.

Sie schob die Bettdecke von sich in der schwachen

Hoffnung, Zeus, der sich wieder hingebungsvoll dem Schuh widmete, würde nichts merken. Aber einen solchen Hund täuschte man nicht. Er wollte raus, sobald sie aus dem Bett war, und zwar sofort, nicht erst, nachdem sie Kaffee getrunken und ihn gefüttert hatte. Hundeliebe war verdammt anstrengend.

Er sah ihr aufmerksam zu, wie sie in die Fahrradklamotten schlüpfte. Ein kluger, aber wirklich und wahrhaftig häßlicher Kerl: das längliche Fell senfbraun, das linke Ohr abgeknickt, die Schnauze zu spitz, die Beine zu kurz; er sah aus wie eine Mischung aus Riesenschnauzer und Dackel. Nur seine Augen waren groß und bernsteinbraun, perfekt für den ergebenen Hundeblick.

Als sie am Spiegel vorbeiging, drehte sie sich um und blickte hinein. Vorne nix und hinten nix, die Schultern zu breit, die Haare zu kurz. Nur die Augen waren groß und dunkel und – naja: voller Seele, dachte Katalina. Wie bei Zeus. Ganz so wie er sah sie zwar noch nicht aus, aber ihre besten Zeiten waren vorbei. Natürlich hatte Alex sie nur aus taktischen Gründen geküßt.

Sie schüttelte sich, lief die Treppe hinunter und öffnete die Haustür, um den Hund herauszulassen. Alles ging viel zu schnell. Das Leben rauschte an ihr vorbei – und der Frühling war, wie jedes Jahr, förmlich explodiert. Sie hatte schon wieder alles versäumt: wann waren die Bäume ergrünt? Seit wann blühten die Forsythien? Und wieso waren die Krokusse schon fast wieder vorbei?

Zeus lief japsend voran. Am Wegesrand blühte der Bärlauch, und selbst die Baumveteranen im Schloßpark hatten Frühling angeordnet. Zeus sprang einer Hummel hinterher, vergrub die Nase tief im Erdreich, schnüffelte an einem der zerfallenden Haufen, die noch an Leo erinnerten. Sie folgten dem Weg bis zu den Wiesen und Ställen. Kurz vor dem Pferdestall blieb der Hund stocksteif stehen.

Aus dem Stall trat Sophie, einen hellen Strohhut mit Blumengesteck tief ins Gesicht gezogen. Zeus gab ein leises Grollen von sich. Katalina stieg vom Rad und legte ihm die nagelneue Leine an. Dann richtete sie sich wieder auf. Sie hatte kein Wort mehr mit Sophie gewechselt seit der Tragödie mit Leo, auch gestern hatte sie das Gefühl gehabt, die Frau weiche ihrem Blick aus. Dabei konnte sie nichts für den Tod der Dogge. Oder hätte sie Sophie vielleicht raten sollen, das Tier ins Krankenhaus zu bringen und ihm den Magen auspumpen zu lassen?

Die Frau steckte hastig etwas in eine Umhängetasche, nahm den Hut ab und lächelte sie verlegen an. Es war nicht Sophie. Es war Erin. Katalina nickte ihr zu und zog den grollenden Zeus weiter. Ausgerechnet Erin hätte sie nicht zugetraut, daß sie Spaß daran haben könnte, sich am hellichten Tag in einem Pferdestall herumzutreiben. Von drinnen hörte man Hufe gegen die Bretterwände schlagen. Das war im übrigen auch für Pferde nicht die geeignete Lebensweise. Sie mußte mit Alex reden. Daphne war eindeutig verstört, aber auch Woodstock bekam es nicht, tagelang nicht bewegt zu werden, nur weil sein Besitzer seinem Beruf nachging. Und wieso die Pferde bei diesem Wetter im Stall standen, war gänzlich unverständlich.

Als sie weit genug von Erin entfernt waren, nahm sie dem unleidlichen Hund die Leine wieder ab. Wie ein Blitz war er im Unterholz verschwunden. Nach einer Weile hörte sie ihn ein Freudengebell ausstoßen. Sie fuhr hinterher, auf die Wiese mit den alten Gräbern. Zeus hatte seinen Freund von gestern wiedergefunden und sprang mit verzücktem Jaulen an Moritz Bergen hoch. Dessen Kollege Rust hatte eine Gruppe junger Leute um sich versammelt, darunter Noa, und redete auf sie ein.

Katalina stieg ab und lehnte das Rad an einen Baum. Rusts ölige Stimme war nicht zu überhören. »Wir wollen den Bewohnern von Blanckenburg zeigen, wie großartig unsere technischen Möglichkeiten heute sind, bevor auch nur ein Spatenstich nötig ist. Schau'n wir also mal, was sich unter den Trümmern der Kirche findet. Die Krypta mit dem Familiengrab? Die leiblichen Überreste der Kirchenmänner? Oder vielleicht sogar der Brunnen, der schon bei Merian erwähnt wird und als Besonderheit Blanckenburgs überliefert ist?«

»Wieso baut jemand in einen Brunnen eine zweite Wand, hinter der 150 Stufen in die Tiefe führen?« fragte einer der Studenten.

»Gute Frage«, antwortete Rust, der Katalinas Anwesenheit nicht zur Kenntnis nahm. »Der Brunnen und der gemauerte Zylinder in diesem Brunnen gehören zur Baugeschichte der Burgenzeit, und es ist anzunehmen, daß er zu einem unterirdischen Gang führt.«

»Und der wiederum führt –?«

»Das herauszufinden«, sagte Rust, »wäre doch eine schöne Aufgabe für Ihre Seminararbeit. Also: los geht's!«

Katalina fiel auf, daß Noa den vier Studenten folgte, als ob sie dazugehörte. Als sie den Blick sah, mit dem das Mädchen den größeren der beiden jungen Männer bedachte, war ihr der Grund klar. Noa hatte endlich Ersatz gefunden für Alex Kemper.

»Mark Kennedy, Archäologiestudent im 4. Semester«, sagte Moritz Bergen neben ihr, der ihrem Blick gefolgt zu sein schien. »Einer unserer besten Studenten. Ein netter Kerl.«

Die fünf räumten einen Kombi aus, der am Weg hinter den Grabsteinen stand. Auch Noa schleppte etwas, das wie ein Grillspieß aussah.

»Die vier bauen die ›Campus Geopulse‹ auf. Eine einkanalige Gleichstrom-Geoelektrik-Apparatur mit einer maximalen Ausgangsleistung von 17 Watt. Wir können damit bis zu 64 Elektroden ansteuern, in unserem Fall haben wir uns auf 50 beschränkt.«

»Ach ja?« Katalina sah ihn an.

Moritz blickte zurück und grinste. »Und wenn Sie es noch genauer wissen wollen: Noa trägt einen der polarisierbaren Stahlspieße, die wir verwenden, dazu wird als Meßsignal ein Rechtecksignal mit wechselnder Polarität eingespeist und das Eigenpotential an den beiden Potentialelektroden bestimmt.«

»Das ist – sehr interessant.«

Moritz überhörte ihren Spott. »Wir haben mittlerweile die phantastischsten Methoden zur Verfügung. Da ist zum Beispiel –«

Zeus, der zufrieden zu ihrer beiden Füße gesessen hatte, so, als ob er eine glückliche Ehe gestiftet hätte, gab Laut.

Ein Mann näherte sich, mit langem lockigen Haar und offenem weißen Hemd über der Jeans. Er trug eine Fernsehkamera über der Schulter. Daneben marschierte eine Blondine, die schon von weitem winkte.

»Das Fernsehen«, sagte Rust feierlich. Während er seine Mitarbeiter vorstellte – Marla und Inge, Mark und

Gunnar, »und die kleine Noa vom Schloß« –, brachte der Lockenkopf die Kamera in Position.

Der Professor reagierte aufs Fernsehen und auf die Blonde wie auf eine Wahrheitsdroge. »Die Kelten ... die frühe Bronzezeit –« Die Fernsehfrau nickte bei jedem seiner Worte.

»Römische Kohorten ... schon Drusus oder Tiberius ... die Horden der Cherusker –«

Katalina bewunderte den Mut, mit dem sich die Redakteurin schließlich in den Redeschwall des Professors warf. »Hatten Sie nicht gesagt, die Varusschlacht –?«

»Die deutsche Nationallegende ... große Bedeutung ... touristische Attraktion –«

»Ich meine: Was genau suchen Sie hier bei Schloß Blanckenburg, besser gesagt – was wollen Sie finden?«

Rust straffte sich. »Ja, spüren Sie nicht den Atem der Geschichte, der über dieses Stückchen Land hinweggeht?« Endlich schien er begriffen zu haben, was die Frau wollte, die selig lächelte.

Als er eine Atempause einlegte, drehte die Blonde sich um. Niemand hatte damit gerechnet, vor allem nicht Noa, als sie ihr das lange Mikrofon mit dem knallgelben Schoner unter die Nase hielt. »Und was sagen Sie als Schloßbewohnerin zu all diesen Plänen?«

Noa plapperte nach einer Schrecksekunde und einem Seitenblick auf Mark Kennedy fröhlich los. Das Mädchen machte eine gute Figur. Nur eines fiel Katalina auf, weil Noa sich ein ums andere Mal die Haare hinters Ohr strich: der rote Nagellack auf ihren Fingernägeln war verschmiert. Ihre Nägel sahen aus, als ob sie jemanden umgebracht hätte.

Endlich hatte sie Zeus, der nicht verstehen wollte, warum man nicht einfach da bleiben durfte bei all den netten Menschen und vor allem bei Moritz Bergen, überredet, mit ihr nach Hause zu kommen. Aber sie interessierte sich im Moment weder für die Vergangenheit noch für Brunnen und Schächte und komplizierte Forschungsmethoden. Die Gegenwart stellte ein wesentlich wichtigeres Problem dar: ihre Tage in Blanckenburg waren offenbar gezählt, früher als erwartet. Seltsamerweise bedauerte sie das.

Kurz bevor sie ging, hatte die Bürgermeisterin sie gestern noch beiseite genommen und ihr bestätigt, was die Frau des Klempners angedeutet hatte: aus der Renovierung der Tierarztpraxis wurde erstmal nichts, weil der Vermieter ihr nicht zustimmen wollte, solange »die Eigentumsfrage« nicht geklärt sei.

»Er ist ein alter Mann, wissen Sie. Da wird man sturköpfig.«

»Aber was ist denn ungeklärt an den Besitzverhältnissen?« Fünfzehn Jahre nach der Wende mußte hier doch mal Klarheit eingekehrt sein.

»Gar nichts.« Die Bürgermeisterin lächelte beschwichtigend. Ein falsches Lächeln, hatte Katalina gedacht. »Es gab einen Bericht in der Zeitung, den er zu wörtlich genommen hat, das ist alles.«

»Und – worum ging es da?« Sture alte Männer waren ein Kreuz.

»Sie wissen doch –«

Das sagen Politiker immer, wenn sie nicht weiter wissen. Nichts wußte Katalina. Und sie bemühte sich, genauso auch zu gucken.

Die Bürgermeisterin seufzte. »Seit der Europäische

Gerichtshof die Rechtmäßigkeit der Enteignungen nach 1945 wieder in Frage gestellt hat, sind hier alle nervös.«

»Und, was meinen Sie: Gibt es Grund dafür?«

»Ach was. Man kann doch nicht alles wieder zunichte machen, was wir in den letzten Jahren aufgebaut haben. Das kann doch niemand wollen.« Das Gesicht der Bürgermeisterin zeigte jedoch, daß sie »denen da oben« jede Dummheit zutraute.

»Und was mache ich jetzt mit meiner Praxis?« Eine Übernahme wäre das einfachste gewesen. Die Adresse war bekannt, das Haus lag zentral. Andererseits konnte es nicht weiter schwierig sein, irgendwo anders geeignete Räume zu finden – es standen so viele Häuser leer in Blanckenburg.

»Machen Sie sich keine Sorgen. Wir finden eine Lösung.« Die Bürgermeisterin hatte ihr die Hand vertraulich auf den Unterarm gelegt und kurz zugedrückt. Dann war sie gegangen.

5

Es hatte in der Nacht geregnet. Jetzt waren die Wolken verschwunden. Die Bombe platzte in einen klaren blauen Himmel.

Während Liao-Wangtai von Aasenheim Katalina mit Würde und Zurückhaltung empfing, begrüßte Frau Werner sie fast atemlos, mit leuchtenden Augen und mit der Frage, die alle Klatschbasen der Welt als erstes stellten: »Haben Sie es schon gehört?«

Hatte sie nicht. Natürlich nicht. Sonst hätte sie der guten Frau Werner ja den ganzen Spaß verdorben.

In der Wohnhalle lag die Zeitung ausgebreitet auf dem Couchtisch. »Die erste Seite im Lokalteil. Ich hab' es immer schon gesagt: da stimmt was nicht, bei denen da oben.« Die alte Dame machte eine bezeichnende Handbewegung Richtung Schloß.

Katalina setzte sich und ließ sich einen Kaffee eingießen.

»Wenn ich nur nicht zum Bridgeabend gemußt hätte, gestern! Sie haben es schon im Vorabendfernsehen gebracht. Kindermund tut Wahrheit kund. Kinder und Narren! Hab' ich immer schon gesagt.«

Frau Werner schüttelte begeistert den Kopf, während Katalina sich über den Zeitungsbericht beugte.

»Die Raubritter sind zurück«, lautete die Überschrift im Lokalteil der »Brockenzeitung«. Untertitel: »Wie man sich an der Geschichte bereichert«. Im Ton der Empörung schilderte der Autor die Bemühungen der Frankens, auf dem Markt der geschichtlichen Sensationen ihr Schnäppchen zu machen. Kronzeuge: die Tochter der Besitzer, die in die Fernsehkamera gesagt habe: »Wenn hier was gefunden wird, irgendwas Römisches oder Keltisches, kriegen wir Geld vom Staat, wir und die Gemeinde. Mit so einer archäologischen Sensation kann man ganz schön Kohle machen, und irgendwas findet man immer. Und wenn man selbst was Passendes vergräbt.«

Katalina wäre fast in lautes Gelächter ausgebrochen. Das war alles ein bißchen verkürzt, aber Noa hatte den Nagel auf den Kopf getroffen. Die Stimmung auf Almas Soiree hatte zeitweise einem Goldgräberlager alle Ehre gemacht.

Im Rest des Artikels wurden offenbar altgediente Konflikte ausgetragen. Noa – das »Kind« – habe nur ausgesprochen, was Schloßbewohner und Gemeinde heimlich ausgekungelt hätten. Dort schrecke man auch vor Betrug nicht zurück, um sich an unrecht Gut zu bereichern. Die dubiosen Geschäfte der Bürgermeisterin seien in der »Brockenzeitung« ja schon vor einiger Zeit aufgedeckt worden. Nun verbünde sie sich mit Dahergelaufenen, denen das wertvollste Kulturgut Blanckenburgs für Gotteslohn zugeschustert worden sei und die nicht daran dächten, es zu erhalten und zu pflegen.

Der Artikel endete mit der Frage, was denn der Graf zu alledem sagen würde. »Der Erbe von Schloß Blanckenburg, Gregor v. Hartenfels, ist im Jahre 2000 vom Verwaltungsgericht abschlägig beschieden worden, als er die Rückgabe seines 1945 unrechtmäßig konfiszierten Grund und Bodens forderte. Nach dem jüngsten Urteil des Europäischen Gerichtshofs dürfte dieser Bescheid keinen Bestand haben. Es wäre der Gemeinde zu wünschen, daß der Graf das nächste Mal erfolgreich ist – wenn wir verhindern wollen, daß wir immer wieder das Opfer von Glücksrittern, Betrügern und Scharlatanen werden.«

Katalina sah auf in das erwartungsvolle Gesicht der Werner. »Was sagen Sie nun?«

Was sollte sie sagen? Ihr tat Noa leid. Sie hatte in aller Naivität eine komplizierte Angelegenheit auf den einfachsten Nenner gebracht. So, wie es nun in der Zeitung stand, ließ es die Frankens als Betrüger und Halunken erscheinen und gab Klara Buddensen im nachhinein recht. Andererseits: wenn nicht bald etwas geschah, konnte man das Kulturgut Schloß Blanckenburg abschreiben. Alma hatte es wenigstens mit einer praktischen Lösung versucht, auch wenn sie eindeutig ihre dubiosen Seiten hatte, um es vorsichtig zu formulieren.

Aber worauf warteten die anderen Schloßbewohner? Plötzlich fiel ihr wieder ein, was sie gehört hatte, damals an einem ihrer ersten Tage in Blanckenburg, als sie Sophie und Alex beim Flirten im Pferdestall erwischte. »Wenn er nur endlich reden würde«, hatte Sophie gesagt und von einem Deal gesprochen. Von einem Deal mit einem Mann, der krank ist und 84 Jahre alt wird. Der *simuliert.*

Sie ahnte langsam, wer gemeint war: Noas Patient oben im Turmflügel. Und sie wußte, daß Sophie recht hatte: der alte Herr simulierte. Anders konnte sie sich seine Reaktion bei ihrem gestrigen Besuch nicht erklären.

Als sie die Tür öffnete, lag der alte Herr blaß in den Kissen und rührte sich nicht. Sie hatte ihm den Puls gefühlt. Stabil. Aber der halbleere Streifen Rohypnol neben dem Wasserglas machte ihr Sorgen. Sie war zum Fenster gegangen, um Luft in das stickige Zimmer zu lassen. Wer gab dem Mann die Tabletten? Oder nahm er sie selbst? Vor drei Tagen wäre er dazu nicht in der Lage gewesen, aber danach war es ihm immer besser gegangen. Er hätte also können, aber hatte er auch wollen? Der alte Herr wirkte nicht wie ein Selbstmordkandidat. Andererseits … Was wußte sie schon über diesen Mann?

Sie hätte den Laut fast nicht gehört, weil ein Pfau auf die Treppe unter dem Fenster gesprungen war, sein Schwanzgefieder ausgefahren, es selbstgefällig in alle Himmelsrichtungen gehalten hatte und in schrilles Trompeten ausgebrochen war.

Sie drehte sich um. Zeus war auf das Bett gesprungen. Sie wollte ihn rufen. Aber dann hörte sie es vernehmlich glucksen. Und schließlich war der alte Herr in ein fast hysterisches Gelächter ausgebrochen, das Zeus mit freudigem Japsen beantwortete.

Katalina war mit ein paar Schritten neben dem Bett.

»Das ist Folter«, sagte der alte Herr lachend, wischte sich mit dem Handrücken über das Gesicht und kraulte mit der anderen Hand den Hund. »Wie soll ich stillhalten, wenn das Vieh mich ableckt?«

Katalina hätte gelacht, wenn sie nicht so wütend gewesen wäre. »Schön, daß Sie leben und ansprechbar sind«, sagte sie. »Aber würden Sie die Güte haben, mir zu erklären, was hier abläuft?«

Er hatte ihr keine Antwort gegeben. Aber langsam begann sie sich eine Antwort zusammenzureimen.

Sie strich die Zeitung glatt und stand auf. »Und?« fragte die Werner, lauernd.

»Ich weiß es nicht.« Katalina fühlte sich müde. Und

das lag nicht daran, daß das Leben in Blanckenburg langweilig wäre, im Gegenteil: es war entschieden zu viel los.

Frau Werner war sichtlich enttäuscht, daß sie schon gehen wollte. »Noch einen Kaffee? Und Liao –«

»Ist rettungslos gesund, das wissen wir doch beide.«

Katalina drückte der Werner hastig die Hand und verließ die Villa. Sie hatte noch zu telefonieren und die Besitzer zweier überernährter Goldhamster und eines senilen Kanarienvogels zu besuchen. Ganz zum Schluß radelte sie bei Tenharden vorbei, dem Züchter von Angusrindern, dessen Schwarzwälder Fohlen lahmte. Röntgen oder raten lautete in diesen Fällen die tierärztliche Devise. Ihrer Erfahrung nach war raten bei Pferden, den unbekannten Wesen, die bessere Methode.

Endlich war Feierabend. Als ihr Mobiltelefon vibrierte, drückte sie auf die Austaste. Sie hatte es plötzlich eilig.

6

Ein Krankenwagen mit der Aufschrift »Notarzt« fuhr ohne Martinshorn, aber mit kreisendem Blaulicht vor ihr her. Katalina schickte ein paar gute Wünsche voraus und beschwor die ärztliche Kunst und die Gunst des Schicksals. Der Anblick eines Krankenwagens machte sie – fromm? Oder abergläubisch? Egal. Es schadete nichts, und vielleicht half es sogar. Wie das Anzünden von Opferkerzen in Kirchen. Sicher ist sicher, hatte Großmutter immer gesagt.

Der Wagen bog von der Hauptstraße ab; das war der Weg, den auch sie nehmen mußte. Sie dachte sich nichts dabei. Erst, als der Wagen die Gasse zum Schloß einschlug, wurde sie unruhig. Offenbar fuhr man keinen Patienten ins Krankenhaus. Man holte jemanden ab. Jemanden vom Schloß.

Sie zwang sich, ihre Hände zu lockern, die sich um den Lenker gekrampft hatten. Bis jetzt hatte sie es eher für eine theoretische Möglichkeit gehalten, daß man dem greisen Mann im Turmflügel ans Leben wollte, zumal er auf dem Weg der Besserung war. Aber der Notarztwagen konnte nur eines bedeuten: der alte Herr simulierte nicht, es ging ihm so schlecht, daß sogar Alma und Noa das taten, was sie alle miteinander vielleicht schon früher hätten tun sollen, ja, worauf sie selbst hätte bestehen müssen – sie ließen einen Arzt kommen und ihn ins Krankenhaus bringen.

Sie tastete in der Jackentasche nach ihrem Mobiltelefon. Vielleicht war es jemand vom Schloß gewesen, der vorhin versucht hatte, sie zu erreichen. Alma. Oder Noa. Jemand anderes kam nicht in Frage: Erin und Sophie, Alex und Peer waren längst wieder abgereist an ihre Arbeitsplätze in der Hauptstadt. Sie klickte sich durch das Menü. Tatsächlich – der letzte Anruf, den sie nicht mehr hatte entgegennehmen wollen, war vom Schloß gekommen.

Katalina fluchte in sich hinein und überholte den Notarztwagen an einer Weggabelung, an der sich der Fahrer offenbar nicht für eine der beiden Richtungen entscheiden konnte. Sie stellte das Rad vor dem Traiteurshaus ab und sah hinüber zum Turmflügel. Niemand zu sehen. Und wo blieb der Notarzt?

In diesem Moment stürzte Alma aus dem Haus, in ihrem Gefolge Moritz Bergen. »Katalina, wo waren Sie, um Himmelswillen!«

»Was ist los? Ist ihm etwas passiert?« Sie blickte hinüber zum Schloß.

»Wenn Sie nur dagewesen wären!« Almas Gesicht war gerötet, und ihre Hände kneteten ein Taschentuch.

»Sie hätten nicht mehr helfen können«, sagte Bergen leise. »Er ist tot. Ich habe die Polizei gerufen.«

»Wer war zuletzt bei ihm? Wer hat ihm die Medikamente gegeben?« Sie hörte, wie schrill ihre Stimme plötzlich klang. Ruhig, dachte sie. Ruhig.

»Das – weiß ich nicht«, sagte Bergen langsam. »Ich weiß nichts von Medikamenten.«

»Nein, nein, Katalina, Sie verstehen nicht. Es ist nicht –« Alma fuhr mit der Faust durch die Luft. »Es ist Sigurd Rust. Tot. Einfach so.«

Katalina atmete aus. Es war unfair, aber sie fand die Nachricht erleichternd. »Herzinfarkt?«

Rusts Kollege wiegte den Kopf.

»Wo ist er gestorben?«

»Hinter dem Pferdestall. Was immer er dort wollte.«

»Und wann?«

»Ich verstehe nicht viel von *rigor mortis.*« Moritz Bergen verzog das Gesicht. »Aber ich vermute mal – schon gestern nacht. Er war ganz durchnäßt.«

Alma schüttelte den Kopf. »Es *muß* ein Herzinfarkt gewesen sein. Sie hätten die Polizei nicht holen müssen.« Dann setzte sie sich in Bewegung, Richtung Pferdekoppel.

Katalina folgte, Moritz Bergen an ihrer Seite. »Ich hätte Ihren Kollegen nicht für einen Tierfreund gehalten.«

»Ich auch nicht«, sagte Bergen. »Vielleicht war er mit jemandem verabredet?«

Alex? Erin? Sophie? Sie waren am späten Nachmittag schon weggefahren. Alma? Sie hatte keinen Grund, sich mit Rust heimlich zu verabreden, und das auch noch bei den Pferden, für die sie erklärtermaßen nichts übrig hatte.

Es blieb nur – Noa. Aber was wollte sie von einem Mann, der noch älter war als der liebe Onkel Alex? Zumal sie ihre Zuneigung für Alex erfolgreich auf Mark übertragen zu haben schien. Soweit sie wußte, war Noa keine berechnende Lolita.

Sie kamen bei den Pferden an, als der Arzt, der neben dem regungslosen Körper gekniet hatte, ein Tuch über den Toten deckte, sich erhob und in sein Mobiltelefon sprach.

»Er lag hinter dem Stall, auf der Wiese, auf dem Bauch. Es sah nicht aus, als würde er sonnenbaden. Und dann – naja. Ich habe keinen Puls gefühlt.« Bergen sprach noch immer leise. Aber Alma drehte sich wie eine Furie um.

»Was hatten Sie hier überhaupt zu suchen? Was wollten Sie von ihm?« Katalina wunderte sich über die Erregung der Frau, bis sie die Tränen sah, die ihr in den Augen standen. Hatte die Ältere mehr mit der Anwesenheit Sigurd Rusts verbunden als das bißchen Schatzsuche, das er versprach? Und dann fiel es ihr wieder ein – der Mann, mit dem sie Alma über das Kirchfeld hatte spazieren sehen am Tag nach ihrer Ankunft mußte Rust gewesen sein.

»Ich habe ihn gesucht. Die Studenten wollten sich absprechen. Sein Rat war gefragt.«

Katalinas Blick ging zu den Pferden. Woodstock stand ruhig in der einen Ecke der Koppel und beäugte den Arzt und den Toten. Nur seine spitzen Ohren bewegten sich. Daphne stand in der anderen Ecke, biß und trampelte auf etwas herum. Sie ging hinüber zu der Stute und redete auf sie ein. Endlich hob Daphne den Kopf. Das Tier wirkte verstört. Auf dem Gras, halb verdeckt von einem ihrer Hufe, lag ein dunkles Etwas, ein Stück Stoff, nein: ein Stück Filz. Ein Hut?

Als sie sich wieder umdrehte, stand Bergen neben ihr. Er streckte die Hand nach Daphne aus. Fast hätte Katalina ihn zurückgehalten. Es war immerhin möglich, daß die Stute – gefährlich war. Sie ließ den Gedanken endlich zu. Aber Daphne ließ sich von dem Mann streicheln, ja sie schien sich sogar langsam zu beruhigen. Bergen hatte ein Händchen für Tiere.

Der Arzt beendete sein Telefongespräch. »Ich habe den Leichenwagen bestellt.« Der Mediziner sah fragend von Alma zu Katalina zu Bergen. »Sie sind –«

»Alma Franken.« Alma reichte dem Mann die Hand, die er nur zögernd ergriff. »Professor Rust war mein Gast.«

»Ah ja.« Der Arzt kratzte sich hinter dem Ohr. »Die Kripo wird gleich dasein und Sie befragen wollen. Ich kann keinen Totenschein ausstellen, der eine unnatürliche Todesursache ausschließt.«

»Was heißt das?« Bergen fragte anstelle von Alma, die sich die Tränen aus den Augen wischte.

»Sie sollten die Koppel nicht betreten, bevor nicht die Spurensicherung da war. Tja.« Der Arzt wirkte verlegen. »Tut mir leid. Herzliches Beileid.« Als er sich umdrehte, wäre er fast mit Noa zusammengestoßen.

»Was ist los?« Noa schaute von einem zum anderen. Der Student, der mit ihr gekommen war, sah ebenso ratlos aus.

Alma starrte dem Krankenwagen hinterher, der ohne Sirene und Blaulicht abfuhr. »Professor Rust ist tot.«

Noa schlug die Hand vor den Mund und sagte theatralisch: »Wie ab-so-lut furchtbar.«

»Verdammt. Was wird jetzt aus unserem Projekt?« Der junge Mann hatte den Anstand, zu erröten, kaum daß er die Frage gestellt hatte.

»Das Projekt geht weiter«, sagte Alma mit plötzlich wieder fester Stimme und nickte Bergen zu. »Unter Ihrer Leitung. Was halten Sie davon?«

Bergen kniff die schmalen blauen Augen zusammen und schien nachzudenken.

»Oder sind Sie nicht – qualifiziert?«

»Das ist nicht das Problem.« Rusts Kollege wich noch immer aus.

»Ich kann euch sagen, was das Problem ist.« Noa

hatte Marks Hand ergriffen und zerrte ihn jetzt nach vorn. »Er hat sich mit dem Professor gestritten. Er hat ihn beschimpft. Ihn Lügner genannt. Stimmt doch, Mark, oder?«

Der Student blickte verlegen.

»Wir hatten eine Meinungsverschiedenheit, das ist richtig.« Bergen blieb ruhig.

»Sie wollten nicht, daß er etwas herausfindet. Sie wollten nicht, daß er das Schloß rettet. Sie wollten nicht, daß er Erfolg hat. Und deshalb –«

»Nein, Noa.«

»Sie sind bloß neidisch!«

Katalina bemühte sich, nicht zu lächeln. Noas Ernsthaftigkeit war hinreißend und komisch zugleich.

»Ich war der Meinung, daß er Ihnen allen falsche Hoffnungen machte, Noa.« Bergen neigte den Kopf.

Noa ließ sich nicht bremsen. »Aber deshalb hätten Sie ihn doch nicht gleich umbringen müssen!« Totenstille. Katalina sah, wie Noa rot wurde. »Ich meine –« stotterte sie.

»Und woher weiß die kleine Lady hier, daß der Tote umgebracht worden ist?« fragte eine butterweiche Stimme hinter ihnen. Katalina sah gerade noch, wie Noa ein gepeinigtes Gesicht zog, bevor sie sich zu den beiden Männern umdrehte.

»Kriminalhauptkommissar Köster«, sagte der eine und hielt seinen Ausweis in die Runde. »Und das ist Kriminalkommissar Sager.« Ein junger Mann mit breitem Kreuz und Intellektuellenbrille nickte und lächelte verbindlich.

Bergen schilderte das Auffinden des Toten. Alma erzählte, wie sie Rust kennengelernt hatte.

»Im Internet?« Köster guckte anerkennend. »Und Sie haben ihn hierhin bestellt, als er in der Nähe einen Vortrag über die – was für eine Schlacht hielt?« Katalina bemerkte amüsiert das Staunen, das sich über Noas Gesicht legte. Soviel Eigeninitiative hatte sie ihrer Mutter offenbar nicht zugetraut.

»Und wie kam Herr Dr. Bergen ins Spiel?«

»Da müssen Sie ihn schon selber fragen«, sagte Alma mit einer abwehrenden Kinnbewegung in Richtung Bergen. »Ich habe ihn nicht eingeladen.«

»Ich war an Blanckenburg und seiner Geschichte interessiert und habe mich angeboten, den Kollegen Rust hinzufahren.«

»Konnte er das nicht selber?«

»Ihm fehlte, vorübergehend, wenn ich ihn richtig verstanden habe, der Führerschein.«

Katalina wunderte sich nicht. Rust hatte auf Almas Empfang auffällig viele Gläser geleert.

»Aha. Sie taten also einem Kollegen einen Gefallen, mit dem Sie Streit hatten?«

»Ich tat vor allem mir einen Gefallen.«

»Aber Sie hatten eine Meinungsverschiedenheit mit ihm?«

»Das stimmt.«

In diesem Moment schnippte der Kripomann mit der Brille mit den Fingern. Alle sahen auf. »Ich hab' da was gelesen. Von einem Moritz Bergen. Worum ging es da noch?«

»Das war eine Polemik gegen den Geschichtstourismus.« Man sah Bergen an, daß es ihm schmeichelte, daß man ihn auch in Kripokreisen kannte. »Die Archäologie ist von einer Wissenschaft zur Dienstmagd der Tourismusindustrie geworden. Da wird schon mal die Wahrheit zurechtgebogen.«

Köster blickte mit hochgezogenen Augenbrauen auf seinen Kollegen. »Du liest?«

Der lächelte bescheiden. »Nur heimlich.«

Sager nahm die Personalien und das Protokoll auf, und Köster stellte die Fragen. Keiner der Anwesenden hatte etwas gesehen, etwas gehört, etwas geahnt. Natürlich nicht. Irgendwann sah der Hauptkommissar seinen jüngeren Kollegen an und nickte. Der klappte sein Büchlein zu.

Die beiden wollten bereits gehen, als Köster sich noch einmal umdrehte und sagte: »Wohnt eigentlich noch jemand bei Ihnen im Schloß? Oder haben wir vorhin sämtliche Bewohner erfaßt?«

Katalina sah Alma an. Die starrte vor sich hin. Katalina öffnete den Mund. Aber Alma kam ihr zuvor. »Nein. Mehr als die genannten Personen könnte ich nicht ertragen.« Sie drehte sich um und ging in die entgegengesetzte Richtung ab.

Katalina fand Alma zum ersten Mal beeindruckend.

Teil 3

1

In einer Stadt wie Blanckenburg teilen sich Neuigkeiten in Nanosekunden mit – die Nachricht vom Tod Sigurd Rusts, eines Fremden mit einem Beruf, den die meisten für entbehrlich hielten, verbreitete sich womöglich noch schneller. Katalina wußte, daß der Zeitpunkt gekommen war, an dem sie sich revanchieren mußte: Diesmal verfügte sie über den interessanteren Klatsch und Tratsch.

Nur deshalb klingelte das Mobiltelefon schon seit dem frühen Morgen ohne Pause. Sie bildete sich nicht ein, daß die Schoßtiere Blanckenburgs ohne ihre heilenden Hände nicht mehr sein konnten oder daß alle Tiere zugleich von einem geheimnisvollen Virus befallen worden waren. Man wollte Klatsch hören im Städtchen, Klatsch aus erster Hand. War der Professor von einer Herde tobsüchtiger Pferde zu Tode getrampelt worden? Stimmte es, daß er den Frankens bei einem Betrug helfen wollte? Hatte er womöglich endlich das gefunden, wonach man hier im Harz schon zu DDR-Zeiten gesucht hatte – das Bernsteinzimmer? Alte Rembrandts? Den Schatz der Nibelungen?

Wenigstens den Pferdebesitzern mußte man nicht erklären, daß Pferde niemanden tottrampeln. Allgemein wurde beklagt, daß Katalina nichts über einen Schatz zu berichten wußte, auch von denen, die beim Wort »Nibelungen« guckten, als ob sie es für eine neue Rinderseuche hielten. Keiner aber zweifelte daran, daß Rust nicht Opfer eines Unfalls, sondern eines Mordanschlags geworden war. Und wer steckte dahinter? Natürlich die Frankens und ihre Männer.

Weshalb das zweite Thema des Tages mit ebensogroßer Inbrunst erörtert wurde: die Frage, die die »Brockenzeitung« aufgeworfen hatte, ob der letzte verbliebene Graf von Hartenfels zu Blanckenburg, der einzige noch lebende Sohn, den man 1943 zum letzten Mal im Städtchen gesehen hatte und der, wie man munkelte, in Armut und Verlassenheit im Westen lebte, sein Eigentum mit Aussicht auf Erfolg zurückfordern könnte. Wenn er dann auch noch mit Hilfe modernster Technik den Nibelungenschatz im Schloßbrunnen fände (ja, jener Brunnen mit Geheimgang, der schon bei Merian erwähnt wurde), dann wäre, behaupteten einige, alles wieder gut.

Unter Blanckenburgs Tierhaltern jedenfalls war man sich weitgehend einig, daß die Zeit der Frankens vorbei war.

Nicht jeder wünschte den Grafen zurück. Walter, der Apotheker, bei dem Katalina ein Röhrchen ACC für den verschnupften Kater der alten Frau Schimmeck kaufte, schimpfte auf die »Junker und Kapitalisten«, die die Frechheit besäßen, sich ihren alten Besitz wieder anzumaßen – nach all den Jahren. »Adelspack! Jahrhundertelang am Volk schmarotzt! Der Hitlerbande an die Macht verholfen! Das Weite gesucht, als es ihnen hier zu brenzlig wurde!«

»Der Bruder des Grafen war im Widerstand, Walter, das weißt du doch. Den haben sie in Plötzensee aufgehängt.« Pfarrerin Klara Buddensen, die mit Katalina den Laden betreten hatte, sprach mit dem Apotheker wie mit einem untalentierten, aber gutmütigen Schüler.

»Na und? Noch nicht einmal einen Tyrannenmord haben sie zustande gebracht.«

Katalina ließ die beiden eingespielten Streithähne allein und ging zurück zum Haus der alten Frau Schimmeck, einem Fachwerkbau, der schwindsüchtig zwischen zwei frisch herausgeputzten Kollegen lehnte. Im Grunde waren den Blanckenburgern die feineren rechtlichen Probleme der Eigentumsfrage ziemlich egal – viel wichtiger war, daß endlich etwas passierte. Die Älteren jedenfalls kriegten blitzende Augen bei der Vorstellung, der Graf könne tatsächlich zurückkommen. Zu dessen Vaters Zeiten fand man nicht nur Arbeit im Schloß, es hatte auch ein bißchen Glanz in die Gegend gebracht.

Während sie Kaffee kochte und Katalina den Kater verarzten ließ, schwärmte die alte Frau von den Bällen und den eleganten Herrschaften, Theateraufführungen und Konzerten unter freiem Himmel oder vom Erntedankfest, das man bei Grafens jedes Jahr für das gemeine Volk ausgerichtet hatte. Und daß der alte Graf Kunstmäzen gewesen sei und eine bedeutende Sammlung zusammengebracht hätte. »So ein bißchen *entartet* war's ja schon, was er da bei sich aufhängen ließ«, sagte die alte Frau und stellte Milch und Zucker auf den Tisch. »Aber langweilig war es nie auf dem Schloß. Und ausgebeutet wurden wir Stubenmädchen auch nicht. Und was da sonst noch alles passiert sein soll«, fügte sie züchtig hinzu.

»Und die Söhne des alten Grafen?« fragte Katalina behutsam. Kater Felix war ihr auf den Schoß gesprungen und lag nun schnurrend auf ihren Oberschenkeln.

»Die Söhne – ach ja. Es wird ihm das Herz gebrochen haben, nachdem schon das mit seiner Frau passiert war.« Die kurzsichtigen Augen der Alten blickten ins Ungefähre. Katalina schwieg und kraulte den Dicken hinter dem Ohr. Die alte Schimmeck wußte und erzählte alles. Man mußte nur ein wenig warten.

»Er soll seine Frau mit Prinz Maximilian erwischt haben, im Park. Gegen den konnte er ja nichts tun, das war ein Höherer. Aber sie! Sie mußte gehen. Und was hat sie geweint, als sie ihren Ältesten zum Abschied geküßt hat. Als ob sie was geahnt hätte.« Frau Schimmeck schüttelte den Kopf.

»Der Älteste?«

»Folkert. Er hätte das nicht tun dürfen. Sich gegen den Führer verschwören.«

Katalina mußte ungläubig geguckt haben. »Nein, es war nicht recht!« sagte die alte Dame heftig. »Der Hitler hat uns nichts als Ärger gebracht, aber deshalb kann doch ein Soldat nicht den Eid auf seinen Oberbefehlshaber brechen!«

Ach, dachte Katalina. Wie wäre uns geholfen gewesen, wenn ihn damals einer erwischt hätte. Rechtzeitig. Den kleinen Serbenkönig. Den Volksverhetzer, den Schlächter.

Vielleicht hätte das die lieben Nachbarn davon abgehalten, sie wie eine Hure aus der Stadt zu jagen, weil sie einen von den »anderen« liebte – nicht ohne daß die alten Verehrer ihr vorher gründlich gezeigt hatten, was sie von ihr hielten.

»Der andere Sohn, Gregor, der war bei der Marine. Erst hieß es, er sei tot. Dann, daß er in Gefangenschaft wäre, bei den Franzosen. Und dann – daß er sich nicht zurücktrauen würde, als die Russen kamen. Ja, die Russen. Wir hatten ja Schlimmes gehört. Und dann waren sie sogar halbwegs manierlich. Einer hat immer auf dem

Flügel gespielt, schön war das. Wir Frauen mußten den Schutt wegräumen oben am Schloß. Wissen Sie, was mit der alten Kirche geschah? Ich meine, es stand ja nicht mehr viel.«

Frau Schimmecks Stimme rückte in den Hintergrund, während Katalina die Hand über das schüttere Fell des Katers gleiten ließ und an Gavro dachte. Und an den letzten Tag in Glogovac.

Sie blieb weit länger bei der alten Dame, als nötig gewesen wäre, um dem betagten Kater eine pulverisierte Tablette zu verabreichen und seinem Frauchen ein paar gute Worte zu sagen. Aber es lag ja auch nur noch eine Visite bei Frau Werner an – und die sparte sie sich für zuletzt auf, schon, damit sie das übliche Gläschen Sherry ohne schlechtes Gewissen trinken konnte.

Frau Werner hatte im Gegensatz zu Frau Schimmeck keinen Sinn für die Vergangenheit und spekulierte auch nicht über die Rückkehr des Grafen. Sie glaubte weder an Recht noch an Gerechtigkeit. »Jeder erfindet sich seine neuen Gesetze. Das kennen wir. Das hatten wir schon.«

Sie interessierte sich für den Toten. »Wenn ihn jemand auf dem Gewissen hat, dann doch wohl jemand, der von seinem Tod profitierte! Cui bono!« Also nicht die Frankens, die seinen Rat suchten, schloß die alte Dame messerscharf.

Dafür aber kamen fast alle anderen Bewohner Blanckenburgs als freudige Mörder und Totschläger des Archäologen in Frage: »Stellen Sie sich doch bloß vor, was passiert wäre, wenn die was gefunden hätten! Erst hätten sie jahrelang die ganze Umgebung wieder aufgebuddelt, als ob wir nicht ewig und drei Tage auf einer

Baustelle gelebt hätten. Und dann wäre alles ins Landesmuseum gekommen! Uns hätte das nichts gebracht. Gar nichts.«

Und dann fragte die findige alte Dame nach Moritz Bergen. Ein Streit unter Kollegen mit tödlichem Ausgang? Katalina bezweifelte das. Sie fand zwar, daß es ganz allgemein keine wirklich guten Gründe dafür gab, daß Menschen einander die Köpfe einschlugen. Aber es gab sicherlich einleuchtendere Anlässe als unterschiedliche Auffassungen über wissenschaftliche Redlichkeit.

»Und wenn der Tote etwas gewußt hat, dem sein Kollege nun allein nachgehen will? Wissen Sie, daß er in der Stadt gesehen wurde?«

Das klang, als ob er etwas Verbotenes getan hätte.

»Er war in der Stadtbibliothek. Er hat sich alte Karten angesehen. Und er hat nach Büchern gefragt, die aus der Schloßbibliothek stammen könnten. Als ob wir hier alle Diebe wären!«

Frau Werners Augen blitzten. Katalina war soviel Jagdinstinkt fremd. Trotzdem merkte sie, wie auch in ihr der Zweifel wuchs. Gut, Bergen zweifelte an Rusts Redlichkeit – das sprach eher für ihn, und deshalb tötete man nicht. Es war der Gedanke an die Friesenstute, der ihr Unbehagen bereitete. Daphne war ein ausgesprochen schreckhaftes Tier, ihr Zustand schien sich sogar verschlimmert zu haben in der letzten Zeit, was auch daran liegen mochte, daß sie viel zu oft im Stall stand. Warum schafften sich Menschen Pferde an, wenn sie sich nicht um sie kümmern konnten?

Vielleicht war Rust naiv und mit den besten Absichten auf die Stute zugegangen und hatte nicht gewußt, wie Pferde sich aufführen, wenn sie der Hafer sticht?

Katalina schüttelte den Kopf. Sie ließ sich anstecken von der allgemeinen Lust an Mord und Totschlag. Man mußte den Obduktionsbericht abwarten.

»Es interessieren sich entschieden zu viele Menschen für Blanckenburg, ohne daß dabei etwas herausspringt für Schloß oder Stadt«, endete Frau Werner und leerte ihr drittes Gläschen Sherry. Vielleicht hatte sie recht.

2

Zeus war völlig aus dem Häuschen, als sie nach Hause kam, und ließ sich auch durch einen gefüllten Freßnapf nicht daran hindern hinauszustürzen. Er lief voran, Katalina hinterher. Eigentlich hatte sie als erstes in den Turmflügel gehen wollen, um nach dem alten Herrn zu gucken. Aber Zeus schlug den Weg zur Pferdekoppel ein, und da mußte man folgen. Hundeglück war bestechend leicht zu haben: Der kleine Kerl steckte seine Nase in jedes Gebüsch und nahm jeden zweiten Grasbüschel zum Anlaß, das Bein zu heben und ihn mit großer Konzentration mit seiner Duftmarke zu versehen. Die Welt war ein Paradies aus Gerüchen und Geräuschen, mal raschelte etwas im Laub, mal surrte etwas vorbei, dem man hinterherspringen mußte.

Hinter der Wegbiegung fing Zeus plötzlich an zu kläffen und raste davon.

Sie hätte ihm die Leine anlegen sollen. Katalina beschleunigte ihren Schritt, bis sie das liebe Vieh eingeholt hatte. Der Hund sprang verzückt an dem schlaksigen Mann empor, der mitten auf der Koppel stand. Daneben Daphne, die den Kopf fromm gesenkt hielt und offenbar nur darauf wartete, gestreichelt zu werden.

Die Stute wirkte mindestens so entspannt wie Woodstock. Aber was wollte Moritz Bergen bei den Pferden? Sie fand seine Anwesenheit ärgerlich. Sie hatte sich alle Mühe gegeben, das Tier nach dem Zwischenfall mit Rust wieder an den Geruch, an die Stimme, an die Nähe von Menschen zu gewöhnen. Sie hatte dafür gesorgt, daß die

Pferde Auslauf hatten, hatte schon daran gedacht, sie regelmäßig zu reiten. Sie war froh, daß Erin, Sophie, Peer und Alex wieder in Berlin waren und nicht weiter stören konnten – Erin mit ihrer Ängstlichkeit, die jedes Pferd spürte. Sophie mit ihrer hektischen Art, ihren flatternden Kleidern und Hüten und ihrer ewigen Zigarettenraucherei. Da bedurfte es keines dahergelaufenen Archäologen.

Der Mann ging in die Knie und hob irgend etwas auf. Dann machte er eine Handbewegung. Daphne stieß einen Schrei aus, Zeus setzte sich vor Schreck auf die Hinterbeine und blaffte, das Pferd buckelte und schoß davon.

»Was machen Sie da, verdammt!«

Bergen drehte sich um. Er hatte einen dieser albernen Cowboyhüte in der Hand. Sein Gesicht war ernst, als er langsam auf sie zuging.

»Hallo, Katalina«, sagte er und stellte sich neben sie an den Zaun. Einen Moment lang ärgerte sie sich über diese Vertraulichkeit, obwohl alle sie so nannten.

Daphne schnaubte noch immer, schüttelte ihre Mähne und lief unruhig um Woodstock herum, der stoisch die Nase im Gras behielt.

»Warum machen Sie Daphne nervös?«

»Ich mache sie nicht nervös. Ich will wissen, worauf sie nervös reagiert.« Er schaute auf den Hut in seiner Hand. »Auf Hüte, zum Beispiel.«

Hüte. Sie starrte auf ihre rechte Fußspitze, die ganz von allein ein Muster auf den Feldweg zu zeichnen versuchte. Das würde einiges erklären. Ähnlich erregt hatte Daphne reagiert, als sie einmal, es regnete leicht, mit einem Südwester auf dem Kopf vorbeigekommen war, den sie sich tief in die Stirn gezogen hatte.

»Rust muß einen Hut getragen haben, als er hier auf der Koppel bei den Pferden stand. Jedenfalls hat man die Überreste eines Stetson Dayton gefunden, zerkaut und zertrampelt.«

»Stetson was?«

»Ein klassischer Herrenhut aus Filz. Und außerdem hat Rust geraucht.« Bergen nahm eine zerknitterte Zigarettenschachtel aus der Jackentasche und hielt sie hoch. »Ob das ähnlich wirkt, probiere ich morgen aus.« Er steckte die Packung wieder ein.

Katalina brauchte eine Weile, um die Idee zu verdauen. Friesenpferde galten als besonders umgänglich, sie hatte die große Nervosität der Stute deshalb auf einen Zuchtfehler zurückgeführt. Die alte Pferderasse war schon oft vom Aussterben bedroht gewesen. Erst in den achtziger Jahren des 20. Jahrhunderts gab es wieder einen halbwegs ansehnlichen Bestand, erzeugt durch Rückzüchtung, die notwendigerweise mit Inzucht verbunden war.

Als er sie plötzlich anlächelte, merkte Katalina, daß sie Bergen schon seit geraumer Zeit mit gerunzelter Stirn anstarrte. »Sie meinen, jemand hat versucht, das Tier zu konditionieren? Auf *Hüte*?«

»Warum nicht? Man fügt dem Tier Schmerzen zu und verbindet das mit irgendeinem Signal – einem optischen, einem akustischen Reiz, egal was. Später wird das Tier auf das Signal panisch reagieren, auch wenn der Schmerz ausbleibt.«

Das war nicht abwegig. Pferde sind Gewohnheitstiere mit einem Elefantengedächtnis. Sie merken sich alles, was schmerzhaft oder auch nur unangenehm ist. Und Friesen galten als ausgesprochen gelehrig.

»Es ist ziemlich leicht, den Gäulen beizubringen, wovor sie sich zu fürchten haben. Aber es ist unendlich schwer, ihnen solche Prägungen wieder abzugewöhnen.«

»Jemand fügt Daphne einen Schmerz zu, während er ihr mit dem Hut vor den Augen herumwedelt?« Katalina sah der Stute zu, die noch immer bockig über die Koppel lief. »Und wenn sie dabei in der Box steht und nicht weglaufen kann –«

Irgend jemand schloß die beiden Tiere immer wieder ein, obwohl Friesen einen offenen Stall bevorzugen. Vielleicht war das Absicht und nicht Unwissenheit? Und nicht nur Rust, auch Sophie pflegte Hüte zu tragen.

»Aber – warum?« Selbst wenn jemand es darauf angelegt hätte, Daphne unberechenbar zu machen, hieß das noch nicht, daß man das Tier als Präzisionswaffe mißbrauchen konnte.

»War da nicht etwas mit einem Hund, der vergiftet wurde? Ich meine, Peer Gundson hätte so etwas erwähnt.« Bergen stand an den Zaun gelehnt, Zeus zu Füßen. Katalina schwankte, ob sie es ihm sagen sollte. Aber was konnte es schaden?

»Leo. Eine Dogge, die Sophie gehörte, ein junges, gesund wirkendes Tier. Es sieht ganz danach aus, als ob ihm jemand ein Schlafmittel gegeben hat. Von der ersten Dosis hätte er sich wieder erholt. Aber dann muß man ihm eine zweite Dosis eingetrichtert haben.« Was nicht weiter schwer war. Hunde fressen alles.

»Haben Sie die Todesursache nachgeprüft?«

»Nein. Sophie wollte keine Obduktion.«

Bergens Blick ging ins Leere. Und plötzlich war Katalinas Mißtrauen wieder da. »Wie kamen Sie eigentlich auf die Idee, nach Rust zu suchen – ausgerechnet hinter dem Stall?«

»Ganz einfach: er hatte eine Verabredung nicht eingehalten. Und als ich die Stute auf dem Rest seines Hutes kauen sah, habe ich nachgeschaut.«

»Und jetzt spielen Sie seinen Rächer? *So* innig sah die Freundschaft zwischen Ihnen und Ihrem Kollegen nicht aus!«

Er sah sie an. Dann sagte er leise: »Vielleicht will ich nur wissen, was mir blüht, wenn ich das gleiche tue wie Rust!«

»Den Nibelungenschatz finden?« Sie guckte ihn spöttisch an.

Er grinste zurück. »Genau. Ich gehe jetzt wieder auf Schatzsuche.« Bergen streichelte Zeus' Kopf und schlenderte davon.

Katalina sah ihm hinterher und versuchte dann, Daphne anzulocken. Nach einer Weile kam die Stute und ließ sich den Hals und die Nase tätscheln.

Es war etwas faul auf Schloß Blanckenburg. Wenn Bergen recht hatte, gab es hier jemanden, der sich gut, viel zu gut in die Seele eines Pferdes einfühlen konnte. Sie legte die Arme auf den obersten Balken des Koppelzaunes und starrte in Richtung Kirchfeld, auf dem noch immer Rusts Studententrupp seine obskuren Untersuchungen anstellte. Alex Kemper? Er verstand nichts von Pferden. Wer eine rossige Stute für krank hält, hat keine Ahnung. Andererseits: war Daphne wirklich rossig gewesen? Und schien sie nicht bereits übernervös zu sein, als Kemper sie vom Bahnhof abholte?

Sophie mit ihrer Neigung zu dramatischen Auftritten unter breitkrempigen Hüten war die nächste Kandidatin. Katalina erinnerte sich an ihr Gesicht, als sie einmal mit flatterndem Schal und üppigem Hut neben Alex Kemper auf dem Kutschbock saß und versuchte, die Königliche Hoheit zu geben. Nein – daß sie etwas mit dem Mann ihrer Schwester hatte, qualifizierte sie noch nicht zur Pferdequälerin. Und Peer Gundson? Der war ein typischer Aktenknecht. Der hatte unter Garantie noch nie auch nur eine Pferdenase angefaßt. Blieben Erin, Alma und Noa. Erin hatte Angst vor Tieren, da war sie sich ziemlich sicher. Katalina versuchte, den Gedanken zu erwischen, der sich soeben anmelden wollte. Vielmehr das Bild, das sich in ihren Kopf drängte. Da war etwas – bloß was?

Sie bückte sich und tätschelte Zeus, der zu ihren Füßen zu quengeln begonnen hatte. Dann stieß sie sich vom Koppelzaun ab und ging in die Abendsonne hinein. Blieb Alma. Sie hatte sie nie auch nur in der Nähe der Koppel oder des Pferdestalls gesehen. Alma war alles andere als eine Frischluftfanatikerin. Und Noa?

Katalina merkte, daß sie beim Gedanken an das verrückte Gör in sich hineinlächelte. Das Mädchen hatte in den letzten Tagen seine Teenie-Allüren eingemottet und die Anbetung von Onkel Alex eingestellt. Sie mochte Noa.

Aber half das weiter? Denn wenn Mutter und Tochter vielleicht auch nichts mit dem Tod von Rust zu tun hatten – sie lagen vorn, wenn es um einen möglichen Anschlag auf den alten Herrn ging. Hatte Alma etwas zu erben? Dann war ihr vielleicht daran gelegen, den Prozeß seines Sterbens ein wenig abzukürzen. Und Noa? Katalina wehrte den Gedanken ab. Das Mädchen war im Zweifelsfall nur ungeschickt gewesen. Und außerdem war Erin für die medizinische Versorgung des Patienten zuständig, in auffälliger Abwesenheit eines Arztes.

Die Sonne stand tiefrot am Horizont. Sie hatte vor lauter Grübeln nicht gemerkt, daß Zeus schon eine Weile nicht mehr neben ihr her lief und daß sie längst aus dem Park heraus war. Vor ihr lag das Kirchfeld. Sie hörte jemanden rufen. Einer der jungen Studenten schien etwas gefunden zu haben, jedenfalls liefen die anderen drei herbei, um mit ihm zusammen auf den Bildschirm des Laptops zu starren.

Die Schatzsuche, die erst Rust und nun Bergen hier betrieb, war ihr erst recht nicht geheuer. Im Dorf hielt man das entweder für »hirnverbrannten Blödsinn« (Walter Faber) oder man empörte sich darüber, daß die Frankens hinter den versteckten Kunstschätzen der Gräflichen her seien, die man offenbar schon zu DDR-Zeiten vergeblich gesucht hatte.

Katalina dachte an das, was sie vergraben hatte, als sie Glogovac zum zweiten Mal verließ. Es war ein Schatz gewesen, gewiß. Aber nichts, wonach man Jahre später noch suchen würde.

Zeus sprang um die Gruppe von Studenten herum, als ob sie eine Herde Schafe wären, die er zu hüten hätte. Katalina fing ihn ein und machte sich auf den Rückweg. Auf halber Strecke kam ihr Noa entgegengelaufen, in Jeans und Pullover, ungeschminkt, strahlend.

»Hallo Katalina«, rief sie und schwenkte einen Korb.

Katalina konnte in dem Korb ein Brot erkennen und ein paar Flaschen Bier. »Bist du zur Küchenbrigade versetzt worden?«

Noa lachte. »Endlich ist hier mal was los, findest du nicht auch?«

Klang so eine Giftmischerin?

Katalina hinderte Zeus daran, sich Noa anzuschließen. Nur widerwillig ließ er sich nach Hause zerren. Der Anblick daheim hob ihre Stimmung nicht. Die Pfauen hatten die Stiefmütterchen, die sie gestern erst eingepflanzt hatte, aus der Blumenschale gerupft. Sie ließ sich auf die Bank vor dem Haus fallen, atmete tief durch und schloß die Augen.

Die Puzzleteilchen ließen sich nicht ordnen, sie schwirrten wie im Kaleidoskop durch ihren Kopf: ein toter Hund. Ein kranker alter Mann, von dem niemand etwas wissen durfte. Ein übernervöses Pferd. Ein toter Wissenschaftler. Und Moritz Bergen. Hatte sie ihn gesehen, wie er den Unfall, dem Rust womöglich zum Opfer fiel, rekonstruierte? Oder hatte sie ihn, im Gegenteil, dabei überrascht, wie er das Tier erst konditionierte, um es später zum Täter erklären zu können? Und was war dran an der These der Frau Werner, Rust könne etwas gefunden haben und Bergen wolle den Ruhm dafür kassieren?

Ihre Gedanken drehten sich im Kreis. Sie legte die Beine auf einen der Stühle, lehnte sich zurück, überließ die rechte Hand Zeus, der neben sie auf die Bank gekrochen war und ihre Hand als Kopfkissen benutzte, und schloß die Augen.

Sie wachte von einer Vorstellung auf, die ihr den Schweiß auf die Stirn trieb. Zeus japste überrascht auf, als sie aufsprang und ins Haus stürzte. Im Flur atmete sie tief durch und versuchte sich zu bremsen. Wenn etwas geschehen war, kam sie sowieso zu spät. *Falls* etwas geschehen war. Gott verhüte.

3

Den Seinen gibt's der Herr im Schlaf, dachte Katalina, während sie ihre Schuhe suchte, umtobt vom fröhlich kläffenden Zeus, der sie wahrscheinlich verschleppt hatte. Ihr stand plötzlich wieder vor Augen, was ihr schon auf Almas Soiree im Gartensaal aufgefallen war. Und da war noch etwas. Etwas, das sie bei ihrem Besuch bei Bauer Tenharden mitbekommen hatte.

Tenharden war ein Dickschädel von der Sorte, wie sie für diese Gegend offenbar typisch war. Es hatte eine Weile gedauert, bis sie begriff, daß er nicht unfreundlich war, sondern wortkarg. Als sie an jenem Tag ankam, stand Tenharden im Hof, die Fäuste in die Seite gestemmt. »Na, dann wollen wir mal«, sagte er und setzte sich in Bewegung, ohne sie zu begrüßen oder ihr die Hand zu geben.

Sie war ihm zu den Pferdeboxen gefolgt, vorbei an einem offenen Stall, in dem zwei Angusrinder standen. Tenharden hatte stumm auf die zweite Box links von der Eingangstür gezeigt. Sie trat näher. Das Fohlen schmiegte sich eng an die Schwarzwälder Stute und sah ihr mit großen Augen entgegen – ein schönes Kerlchen mit blonder Mähne und milchkaffeebraunem Fell.

Sie ging in die Box, beruhigte die Stute und faßte dem Fohlen an die Läufe. Es zitterte, als sie ans rechte Knie kam. Eine Fleischwunde, die sich entzündet hatte. Sie gab dem Tier eine Spritze, trug Salbe auf die Wunde auf und ging dann hinaus, um bei Tageslicht die Quittung zu schreiben.

Sie hatte den alten Mann nicht kommen sehen.

»Sind Sie die neue Tierärztin?«

Der Alte hielt einen Besen mit roten Borsten in der Hand und trug blaue Arbeitskleidung, durchscheinend vom vielen Waschen. Jacke und Hose waren viel zu groß für die magere Gestalt. Sie nickte.

»Und Sie wohnen oben im Schloß?«

»Im Kutscherhaus nebenan.«

»Dann haben Sie den alten Grafen getroffen?«

»Marten!« Tenhardens Stimme war unerwartet sanft, fast zärtlich gewesen.

»Ich sag' doch! Ich hab' ihn gesehen! Vor ein paar Wochen. Oben beim Schloß, auf der Wiese bei den Grabsteinen.«

»Da hast du wohl zu tief ins Glas geguckt, Marten, was?« Tenharden legte dem alten Knecht den Arm um die Schultern.

»Nee, das war morgens, da war ich noch stocknüchtern. Und er stand einfach da und hat in sich hinein gelächelt.« Auch Marten lächelte. Katalina hatte lange nicht mehr ein solches Gebiss gesehen. Zu Hause war das üblich gewesen, da hatte kaum jemand über Dreißig noch all seine Zähne gehabt. Aber hier?

Tenharden schüttelte den Kopf und sah Katalina an, als wolle er sich für die Flausen eines verrückten alten Mannes entschuldigen. Aber Marten grinste und sagte: »Ich weiß, was ich weiß.«

»Und der Graf trug einen schwarzen Bart und schulterlanges schwarzes Haar?« Irgendwie ritt sie der Teufel. Sie hatte den grimmen Vorfahren der Hartenfels vor Augen, dessen Porträt im Gartensaal hing.

»Natürlich nicht!« Marten sah sie an, als ob sie nicht ganz klar im Kopf wäre. »Sein Haar ist weiß! Er muß doch auch schon ein paar Jährchen auf dem Buckel haben!«

»Marten!« Tenharden warf Katalina einen warnenden Blick zu. »Der alte Graf ist tot. Und der junge –«

»Dann war es eben sein Geist!« Der Alte lachte kekkernd und schob ab.

Tenharden nahm die Quittung entgegen und bezahlte, ohne zu murren. »Es beschäftigt die Menschen hier immer noch, das Schloß«, sagte er zum Abschied. »Vor allem die Älteren. Mir wär's schon recht, es würde da oben endlich mal was passieren. Etwas, das uns hier weiterbringt.«

Dann hatte er verlegen gelächelt, so, als ob er mindestens vier Sätze zuviel geredet hätte.

Endlich fand sie die Schuhe – tief unter den Kissen auf dem Sofa versteckt – und zog sie an. Sie lief die Treppe hinunter und am Park entlang zum Schloß hinüber, Zeus hechelnd hinterher. Wenn ihre These stimmte und wenn es jemand auf das Leben des alten Herrn abgesehen hatte, dann gab es dafür neuerdings noch mehr Gründe, als sie sich auszudenken gewagt hätte.

Sie durchquerte den Schloßhof zum Turmflügel und rannte die Treppe hoch. Als sie die Tür zu seinem Zimmer öffnete, schienen ihre schlimmsten Befürchtungen eingetroffen zu sein: er lag wachsweiß in den Kissen und hatte die Augen geschlossen.

Jetzt sprangen ihr die Ähnlichkeiten geradezu ins Auge: die prominente Nase. Die wulstige Unterlippe. Das flache Kinn. Sie hatte es geahnt, gespürt. Jetzt war sie sicher.

Zeus klärte die Situation auf seine Weise. Er sprang aufs Bett und wieder hinunter, leckte dem alten Herrn die

Hände und begann, als der Mann zu prusten anfing, in heiliger Ekstase seinen Schwanz durchs Zimmer zu jagen.

»Können Sie nicht gleich sagen, daß Sie es sind?« raunzte der Alte.

Katalina grinste. »Wem wollen Sie eigentlich etwas vormachen? Sie sind weder krank noch debil.«

»Kann ja noch kommen«, murmelte der alte Herr.

»Ein Stallknecht unten im Dorf hat behauptet, den Grafen oben im Schloß gesehen zu haben.«

»Nanu«, sagte der Alte und blinzelte ihr zu. »Glauben Sie an Wiederauferstehung?«

»Sie sehen einem Ölbild ziemlich ähnlich, das unten im Gartensaal hängt, im Neuen Flügel.«

Er setzte sich auf. »Es ist wieder da?«

»Ziemlich ramponiert. Aber die Ähnlichkeit ist frappierend.«

Der Alte schien nachzudenken. Dann sah er sie an und nickte. »Gregor Gawan Graf von Hartenfels zu Blanckenburg, 1640 bis 1723. Ich könnte als sein Geist umgehen.«

»Und was tun Sie hier statt dessen?«

»Ich unterhalte mich mit Ihnen. Reicht das nicht?«

Katalina stellte das Tablett mit den Überresten einer Mahlzeit beiseite und setzte sich neben den Grafen.

»Sie tun so, als seien Sie nicht bei Trost. Die Frankens halten Sie für wirr im Kopf. Warum?«

Der Alte schwieg. »Es ist besser so«, sagte er nach einer Weile.

»Und warum hat jemand letzte Woche versucht, Sie ins Jenseits zu befördern?«

»Niemand von den Frankens«, sagte er leise. »Die brauchen mich noch.«

Zeus hatte sich knurrend auf einen der Hausschuhe des Grafen gestürzt und schüttelte ihn, als ob er ihm das Genick brechen wollte.

»Sind Sie sicher?« Katalina betrachtete den alten Herrn. »Sind Sie ganz sicher?«

Sie jedenfalls hatte ihre Zweifel. Irgend jemandem war der Graf im Weg.

4

Es war noch nicht acht, als es an der Haustür klopfte. Katalinas Herz schlug schneller. Das würde sich wohl nie geben, diese Angst vor den Männern mit den schweren Stiefeln, die immer morgens kamen. Aber die klopften nicht, die traten gleich die Tür ein.

Sie stand auf vom Küchentisch. Zeus lag satt auf dem Hundebett und gähnte nur. Er jedenfalls witterte keine Gefahr.

Sie erkannte die Männer nicht gleich.

»Kriminalhauptkommissar Köster«, sagte der Ältere. »Und das ist mein Kollege.«

»Kriminalkommissar Sager.« Der junge Mann mit der Brille verneigte sich leicht.

»Wir hätten da noch ein paar Fragen.«

Was sonst? dachte Katalina und ging voraus in die Küche. Zeus klopfte kurz mit dem Schwanz auf den Boden und schlief dann wieder ein. Er schien Urvertrauen in die Staatsgewalt zu haben, ganz im Unterschied zu ihr, die sich in der Gegenwart ihrer Organe noch immer nicht wohl fühlte.

»Es geht um die Sache Sigurd Rust.« Köster blickte sich in der Küche um, während Sager seinen Notizblock aufklappte und den Kugelschreiber daneben legte. »Wir haben den Obduktionsbericht erhalten.« Köster beugte sich leicht vor und fixierte sie, als ob er jede ihrer Regungen auf Verdachtsmomente überprüfen wollte.

Katalina merkte, wie sie sich von diesem Blick hypnotisieren ließ, und stand auf, um Kaffee nachzugießen.

»Die Leiche des Rust weist Hämatome auf.«

»Blutergüsse«, ergänzte Sager und lächelte entschuldigend.

Darauf wäre sie wirklich nicht gekommen! Katalina bemerkte fast zu spät, daß sie drauf und dran war, einen zweiten Löffel Zucker in den Kaffee zu rühren.

»Im Brustbereich und am linken Oberschenkel.« Köster starrte sie wieder an.

Wollte er, daß sie zusammenbrach und gestand? »Sie meinen: der Tod ist auf äußere Gewaltanwendung zurückzuführen?«

Köster wiegte den Kopf. »In meinem Beruf hat man keine Meinungen, Frau – ähh –«

»Cavic«, sagte Katalina. »Vorne Ka, hinten witsch.«

»Dem Obduktionsbericht zufolge –« Köster legte die Fingerspitzen aneinander, als ob er beten wollte. »Der Gerichtsmediziner hat als Todesursache einen Herzinfarkt festgestellt.«

»Also doch.«

Köster hatte ihr die Erleichterung offenbar angemerkt und hob die Stimme. »Er schließt jedoch nicht aus, daß der Infarkt die Folge eines Schocks war, den ein tätlicher Angriff hervorrufen kann.«

Sager klopfte mit dem Finger lautlos auf seinen Kugelschreiber. Da ihr noch keine Frage gestellt worden war, gab es auch keine Aussage zu protokollieren.

»Sie als Veterinärmedizinerin.« Köster sprach das Wort geradezu andächtig aus. »Können Sie sich vorstellen, daß Sigurd Rust von einem der Pferde angegriffen worden ist? Insbesondere der blaue Fleck am Oberschenkel deutet darauf hin –« Er schenkte seinem Kollegen den Rest des Satzes.

»Es könnte eine Hufspur sein. Der obduzierende Arzt schließt es nicht aus.«

Katalina stand wieder auf und ging zum Fenster. Sie mußte nachdenken.

»Lassen Sie sich Zeit.« Kösters Stimme klang ganz sanft. »Wir haben alle Zeit der Welt.«

Und wenn sie sagte, was sie befürchtete? Was Bergen befürchtete? Je länger sie nachdachte, desto finsterer erschien ihr das alles: irgend jemand hatte Daphne beigebracht, auf Hüte panisch zu reagieren – irgend jemand, dem es egal war, wen die Panik des Pferdes traf. Sie. Sophie. Erin. Oder Sigurd Rust, womöglich ein Zufallsopfer.

Sie holte tief Luft. »Es besteht die Möglichkeit, daß eines der beiden Friesenpferde manipuliert worden ist.«

Jetzt endlich konnte Sager seinen Kugelschreiber in Bewegung setzen.

Katalina bemühte sich, Ordnung in ihre Beobachtungen zu bringen, und berichtete zum Schluß vom Experiment Moritz Bergens. »Und wenn man Rust in die Nähe der Pferde gelockt hätte? Wir haben ja kürzlich alle gesehen, daß er einen Hut trug.«

»Wissen Sie, mit wem er verabredet gewesen sein könnte?«

»Keine Ahnung. Außer Noa und Alma war niemand im Schloß, alle anderen waren bereits abgefahren.« Soweit sie wußte. Und dann fiel ihr etwas ein, woran sie noch gar nicht gedacht hatte. Auch der Graf kam in Frage.

Sager hielt den Kugelschreiber erwartungsvoll in der Faust. Ihr Zögern konnte ihm nicht entgangen sein.

»Ich jedenfalls war im Kutscherhaus.«

Köster sah sie an, als ob er sie zu seiner Kronzeugin machen wollte. »Sie sagen, Sie hätten Bergen gesehen, wie er die Stute mit dem Hut erschreckt hat. Und wenn nun er selbst derjenige gewesen wäre, der das Tier – programmiert hat?«

Katalina verstummte. Sie war auf die Idee ja auch schon gekommen. Dann schüttelte sie den Kopf. »Er ist meines Wissens erst seit Freitag nachmittag hier.«

»Rust ist Samstag abend gestorben. Wie lange braucht man, um ein Pferd verrückt zu machen?«

Sie schüttelte wieder den Kopf. Aber sie fürchtete, daß es möglich war. »Pferde lernen schnell und verlernen so gut wie nie«, sagte sie leise.

»Bergen hatte Streit mit Rust.« Sager stach mit dem Kugelschreiber in die Luft.

»Rust ist der bekanntere. Bergen ist eifersüchtig, zumal er Rust für einen Betrüger hält. Er macht das Pferd wild und lockt Rust in eine Falle.« Köster lächelte selbstzufrieden. »Versteht der Mann was von Pferden?«

Der Mann verstand sich nicht nur auf Pferde. Katalina spürte, wie ihr Mißtrauen wieder aufflammte. Sie nickte. »Aber warum sollte er es auf Rust abgesehen haben?«

»Erzähl du.« Köster nickte Sager aufmunternd zu.

Der Jüngere klappte sein Notizbuch zu und schob es mit übertriebener Vorsicht beiseite. Dann legte auch er die Fingerspitzen aneinander. Das schien so üblich zu sein bei der Kriminalpolizei von Blanckenburg.

»Professor Rust ist bei uns eine bekannte Größe, wenn ich das mal so sagen darf.«

»Bei uns in den neuen Bundesländern«, warf Köster ein.

»Er war bis zum Ende der DDR Mitglied in einer Abteilung, die dem Ministerium für Staatssicherheit unterstand, die Stasi, die ist Ihnen ja sicher ein Begriff.«

Katalina nickte.

»Diese Abteilung hatte nur eine Funktion: sämtliche Stollen, Bunker und unterirdischen Anlagen, von denen es gerade in dieser Gegend jede Menge gibt, zu durchsuchen.«

Köster fiel Sager ins Wort. »Der ganze Harz ist untertunnelt. Die Nazis haben ihre kriegswichtige Produktion ab 1943 gezielt unter die Erde gelegt.«

»Und in der DDR –« Sager verzog das Gesicht, als ob er sich an einen schlechten Geruch erinnerte. »Die Stasi-Schatzjäger waren jahrelang auf der Suche nach dem Bernsteinzimmer. Außerdem fahndete man nach den unzähligen Kunstschätzen, die von den Nazis versteckt worden waren oder von dem einen oder anderen ostpreußischen Gutsbesitzer, der glaubte, hier wäre seine Habe sicher vor der Russischen Armee.«

»Aber Rust ist Archäologe!« War, korrigierte sich Katalina. War.

»Er hat das Studium nach der Wende ordnungsgemäß abgeschlossen und sich vor einigen Jahren habilitiert, das ist richtig. Aber wir haben schon lange den Verdacht, daß er seine archäologischen Projekte, wie soll ich sagen –« Sager schielte unsicher zu Köster hinüber. Auch Katalina begann sich zu fragen, warum man ihr all dies anvertraute.

»Wir haben zumindestens mal angedacht, ob er nicht unter dem Deckmantel wissenschaftlicher Forschungsarbeit weitergesucht hat nach versteckten Kunstschätzen, um sie dann auf dem grauen Markt loszuschlagen.«

Köster guckte Katalina erwartungsvoll an. Glaubte er, sie hätte beobachtet, wie von Schloß Blanckenburg aus ein schwunghafter Gemäldehandel betrieben wurde?

»Immerhin war Bergen sein Kollege, es ist also möglich, daß er was mitbekommen hat, oder?« Sager schielte wieder zu Köster hinüber.

Katalina schüttelte langsam den Kopf.

»Das sind natürlich alles nur Spekulationen.« Der Ältere mußte ihren Blick richtig gedeutet haben. Sie hielt das alles für an den Haaren herbeigezogen.

»Warum erzählen Sie es mir dann?«

»Weil Sie als Außenstehende vielleicht am ehesten –«

»Sie bekommen doch sicher viel mit –«

Katalina hätte fast gelacht. »Wollen Sie mich etwa rekrutieren?«

Köster schien sensibel genug, um zu wissen, was sie mit diesem Gedanken verband: Spitzeltum und Geheimpolizei. »Ganz und gar nicht, Frau Cavic. Sie sind ja schon als deutsche Staatsbürgerin gehalten, alles zur Mitteilung zu bringen, was Ihnen in irgendeiner Form auffällig zu sein scheint, nicht?«

»Eben.« Katalina blickte erst zu Sager hinüber, dessen Finger unruhig auf das Notizbuch klopften, und dann zu Köster, der sie plötzlich anstrahlte, als ob sie ein Abkommen miteinander hätten.

»Dann ist ja alles klar«, sagte er und stand auf. Sie brachte die beiden hinaus.

Das Gespräch hatte sie, wenn möglich, noch ratloser gemacht. Mancher Halbsatz, den sie bei den Frankens aufgeschnappt hatte, erhielt plötzlich einen neuen, finsteren Sinn. War Rust deshalb eingeladen worden, damit er Blanckenburgs geheime archäologische Sensationen ans Tageslicht brachte, oder sollte er ganz andere Schätze heben? Was war Sophies Rolle, sie war immerhin Kunsthistorikerin? Und war es wirklich vorstellbar, daß Moritz Bergen nicht nur da weitermachte, wo Rust hatte aufhören müssen, sondern daß er den Kollegen gezielt aus dem Weg geräumt hatte?

Katalina sank auf die Bank vor dem Haus und ließ Zeus auf ihren Schoß springen; der Hund war endlich aufgewacht und hatte sie draußen gesucht.

Sie hatte nicht die geringste Absicht, der Polizei zuzuarbeiten. Dennoch fragte sie sich, ob es wohl auch zu ihren staatsbürgerlichen Pflichten gehörte, die Anwesenheit des Grafen auf Schloß Blanckenburg zu melden. Sie lehnte sich zurück und blinzelte zur Amsel hinüber, die drüben auf der äußersten Spitze einer Tanne saß und hingebungsvoll schnulzte. Auch der Graf hätte sich nachts mit Sigurd Rust treffen können. Sie traute ihm mittlerweile vieles zu.

Aber ging sie das alles überhaupt etwas an? Nur eines betraf sie wirklich, tief im Innersten. Sie spürte, wie sich die Härchen an ihren Armen aufstellten. Wer ohne Not Tiere quälte, war ihr Feind.

5

Der Tag war mäßig anstrengend gewesen. Noch immer war nicht klar, was mit der Praxis des alten Dr. Gotsky geschehen sollte. Und noch immer war der Tote auf der Pferdekoppel Thema Nummer eins bei ihren Kunden. Katalina verspürte schon längst keine Lust mehr, auf die Einladung zum Klatschen einzugehen: »Nun sagen Sie mal, was halten *Sie* denn davon?« Routiniert tat sie ihren Job und war froh, daß der Feierabend früher anbrach als üblich und ihr noch Zeit blieb für einen Milchkaffee bei Ettore.

Niemand saß an einem der weißen Tischchen draußen in der Frühlingssonne. Die Luft war noch kühl, aber daran lag es wahrscheinlich nicht. Die Bewohner Blanckenburgs sparten – und zwar an dem, was sie am ehesten entbehren konnten, an kleinen Vergnügen wie dem, vor dem »Golfo di Napoli« auf dem Marktplatz von Blanckenburg zu sitzen und zuzugucken, wie Mütter ihre Kinder anbrüllten und ungeduldige Hundehalter ihre Vierbeiner hinter sich herzerrten.

Ettore brachte ihr das Gewünschte mit der ihm eigenen Hingabe, und dafür kriegte er eine etwas ausführlichere Fassung der Geschehnisse auf dem Schloß. Er schüttelte den Kopf und schnalzte mit der Zunge und hätte sie sicher noch länger ausgefragt, wenn ihr nicht plötzlich eingefallen wäre, was er ihr bei ihrer letzten Begegnung erzählt hatte.

»Gibt es etwas Neues über den Bunker bei Krellberg mit den Skeletten?«

Ettore lehnte sich waghalsig an eines der Tischchen. Sie überlegte kurz, ob sie ihn bitten sollte, sich zu setzen. Aber mit Sicherheit verstieß das gegen seine Berufsehre.

»Es ist ein großes Rätsel, Signora. Es sollen zwei Soldaten gewesen sein, ein Amerikaner, ein Russe. Sie sollen sich gegenseitig ...« – er machte die Handbewegung, die alle Männer beherrschen, egal, ob sie mit Handfeuerwaffen umgehen können oder nicht.

»Und – wurde sonst noch was gefunden?« Wider Willen dachte sie an das, was die beiden Kripobeamten ihr erzählt hatten. Dachte an Tafelsilber und Familienporträts und was man damals wohl sonst noch vor den Eroberern in Sicherheit bringen wollte. Ihre Phantasie versagte vor der Vorstellung, welche Reichtümer zur Zeit von Nazideutschland unter der Erde gelandet sein könnten.

Ettore wiegte die Schultern und lächelte geheimnisvoll. Und ließ sie wieder nicht bezahlen.

Zu Hause machte sie einen langen Spaziergang mit Zeus. Eigentlich hatte sie den Platz der ehemaligen Schloßkirche aussparen wollen, sie hatte keine Lust auf eine Begegnung mit Moritz Bergen. Aber Zeus zerrte sie genau dorthin – und natürlich war er da und lächelte ihr entgegen. Noa stand neben den Studenten, die auf den Bildschirm des Laptops starrten, den sie auf einen Gerätekoffer gestellt hatten. Bergen winkte sie heran.

»Schauen Sie«, sagte er und bewegte die Maus über den improvisierten Schreibtisch. Das verschwommene Bild schrumpfte und wurde dann klarer. Man sah Schatten, Linien, Kreise. »Das sind die ersten Ergebnisse unserer Untersuchung.«

Noa schaute auf. »Ich hab' den Smartmag über den

Rasenstreifen dort hinten gefahren.« Ihre Augen glänzten.

»Wir haben uns den SM4G-Magnetometer von der Universität ausgeliehen, das ist der komische Kinderwagen da«, sagte Mark. »Damit wird der Boden auf Magnetisierungsprozesse untersucht.«

Katalina verstand kein Wort, aber sie war sich sicher, daß man ihr alles erklären würde – ob sie wollte oder nicht.

»Die verschiedensten Materialien wie Siedlungs- und Brandschutt, Ziegel, Gesteine, aber auch verrottetes organisches Material wie Holz hinterlassen magnetische Spuren, die das Magnetfeld der Erde stören. Diese Spuren untersucht der Smartmag, dessen Meßdaten in einem Resamplingprozeß aufgearbeitet und digital dargestellt werden. So etwa.« Bergens Finger deutete auf den Bildschirm, auf dem man jetzt etwas sah, das an das Luftbild eines Ruinenfeldes erinnerte. »Sieht aus wie ein Foto der Strukturen im Untergrund, oder? Wir hatten schon Fälle, in denen sich Magnetogramm und Grabungsbefund kaum voneinander unterschieden.«

Auf dem Bild sah man unten ein langgestrecktes Rechteck, über dessen Schmalseite sich ein Halbkreis erhob. Es erinnerte entfernt an die Apsis einer Kirche. »Das könnte die Krypta sein«, sagte Noa eifrig.

Die Krypta. Die Totengruft kirchlicher Würdenträger und der Familie Hartenfels.

Bergen verkleinerte das Bild ein weiteres Mal. Am rechten oberen Rand konnte man einen kreisförmigen Umriß erkennen. »Der Brunnen – vielleicht.«

»Phantastisch, oder?« Noas Gesicht war gerötet. Die Kleine sah hinreißend aus.

Katalina hätte gerührt sein sollen. Aber statt dessen war sie alarmiert. »Was haben Sie vor?« Sie hörte ihre Stimme schrill werden. Die anderen sahen sie befremdet an. »Ich meine – sollte der Kirchplatz nicht nur zu Demonstrationszwecken untersucht werden?«

»Genau das machen wir.« Bergen sah sie aufmerksam an. »Ganz ohne Spaten und finstere Hintergedanken.«

»Das ist doch *spannend,* Katalina!« Noa lächelte sie an, entwaffnend. »Und vielleicht finden wir sogar den Geheimgang. Schau dir mal diese Linie hier an!«

Also doch. Kindermund tut Wahrheit kund. Bergen hob die Augen gen Himmel und breitete ergeben die Arme aus. Wider Willen mußte Katalina lächeln. Sie sah, daß Mark Noa in die Seite stupste und ihr verschwörerisch zublinzelte. Die beiden schienen ihre eigenen Pläne zu haben.

Zeus drängte darauf weiterzuziehen. Sie tat ihm den Gefallen, aber sie hatte ein mulmiges Gefühl. Was, wenn Bergen den Enthusiasmus der Jüngeren mißbrauchte für eigene Absichten? Sie stellte sich Noas Enttäuschung vor. Wenn sie nur wüßte ... Was die Polizei sich dachte, hatte sie begriffen. Aber was glaubte sie?

Sie verbrachte den Rest des Abends mit einem Buch und einem Glas Wein, bis sie um Mitternacht unruhig wurde. Als sie aufstand, war auch der Hund hellwach. »Wir gehen auf Pirsch, Kleiner«, flüsterte sie ihm zu und nahm die schwarze Lederjacke vom Haken.

Die Luft draußen war kühl und feucht. Die Mondsichel lag auf dem Rücken wie ein Mann in der Hängematte. In der Tanne rumorte ein Nachtvogel und in der Ferne hörte man Hundegebell. Zeus ließ sich nicht ablenken und folgte nur seiner Nase.

Als sie vor dem Schloß angekommen waren, wollte Katalina links abbiegen auf den Pfad am Burgwall entlang, aber Zeus rannte unbeirrt weiter auf den Schloßhof. Sie folgte ihm – was blieb ihr anderes übrig? Sie wollte weder Alma noch Noa noch den Grafen mit lauten Rufen wecken.

Das Schloß sah im Mondlicht wie eine Theaterkulisse aus. Die Statuen im Uhrturm schienen sich auf ihren Sockeln hin- und herzuwiegen, hinter den Fensterhöhlen tanzten Schatten, und als ob es wüßte, daß es ins Bild paßte wie die Faust aufs Auge, flatterte ein Käuzchen auf und kurvte hinter den Turmhelm.

Zeus war in der Kapelle verschwunden, deren Tür offen stand. Alle Türen waren geöffnet, auch die Fenster; man müsse lüften, hatte Alma gesagt, die Feuchtigkeit herauslassen aus dem modrigen alten Kasten. Katalina erschien das in diesem Moment nicht die allerbeste Idee zu sein. Sie folgte dem Hund. Unter dem Kreuzgewölbe hingen graue Schatten, Stuck- und Mörtelbrocken knirschten unter ihren Füßen. Über sich hörte sie es rumoren, Zeus japste, wahrscheinlich hatte er eine Ratte erwischt. Sie durchquerte die Kapelle bis zu einer Nische, hinter der eine Treppe ins darüberliegende Geschoß führte. Die Bibliothek, soweit sie sich erinnerte. Durch den Treppenschacht zog es, die Luft roch nach Verfall. Im Mondlicht sah sie Zeus stehen, kerzengerade, ganz gespannte Aufmerksamkeit. Ihm gegenüber –

Er sah fremd aus im Mondlicht, das durch die Fenster sickerte, das Gesicht wie ein Gipsabdruck, Nasenbogen, Stirn und Kinn weiße Erhebungen, dazwischen tiefe Schattentäler. Moritz Bergen hatte den Zeigefinger erhoben. Die Rute des Hundes begann sich zu bewegen, erst langsam, dann immer schneller. Schließlich hielt das Tier es nicht mehr aus, sprang auf den Mann zu und setzte sich schweifwedelnd und mit Hundegrinsen vor ihn hin.

»Er braucht noch ein bißchen Erziehung, aber er ist klug, er begreift schnell.« Moritz streckte sich und sah sie an.

»Was zum Teufel –«

»... machen Sie hier? Das gleiche könnte ich Sie fragen.«

»Ich bin meinem treulosen Tier gefolgt.« Katalina wußte plötzlich nicht mehr, ob sie die Situation verdächtig oder erheiternd finden sollte.

»Und ich dem Schloßgespenst.« Bergen grinste. »Kommen Sie, ich will Ihnen etwas zeigen.«

Sie folgte ihm die Treppe hinunter und hinaus aus der ausgeschlachteten Kapelle in den Hof. »Sehen Sie?«

Ihr Blick folgte seiner ausgestreckten Hand. Da war nichts, nur Mondlicht auf verfallener Pracht und leere Fensterhöhlen. Zeus hatte die Schnauze schon wieder auf dem Boden und nahm eine Fährte auf, die ihn zum nächsten Trakt des Schlosses führte.

»Da ist es wieder.«

Katalina starrte ins Zwielicht. Und dann sah sie es auch: in einem der Zimmer im ersten Stock des Alten Flügels flackerte ein warmer Lichtschein, wurde heller und zog langsam vorbei. Im nächsten Fensterausschnitt wiederholte sich der Zauber.

Sie blickte zur Seite. Bergen trug einen schwarzen Pullover zur schwarzen Jeans, als ob auch er möglichst nicht gesehen werden wollte.

»Da! Da ist noch was!« Diesmal ging seine Hand nach rechts, zum Gartenflügel, der dem Alten Flügel gegenüberlag, wie zwei Seiten eines Hufeisens, verbunden durch den Querriegel des Turmtraktes. Im Stockwerk über Almas Gartensaal bewegte sich ebenfalls ein Licht. Keine Kerze, eher eine Taschenlampe. Langsam arbeiteten sich die beiden Lichtspuren vorwärts, die eine links, die andere rechts. Sie würden sich irgendwann treffen. Im Turmtrakt, dort, wo der Graf wohnte.

»Einbrecher?« Sie glaubte nicht daran. Moritz offenbar auch nicht. »Es sind nur Alma und Noa da«, sagte sie. »Soweit man weiß.« Und der Graf.

»Soweit man weiß«, sagte Moritz.

Sie wich seinem Blick aus.

Plötzlich begann das Kerzenlicht im linken Flügel unruhig zu flackern, das Tempo beschleunigte sich, in dem es an den hohen Fenstern vorbeischwebte. Und dann vernahm man ein fröhliches Blaffen.

»Zeus. Verdammt. Wenn dem Köter was passiert –« hörte sie sich mit heiserer Stimme sagen. Sie spürte kaum, daß Moritz sie am Arm packte und zurück zur Kapelle zog. Und dann bellte Zeus los, laut, nicht zu überhören. Es war das Bellen eines Hundes, der etwas jagte. Es war ein Urlaut der Verfolgungslust. Der Kerzenschein, der vom Alten Flügel in den Turmflügel übergewechselt war, erlosch. Auch im Gartenflügel war es beim ersten Bellen dunkel geworden. Und dann taumelten unten aus der Tür zum Turmflügel zwei Gestalten, atemlos lachend, verfolgt von Zeus, dessen Schlappohren wie Fahnen hinter ihm her wehten.

Sie stand an Bergens Brust gelehnt, der die Arme um sie gelegt hatte und leise lachte. »Ein Liebespaar«, sagte er.

»Eher Noa und Mark«, flüsterte Katalina. Sie machte keine Anstalten, sich aus der Umarmung zu lösen. Es tat gut, genau so, wie es war. Er bewegte sich nicht, umarmte sie nicht fester, versuchte nicht, sie zu küssen. Sie spürte etwas Ungewohntes. Ruhe.

Noa und Mark stürmten über den Hof und zum Tor hinaus, gefolgt von dem kleinen Kläffer, der erst stehenblieb, als Moritz einen Zischlaut von sich gab, der so leise war, daß sogar sie ihn kaum hörte. Katalina löste sich verlegen aus der Umarmung, die ihr eben noch ganz normal vorgekommen war. Sie fröstelte. Die Wärme seiner Arme hatte sie vergessen lassen, was sie umtrieb: viel zu viele Fragen, deren Antworten sie fürchtete.

»Und jetzt wüßte ich gerne, wer da mit der Taschenlampe unterwegs war.« Moritz machte Anstalten, zum Gartenflügel hinüberzugehen.

Der Graf, dachte Katalina. Und der darf in seinem eigenen Schloß machen, was er will. »Nein!« flüsterte sie.

Moritz legte ihr die Hände auf die Schultern. Sie schüttelte sie ab.

»Sie sind verdächtig oft zur Stelle, wenn auf dem Schloß was los ist. Was suchen Sie? Das, was Rust gesucht hat? Beute?« Ihre Stimme zitterte. Sie wollte nicht recht haben.

»Ich bin nicht Sigurd Rust, Katalina. Das kann dir nicht entgangen sein.«

»Bei Krellberg hat man kürzlich etwas gefunden – eine Gemäldesammlung. Ist es das, was Sie interessiert?«

Moritz ging auf ihren Ton nicht ein. »Ich habe damit gerechnet, daß das eine oder andere noch auftauchen würde. Sie können nicht alles gefunden haben – die Amerikaner, Engländer, Russen. Noch nicht einmal die Schatzsucher der Stasi.«

»Sie wußten, daß Rust für die Stasi gearbeitet hat?«

»Ja. Deshalb habe ich seinen wissenschaftlichen Absichten nie ganz getraut.«

»Und Sie? Sie treten sein Erbe an?«

»Nicht seins. Höchstens meins.« Seine Stimme war noch leiser geworden. »Ich suche nicht nach Gemälden und anderen Schätzen, Katalina. Ich suche ... etwas, das für niemanden Bedeutung hat außer für mich.«

Er klang müde. Ihr Blick ging hoch zu seinen Augen, schwarze Höhlen in der Dunkelheit. Sie horchte seiner Stimme hinterher. Sie streckte die Hand nach ihm aus.

Die Umarmung kam unerwartet, obwohl sie beide zur selben Zeit die gleiche Bewegung machten. Der Kuß auch.

Wenigstens, dachte sie später, hatten sie einander länger als ein, zwei Minuten in den Armen gelegen, bevor das Pandämonium losbrach, ein verdrängter, aber nie vergessener Schrecken, der sie aus Bergens Arme flüchten ließ.

6

Nachts weckte sie eine kalte Hundeschnauze. Zeus wimmerte und brachte sich fast um vor Freude, als sie das Licht anmachte und sich aufsetzte. Ihr Gesicht war naß. Sie mußte geweint haben im Schlaf.

Es war wieder da, alles, woran sie nie mehr hatte denken wollen. Sie sah Bergens Gesicht vor sich, gestern Nacht, beim schwachen Licht der Mondsichel. Er wirkte erst überrascht, dann besorgt, als sie sich von ihm losriß. Aber er hielt sie nicht zurück. Es hätte sie nichts zurückhalten können.

Eine Geste hatte alle Gespenster zum Erwachen gebracht, eine Kleinigkeit, eine zärtliche Bewegung, nicht weiter wichtig. Er hatte ihr die Hand in den Nacken gelegt.

Katalina knipste die Nachttischlampe an und ließ Zeus zu sich ins Bett kriechen. Der Hund legte die Schnauze auf ihren Arm und sah sie unverwandt an. Sie faßte sich ins Haar, dahin, wo es heute endete und wo früher ein dicker Haarzopf gehangen hatte – bis zu einem gewittrigen Spätsommertag 1992 in Glogovac.

Katalina atmete tief ein und wieder aus.

Sie kamen ihr auf dem Weg zum Fluß entgegen. Sie waren zu fünft. Mirko ging vorneweg, die Hände in den Taschen der Jeans vergraben, Verlegenheit im Gesicht und Trotz. Und etwas anderes, das sie nicht gleich begriff. So, dachte sie später, hatte er ausgesehen, als er den altersschwachen Hund seines Vaters erschießen mußte. Man tat so etwas nicht gerne, eigentlich, aber es machte verbotenerweise trotzdem Vergnügen. Mirko, der sie, seit sie acht Jahre alt war, jeden Tag auf dem Schulweg begleitete. Mirko, der sie hatte heiraten wollen, als er zwölf war. Mirko, der seinen Antrag wiederholte an ihrem zwanzigsten Geburtstag. Das war eine Weile her, sicher. Aber er konnte es nicht vergessen haben.

Slobo und Vladi gingen breitbeinig hinter Mirko, funkelnde Augen in geröteten Gesichtern; sie sahen betrunken aus. Die beiden stellten jedem Mädchen nach, das sich nicht entschieden genug wehrte. Bei ihr hatten sie es nur einmal versucht. Seither hieß sie die frigide, hochnäsige Zicke.

Dann Kujo. Er blickte zu Boden, sah sie nicht an. Er war nicht freiwillig mitgegangen. Aber als es darauf ankam, war er genauso wie die anderen. Genauso? Nicht ganz.

Denk nicht daran, dachte Katalina. Aber die Bilder drangen hinaus wie das Wasser aus einem geplatzten Waschmaschinenschlauch: unaufhaltsam.

Hinter Kujo kam Djonjon. Der nette Djonjon, der blonde Nachbarjunge, Unschuld und Neugier im Gesicht. Sie hatte ihn gehütet, als er noch ganz klein war, wenn sein Vater sich wieder betrunken und seine Mutter krankenhausreif geschlagen hatte. Jetzt war er vierzehn. Unschuld und Neugier. Beides kann ebenso grausam machen wie Berechnung und Rachsucht. Womöglich sogar grausamer.

Mirko stellte sie zur Rede. »Was hast du mit diesem – Abschaum?« Er spuckte aus, ihr direkt vor die Füße.

»Gavro ist mein Freund, das weißt du doch«, antwortete sie.

»Solche Leute sind kein Freund. Und für Frauen, die es mit ihnen treiben, haben wir nur einen Ausdruck.«

»Hure«, rief Slobo, und Vladi fügte breit grinsend ein »Nutte!« hinzu.

»Und was macht man mit solchen Frauen?«

Mirko hatte noch immer die Hände in den Hosentaschen. Jetzt zog er sie langsam heraus.

Katalina wußte, was mit solchen Frauen gemacht wurde. Man las davon in den Zeitungen. Aber dies hier war Glogovac.

Mirko steckte die Daumen beider Hände in den Hosenbund und wechselte das Standbein. Sie sah aus den Augenwinkeln, daß Kujo ein paar Schritte zur Seite trat. Von ihm hatte sie keine Hilfe zu erwarten. Sie suchte den Platz am Fluß ab. Es war niemand draußen, obwohl man sich um diese Uhrzeit hier traf, wenn man jung war und einen Flirt suchte. Sie wagte nicht, sich umzudrehen.

»Nun macht schon«, sagte Djonjon und lächelte sie strahlend an. »Ihr habt doch gesagt –«

»Maul«, zischte Kujo. Kurz hatte sie auf ihn gehofft. Ganz kurz nur.

Mirko wirkte für einen Moment unschlüssig. Slobo stieß ihn an, und Vladi grinste ihm aufmunternd zu. Er machte einen Schritt vor.

Sie versuchte, ruhig zu bleiben. »Du hast mal ganz anders geredet, Mirko, weißt du noch?«

Sie sah in seinem Gesicht, daß er schwankte. Dann wich er ihrem Blick aus.

»Erinnerst du dich?«

Mirko sah nervös zu Boden.

»Wenn du es nicht tust –« Djonjon tänzelte herbei.

»Und wenn jemand kommt?« Kujo hatte Angst. Das gab den Ausschlag.

Mirko war mit wenigen Schritten bei ihr, packte ihr

mit beiden Händen in den Ausschnitt und riß das Kleid von oben nach unten auf. Seltsamerweise tat das fast am meisten weh. Es war ein Sommerkleid, das sie mit Gavro gekauft hatte, in einer Zeit, die es in Wirklichkeit nie gegeben hatte, die sie sich eingebildet hatten, eine Zeit des Friedens – die paar Monate nur zwischen dem Bösen, das man kannte, und dem neuen Unheil, von dem man noch nicht wußte, wie schlimm es werden würde.

Mirko trat zurück. Slobo und Vladi feixten. Djonjon starrte ihr auf den weißen Büstenhalter. Kujo räusperte sich, wollte etwas sagen. Dann baute sich Mirko vor ihr auf und öffnete seine Hose. Slobo und Vladi zwangen sie in die Knie. Mirko wickelte sich ihren langen Haarzopf um das Handgelenk.

Sie hatte versucht, nicht an Gavro zu denken. Sie hatte sich statt dessen vorgestellt, wie sie morgens ihre langen Haare bürstete, in Strähnen aufteilte und zu einem dicken Zopf flocht. Sie hatte versucht, sich jede einzelne Strähne vorzustellen, jedes einzelne der kräftigen dunklen Haare, aus denen sie sich zusammensetzte. Sie verfolgte im Geist jede Drehung und Bewegung ihrer Finger, legte eine Strähne über die nächste und …

Sie erinnerte sich nicht an Demütigung und Schmerz. Sie erinnerte sich an die Unbeholfenheit der fünf, an ihre Ungeschicklichkeit, die sie mit den immer gleichen Sprüchen zu überspielen versuchten. Sie erinnerte sich an den hilflosen Versuch Kujos, zart zu sein, während er sein halbsteifes Glied an ihr rieb und seine Kameraden ihm aufmunternde Obszönitäten zuriefen.

Sie hatte versucht, an nichts zu denken, sich nicht zu wehren, nicht zu schreien. Nur einmal hätte sie brüllen mögen, wenn sie gekonnt hätte – als Djonjon sich den

Weg durch die engste Öffnung bahnte. Aber er hatte ihr den Haarzopf in den Mund gestopft, während er an ihr übte.

Djonjon. Er war vierzehn, unschuldig und neugierig gewesen, in einem Alter, in dem andere Jungen Frösche sezieren und Katzen quälen. Er war der schlimmste.

Als keiner mehr konnte, begann Djonjon, sie zu schlagen. Er schlug mit der flachen Hand nach ihren Brüsten – es machte ihm Vergnügen, sie wie Punchingbälle hin- und herfliegen zu lassen. Als er sie ins Gesicht schlug, fiel sie in eine gnädige Ohnmacht.

Sie glaubte, es sei bereits stockdunkle Nacht, als sie wieder aufwachte. Aber es waren nur ihre Augen, die sich nicht öffnen wollten, sie waren zugeschwollen und verklebt. Als sie versuchte, auf die Knie zu kommen, hielt sie ihren prächtigen langen Haarzopf in der Hand. Sie hatten ihn ihr abgeschnitten und zwischen die Beine gestopft.

Schließlich fand man sie, hob sie auf, brachte sie nach Hause. Milo. Er wollte nicht zugeben, daß er sie suchen gegangen war. Aber er mußte etwas gehört haben. Alle hatten davon gewußt.

Das war noch nicht das schlimmste. Es war auch nicht das schlimmste, daß Milo ihr nicht zu Hilfe gekommen war, daß er nach diesem Tag kein Wort mehr mit ihr redete, daß ihr Bruder ihr die Schuld gab an dem, was seine Freunde ihr angetan hatten. Nein, das alles war nicht schlimm.

Katalina spürte, wie die Kälte wieder nach ihr griff, wenn sie an diese Nacht dachte. Es war die Nacht, in der sie Gavro abholten.

Sie mußte Moritz sagen ... Was? Daß ihr all das durch den Kopf ging, als er ihr die Hand in den Nacken legte? Als er ihr ins Haar griff, das sie kurz trug, seit damals. Daß alles im Bruchteil einer Sekunde wieder da war, was sie beiseite geschoben hatte all die Jahre über – eine Erinnerung, die wuchs und wucherte, wenn man sie nicht energisch zurückdrängte.

Zeus jammerte leise im Schlaf. Sie knipste die Lampe aus und nahm den Hund in den Arm.

Es konnte nicht Moritz sein, der all das in ihr ausgelöst hatte. Sie war ja auch bei anderen Männern nicht hysterisch davongelaufen, nur, weil sie ihr an den Hals gefaßt hatten. Es war das Schloß, das schon vom ersten Tag an alles hatte wieder an die Oberfläche steigen lassen. Schloß Blanckenburg war nicht nur eine verwunschene Ruine. In seinen Mauern, dachte sie, bevor sie einschlief, hockte womöglich Schlimmeres als ein Fluch.

7

Es war schon neun Uhr, als sie aufwachte. Zeus war die Rücksicht in Person, hatte sich irgendwann aus ihrem Arm gestohlen und ans Fußende des Bettes gelegt. Wie sie ihm beibringen sollte, daß die heutige Nacht eine Ausnahme war und daß ihr Bett künftig tabu war für kleine Hunde, war ihr schleierhaft. Vielleicht sollte sie Moritz fragen, dessen Umgang mit Tieren sie immer wieder überraschte. Woher hatte der Mann das?

Der Gedanke an Moritz weckte die Erinnerung an alles andere, an das sie lieber nicht dachte. Sie schwang sich aus dem Bett und tappte hinüber ins Badezimmer. Zeus setzte sich in die halboffene Tür und sah ihr zu, wie sie sich die Zähne putzte und das Gesicht wusch. Er hatte offenbar ebensowenig Appetit wie sie.

Sie zwang sich zu Ruhe und einer Tasse Kaffee. Aber je länger sie am Küchentisch saß, ohne daß einer von Blanckenburgs Tierhaltern nach ihr verlangte, desto intensiver wurde das Gefühl, das sie zuerst gar nicht wiedererkannte, so fremd war es ihr geworden im Laufe der Jahre.

Sie war wütend. Man hatte sie belogen, von vornherein. Erst hatte man ihr die Existenz des alten Grafen verschwiegen, dann die lächerliche Geschichte vorgesetzt, er sei Almas Verflossener, den sie aufopferungsvoll pflegte, bevor er das Zeitliche segnete. Was immer die Frankens noch für schmutzige Geheimnisse haben mochten – dieses lächerliche Lügenmärchen jedenfalls ließ sie sich nicht länger gefallen.

Sie verschüttete den Kaffee, als sie vom Küchentisch aufstand. Zeus wuffte erstaunt. Aber er lief ihr hinterher, als sie aus dem Haus stürmte.

Alma kam ihr vor dem Traiteurshaus entgegen. »Mein – Mann sitzt im Gartensaal, beim Frühstück«, rief sie heiter – ein bißchen zu heiter.

Katalina blieb stehen und stemmte die Fäuste in die Seiten. »Und wie lange wollen Sie mir diesen Unsinn noch erzählen?«

Alma versuchte, ein hoheitsvoll-beleidigtes Gesicht aufzusetzen.

»Soll ich Ihnen wirklich abnehmen, daß der 84jährige Herr nicht nur Ihr Verflossener ist, sondern daß Sie ihn auch noch selbstlos pflegen? Halten Sie mich für so blöd?«

»Was reden Sie da?« Almas Gesicht war gerötet. Vor Zorn oder vor Scham? Katalina vermutete zu Almas Gunsten beides.

Sie ging in den Gartensaal, gefolgt von einer aufgeregt schnatternden Alma.

Der Alte saß vor dem Kamin, in einem Lehnstuhl, neben sich den friedlichen Zeus – und ein Tischchen, das fast zu zart wirkte für das opulente Frühstück, das darauf stand. Und über ihm hing, überlebensgroß, das Haar schwarz, aber ansonsten von frappierender Ähnlichkeit, das Porträt Gawans, Graf von Hartenfels zu Blanckenburg. 1640 bis 1723.

»Wen wollen Sie eigentlich täuschen?«

Der Graf winkte zu ihnen hinüber und machte eine einladende Handbewegung.

»Wenn Sie nicht gewesen wären, hätte es niemand gemerkt«, zischte Alma.

»Wenn ich nicht gewesen wäre, wäre der alte Herr längst tot«, zischte Katalina zurück.

»Streiten Sie sich um mich? Es lohnt sich nicht«, sagte der alte Herr spöttisch.

»Katalina will wissen, welches Spiel hier gespielt wird.« Alma hatte ihre Fassung zurückgewonnen. »Ich schlage vor, Sie erklären es ihr.« Sie rauschte hocherhobenen Hauptes aus dem Saal.

»Hat man Sie wegen guter Führung entlassen?« Katalina ließ sich auf dem Stuhl neben dem Grafen nieder. »Und sind Sie nicht noch müde von gestern nacht?«

»Danke, ich habe tief und fest geschlafen«, sagte der Graf. Sie musterte ihn. Er wirkte völlig arglos. Also war nicht er gestern nacht mit der Taschenlampe durchs Schloß gegeistert.

Seit wann glaubst du einem Simulanten? fragte eine spöttische innere Stimme.

Der Graf goß Kaffee in eine der beiden noch unberührten Tassen. »Was wollen Sie wissen?« fragte er, nachdem sie getrunken hatte.

»Wieso alle so tun, als ob Sie gar nicht existierten. Warum Sie allen vormachen, Sie seien nicht mehr klar im Kopf.«

»Das ist ganz einfach.« Der Graf setzte seine Tasse ab. »Ich will nicht, daß jedermann weiß, daß ich zurückgekehrt bin.«

»Aber –«

»Und das andere ist eine lebensverlängernde Maßnahme. Solange die Frankens noch etwas von mir wollen, habe ich meine Ruhe.«

Der Graf blinzelte sie gedankenverloren an und lehnte sich dann zurück.

»Ich kenne den Saal noch in seiner ganzen alten Pracht. Ich habe meine Verlobung hier gefeiert.«

Katalina begann langsam zu ahnen, welches Spiel der Alte spielte.

»Ich habe das Schloß seit 1943 nicht mehr gesehen. Seit über sechzig Jahren. Ich möchte wenigstens auf Blanckenburg sterben.«

Das wäre ihm fast gelungen, in der Nacht, in der er ins Koma zu sinken drohte. Dafür hatte er sich verdammt gut erholt. »Sieht aus, als ob das noch Zeit hätte, oder?«

»Wer weiß?« Der Graf lächelte spitzbübisch.

Zeus hatte sich eng an Katalinas Knie geschmiegt und ließ den Alten nicht aus den Augen. »Warum haben Sie den alten Kasten nicht zurückgefordert? Viele Leute unten in der Stadt fänden nichts schöner, als wenn die Gräflichkeit zurückkehrte!«

»Rückgabe, liebe Katalina, hatte unsere Regierung nicht vorgesehen. Und außerdem: Was hätte das gebracht? Ich habe kein Geld, um das Schloß auf Vordermann zu bringen. Die Frankens – nun, die schon eher.«

»Aber ist das fair?«

»Katalina!« Der alte Herr lehnte sich zurück und sah sie an. Die Ähnlichkeit mit Gawan dem Dunklen wurde immer auffallender. »Als ich aus der Kriegsgefangenschaft in Frankreich entlassen wurde, hatte man meine Familie vertrieben und das Schloß und seine Ländereien konfisziert. Ich habe keinen Gedanken an die Vergangenheit verschwendet. Man weint nicht über verschüttete Milch. Zumal die Liebe meines Lebens mich nicht mehr wollte.«

»Sternchen.«

Der Graf sah sie überrascht an. Dann lachte er. »Ich

habe sie manchmal so genannt.« Er musterte Katalina. »Sie war so groß wie Sie. Blond, schlank. Und zäh und klug und stolz.«

Das Messer klirrte auf dem Teller. Katalina sah, daß die Hände des Grafen zitterten.

»Es gab keine andere für mich. Und da mein Bruder tot ist, existieren keine Erben. Ich bin der letzte der Linie.«

»Die Frankens –«

Der Graf hob beide Hände. »Ich habe um Rückgabe gebeten, schon 1990, da war ich noch naiv. Aber man war da oben heilfroh, daß die Russen die dreckige Arbeit der Enteignung erledigt hatten. Blanckenburg sollte meistbietend verscherbelt werden, wie so vieles andere auch. Damit wollte man die Wiedervereinigung finanzieren.«

Der Alte blickte starr geradeaus. »Und dann haben sie das Schloß verschenkt – weil ein Angeber ihnen versprach, hier die größte Golfanlage Europas zu errichten. Hier.«

In einem bildschönen Winkel der ehemaligen DDR, dem man noch immer anmerkte, daß er bis vor fünfzehn Jahren Sperrgebiet gewesen war. Hier hätten die golffähigen Pensionäre Europas ihr Geld gewiß nicht hingetragen.

»Dem großen Investor ging schon bald die Luft aus. Er hat an die Frankens verkauft und ihnen einen nicht ganz so guten Preis gemacht wie den, den er selbst bezahlt hat.« Er lächelte dünn.

»Und Sie haben davon profitiert.«

»Ich habe Alex Kemper überhaupt erst auf die Idee gebracht. Ich habe ihm vorgeschlagen, das Schloß zu erwerben und mir ein lebenslanges Wohnrecht einzuräumen. Es wird ja nicht mehr lange dauern.«

Katalina sah ihn an. Der Alte machte sich Illusionen. »Und was haben Sie Kemper und den anderen dafür – versprochen?« Langsam dämmerte ihr, wovon die Frankens sprachen.

»Die Erfüllung ihrer Wünsche. Und deshalb hat keiner von denen ein Interesse, mir etwas anzutun, verstehen Sie? Die wollen das, was hier drin ist.« Er tippte sich an die Stirn. »Doch das lasse ich nicht raus.«

Katalina hob die Augenbrauen.

»Wenn Sie die Wünsche eines Menschen kennen, haben Sie ihn in der Hand.«

Katalina horchte in sich hinein. Sie fühlte sich weitgehend frei von Wünschen. Ihr genügte, was da war. Es reichte fürs Leben. Für ihr Leben.

»Sie alle, Alma und Peer, Sophie und Alex, haben Wünsche. Starke, leidenschaftliche Wünsche. Außer vielleicht Erin.«

Ob er sich da nicht irrte? Sie hatte Erins Gesicht gesehen, als sie sich unbeobachtet fühlte. Erin wünschte sich Alex – mit aller Leidenschaft.

Und sie selbst? Hatte sie nicht doch einen, diesen einen Wunsch? Sie schaute auf die leere Leinwand, als die sie ihr Inneres empfand. Und in der Tat, in der rechten unteren Ecke bewegte sich ein dunkler Punkt. Wurde größer. Wurde Gavro. Und wenn du jetzt das Zauberwort wüßtest, flüsterte eine Stimme in ihr. Und du müßtest es nur aussprechen, und Gavro käme zurück … Aber sie wünschte ihn nicht zurück. Noch unerträglicher, als ihn verloren zu haben, war die Vorstellung, ihn ein weiteres Mal zu verlieren.

»Haben Sie es soeben mit dem Wünschen versucht, Liebe?« fragte der alte Herr.

Sie blickte auf. »Was haben Sie den Frankens versprochen?«

Der alte Mann lachte leise. »Ich habe versprochen, Sophie Franken glücklich zu machen. Und das wäre das schönste für Peer Gundson. Und für Alex Kemper.«

Katalina starrte ihn an. Sein Gesicht hatte sich verändert. Der adelige Herr sah plötzlich aus wie ein böser Kobold, wie ein Luftgeist, der es liebte, die Dinge durcheinanderzuwirbeln.

»Und wie macht man Sophie Franken glücklich?«

Der Graf antwortete nicht. Und dann beschrieb er mit der geöffneten Hand einen Bogen, die Handfläche gen Himmel, eine Geste, die alles umfaßte, den Gartensaal, den Neuen Flügel, das ganze alte Schloß.

»Stellen Sie sich vor, wie es hier ausgesehen hat bis 1945. Porzellan, Gläser, Kerzenleuchter, Bücher. Meublement aus dem 17. Jahrhundert. Standuhren, Teppiche, Wandbehänge. Gemälde.«

Wovon eine Kunsthistorikerin so träumt, dachte Katalina. »Und wo ist das alles?«

»Verschwunden. Versteckt, gestohlen, verkauft. Ich weiß es nicht.«

»Also haben Sie den Frankens falsche Hoffnungen gemacht.«

»Sagen wir: ich habe ihnen Enttäuschung erspart.«

»Ist das nicht das gleiche?«

Der alte Herr lehnte sich zurück. »Wünsche sind das schlimmste im Leben«, sagte er nach einer Weile. »Wünsche machen unfrei. Aber nur eines ist schlimmer als übermächtige Wünsche: ihre Erfüllung.«

»Und das sagen Sie?«

»Ich weiß, wovon ich rede.« Der alte Herr sah zum Porträt seines Vorfahren hinüber. »Andere haben eine Ehefrau. Das ist die Erfüllung eines Wunsches. Aber ich – ich habe die ewige Liebe.«

Die ewige Liebe. So, wie sie bis ans Ende ihrer Tage an Gavro gebunden war. Es schüttelte sie bei dieser Vorstellung, obwohl sie nichts als die Wahrheit war. Oder?

»Und warum sagen Sie den Frankens nicht endlich, was Sache ist?« Katalina riß sich los von dem Bild, das vor ihrem inneren Auge entstanden war. »Warum tun Sie, als ob Sie nicht ganz bei Trost wären?«

»Weil ich ihre Fragen nicht beantworten will. Wenn sie wissen, was sie wissen wollen, bin ich entbehrlich. Aber das gilt auch, wenn sie wissen, daß ich nichts weiß.«

Der Alte war gerissen. Und plötzlich taten ihr die Frankens leid. Sie hatten geglaubt, ein Schaf im Stall zu haben. Aber das entpuppte sich als ganz und gar nicht zahnloser Wolf.

Katalina lehnte sich zurück. Aus den Augenwinkeln sah sie eine Zeitung auf dem Sessel liegen. Sie griff nach dem Blatt. Es war die »Brockenzeitung«, die Ausgabe vom Montag, mit dem Bericht über die skandalösen Ausgrabungsaktivitäten auf Schloß Blanckenburg und dem Wunsch, dem Grafen möge es gelingen, sein Erbe auf legalem Wege zurückzuerhalten. Eine Gebrauchsanweisung, wenn man so wollte.

»Haben Sie schon die Zeitung gelesen?«

»Noch nicht. Irgend jemand hat mir das Blättchen in Allerherrgottsfrühe auf den Nachttisch gelegt. Etwas ganz Neues! Wenn ich früher um eine Zeitung bat, hieß es, man lese sowas nicht.« Der alte Herr lachte.

Katalina ahnte, wie die Zeitung ins Zimmer des Grafen gekommen war. Nicht in Allerherrgottsfrühe, sondern in der Nacht, von jemandem, der mit einer Taschenlampe durch die Gänge des Schlosses geschlichen war.

Es sah ganz danach aus, als ob nicht nur der Graf die Wünsche der Frankens durchkreuzen wollte. Katalina ging zurück zum Fenster und schaute hinaus. Am Himmel ballten sich Gewitterwolken. Die Mauersegler flogen tief. Ihr war gar nicht aufgefallen, daß die Flugartisten mit dem schrillen Schrei wieder da waren.

Irgend jemand hatte versucht, den Grafen zum Schweigen zu bringen, ein Mensch, der auch den Tod des alten Herrn in Kauf genommen hätte, wenn er nur still blieb. Irgend jemand, dem daran gelegen war, daß die Wünsche, von denen der Graf sprach, nicht in Erfüllung gingen. Und jetzt? Jetzt schien jemand eine andere Strategie zu verfolgen, mit demselben Resultat: Wenn der alte Herr die Frankens nicht mehr brauchte, um sein Schloß zu behalten, würden sie ebenfalls leer ausgehen.

»Also – womit haben Sie die Frankens gelockt?«

»Gelockt? Ich habe nur – auf ein paar bemerkenswerte Tatsachen hingewiesen. Den Rest hat ihre Phantasie besorgt.«

»Zum Beispiel?«

»Zum Beispiel auf die gut 400 Gemälde von Michelangelo Merisi Caravaggio, die man aus der Berliner Gemäldegalerie ausgelagert hatte und die nie wieder aufgetaucht sind.«

Katalina kannte nicht mehr als den Namen: Caravaggio. Ein Maler.

»1571 bis 1610, ein italienischer Meister, unbezahlbar«, sagte der alte Herr spöttisch.

»Und Sie haben behauptet, das alles wäre hier irgendwo versteckt?«

»Nichts habe ich behauptet. Ich habe gesagt, daß diese und andere Gemälde, die man im Flakturm Friedrichshain ausgelagert hatte, dort wahrscheinlich verbrannt sind. Womöglich aber auch nicht.«

Katalina starrte ihn an.

Der Alte lächelte mit schmalen Lippen. »Schließlich kann man einen Brand auch legen, um zu vertuschen, daß die Bilder längst den Besitzer gewechselt haben. Und nach Übersee gegangen waren. Oder in die Sowjetunion. Oder –«

»Nach Blanckenburg?« Ihre Sympathie für ihn begann zu schwinden.

»In dieser Gegend ist alles untertunnelt. Ich wüßte den einen oder anderen Ort, der sich für die Lagerung von Kunstschätzen bestens eignete.«

»Aber – es ist doch längst alles untersucht worden, von der Stasi, zum Beispiel.«

Der Graf sah sie amüsiert an. »Selbst die haben nicht alles gefunden.«

»Und woher wissen Sie das?« Katalina dachte an Sigurd Rust. Auch der hatte offenbar geglaubt, noch etwas entdecken zu können.

»Ich habe jahrelang einen der Stasi-Schatzjäger mit Devisen bestochen – für auch nur die geringste Spur zum Vermögen meiner Vorfahren. Aber der Mann war ein kleiner Betrüger. Rust hieß er. Sigurd Rust.«

Draußen donnerte es. Und dann setzte der Regen ein.

8

Der Anblick war grauenvoll. Der dunkelgrüne Blechhaufen am Straßenrand erinnerte kaum noch an ein Auto. Die Motorhaube des Geländewagens war zusammengedrückt, die Tür auf der Fahrerseite stand in groteskem Winkel offen. Auf dem regennassen Asphalt Blutspuren, zersplittertes Glas. Ein Krankenwagen und ein Polizeifahrzeug standen vor und hinter dem Wrack auf dem Bankett. Katalina bremste und lehnte das Fahrrad an einen Baum am Straßenrand. Sie sah noch, wie die Rettungssanitäter einen Körper auf einer Trage in den Krankenwagen schoben. Einer der Männer hielt den Beutel mit der Infusionslösung in der einen Hand, in der anderen trug er eine blutverschmierte Plastiktüte. Katalina murmelte mit klopfendem Herzen die Gebete ihrer Großmutter, die alle mit »Bitte, lieber Gott« begannen. Der Krankenwagen setzte sich in Bewegung.

Jemand anders hatte nicht überlebt. Unter der Decke neben dem Unfallwagen zeichneten sich die Umrisse eines menschlichen Körpers ab.

Die Wucht des Zusammenpralls mußte enorm gewesen sein. Sie suchte die Straße ab. Die Bremsspur kam ihr verhältnismäßig kurz vor. Der Gewitterregen dürfte für schlechte Sicht gesorgt haben – außerdem versperrte ein blühender Apfelbaum dort, wo der Aufprall stattgefunden haben mußte, den Blick nach links. Hinter dem Apfelbaum erstreckte sich ein gelbes Rapsfeld bis zu einem Wirtschaftsweg, der hoch zum Schloß führte.

Katalina richtete den Blick nach rechts, über den

Unfallwagen hinweg. Ein Graben. Ein Zaun. Zwei Pfosten herausgerissen, dazwischen verbogener Maschendraht, das Gras zertrampelt. Da war es.

Das schwarze Pferd lag auf der Seite und versuchte aufzustehen.

Mit der Arzttasche in der Hand stieg Katalina über den Graben und bahnte sich einen Weg durch die Lücke im Weidezaun. Sie hörte das Tier schnauben. Es schrie nicht. Als sie näher kam, sah sie, daß die Wiese dunkel war vor Blut.

Sie spürte einen Kloß im Hals, als sie sich neben das Pferd kniete, in dessen aufgerissenen Augen die Panik stand. Wieder versuchte Daphne, sich aufzurichten. Katalina redete beruhigend auf sie ein. Was sie sah, war hoffnungslos: weiße Knochen unter klaffendem rotem Fleisch. Rippenfraktur. Offene Wunden an den Beinen. Das Tier mußte in vollem Lauf in das Auto gerannt sein.

Daphne ließ den Kopf aufs Gras sinken. Katalina streichelte ihr die Nüstern. Die Stute atmete angestrengt, hatte Schaum vor dem Maul, der sich langsam hellrot färbte.

Unter Tränen flüsterte sie Worte, die das Tier ebensowenig verstand wie der Sanitäter, der irgend etwas zu ihr hinüberrief. Sie blieb bei der Stute, bis deren Atmen langsamer und tiefer wurde. Bis die großen dunklen Augen stumpf geworden waren.

Sie wollte nicht dabeisein, wenn man das Tier abtransportierte. Statt dessen setzte sie sich aufs Fahrrad und fuhr los. Nur weg.

Unterhalb des Schlosses erstreckte sich das Land weit und flach bis an den Horizont, wo es anstieg zum Brocken hin. Sie trat mit aller Kraft in die Pedale. Ihr Puls jagte. Es war bewölkt, die Luft war nach dem Gewitterregen abgekühlt, aber sie schwitzte schon nach wenigen Kilometern. Nur der Kloß im Hals wollte nicht weichen.

Der Tod der Stute machte sie hilflos – hilflos vor Zorn. Jemand hatte das Tier benutzt. Und egal, wovor Daphne vor wenigen Stunden in Panik geflohen war – vor dem Gewitter? –, jemand hatte genau das riskiert. Die beiden Insassen des Geländewagens waren zufällige Opfer, sie waren in den Weg geraten, in Kauf genommen worden. Würde man das als Mord oder als Totschlag bezeichnen? Egal. An den niederen Motiven konnte es keinen Zweifel geben.

Ein Auto überholte sie, ein Kabrio. Die beiden jungen Leute winkten und riefen etwas. Nach einem Kompliment hörte es sich nicht an.

Nach einer Weile fuhr sie langsamer. Für sie war der Fall klar. Wer ein Pferd manipulierte, so, wie man es mit Daphne gemacht haben mußte, hatte für die Folgen einzustehen. Ob die Polizei das auch so sah? Sie hatte ihre Zweifel. Rust war an einem Herzanfall gestorben; daß der Zusammenprall mit einem durchgehenden Pferd dafür ursächlich war, würde man nie mit Sicherheit beweisen können. Und in diesem Fall? Man würde Alex Kemper belangen – vielmehr: seine Haftpflichtversicherung. Hatte er seine Fürsorgepflicht vernachlässigt? Auch das würde ihm schwer nachzuweisen sein.

Der Fahrtwind trieb ihr die Tränen in die Augen. Sie fühlte sich benutzt.

Denn auch der Graf kannte Sigurd Rust, er hatte es zugegeben. Wußte der alte Herr, daß sein alter Kontaktmann tot war? Oder war es sogar vorstellbar, daß niemand anders als ein betagter adliger Simulant Daphne manipuliert und Rust in die Falle gelockt hatte? Eine Unterzuckerung konnte sich jeder intelligente Patient selbst zufügen. Es war nicht auszuschließen, daß der Graf vorher bei bester Gesundheit und klarem Verstand gewesen und mitnichten auf Bettruhe angewiesen war.

Sie sah Marten vor sich, den Knecht von Tenharden, Marten in der blauen Arbeitsjacke mit dem roten Besen. Er hatte den Grafen gesehen.

9

Als sie naßgeschwitzt zurückkam, saßen Köster und Sager auf der Bank vor dem Haus. Sie hatten sich die gleichen Gedanken gemacht wie sie.

»Kennen Sie einen Grund, warum die Stute Amok gelaufen ist?«

Amok? Sager mußte ihr angesehen haben, daß sie den Begriff nicht passend fand. »Sie ist jedenfalls nicht ausgebrochen«, sagte er und guckte in sein Notizbuch. »Das Gatter war offen. Der andere Gaul steht noch immer da und ist die Ruhe in Person.«

»Wissen Sie, wer das Gatter geöffnet haben könnte?«

Nein. Katalina wünschte, die beiden würden sie in Ruhe duschen gehen lassen.

»Hmmm.« Köster kratzte sich die kurzen grauen Locken. »Der Fahrer des Geländewagens ist ein Geschäftsmann aus Bochum. Seine Begleiterin war Bankangestellte. Beide auf Urlaub. Mit Sicherheit Zufallsopfer.«

Natürlich.

»Was Sigurd Rust betrifft – nun, da sieht es etwas anders aus, oder?«

Katalina war kalt. Sie fror. Jetzt war der Moment gekommen. Sie mußte ihnen sagen, daß es noch einen weiteren Bewohner des Schlosses gab. Daß der Graf zurück war. Daß er Rust kannte, schon seit DDR-Zeiten. Daß er Gründe gehabt haben könnte, sich an einem Mann zu rächen, von dem er glaubte, er habe ihn betrogen.

Sager blätterte in seinem Notizbuch, klappte es zu, seufzte und blickte zu Köster hinüber.

»Wenigstens kann das Pferd keinen Schaden mehr anrichten«, brummte der. Die beiden Kripomänner standen auf, schüttelten ihr die Hand und gingen.

Katalina zitterte vor Kälte und Traurigkeit. Es war still im Haus. Sie vermißte Zeus. Sie vermißte ihn mit einer derartigen Macht, daß ihr die Tränen in die Augen stiegen. Sie lief die Treppe hoch, schlüpfte aus den nassen Klamotten und hastete unter die Dusche. Dort fiel es nicht weiter auf, daß sie heulte.

Ihr Haar war noch nicht ganz trocken, als sie sich auf die Suche nach dem Hund machte, schwach vor Angst, es könne ihm etwas geschehen sein.

Als sie aus dem Park hinaustrat aufs Kirchfeld, hätte sie beinahe wieder geweint – diesmal vor Erleichterung. Zeus kam auf sie zu, mit wedelndem Schweif, den Kopf in leicht geduckter Haltung, so, als ob er wüßte, daß er zu Hause auf sie hätte warten sollen. »Aber du hast mich schließlich den halben Tag allein gelassen«, schien sein Augenaufschlag zu sagen. Er mochte der häßlichste Hund der Welt sein, dachte sie, während sie ihm die Ohren kraulte. Aber er war wunderbar.

Erst, als sie sich wieder aufgerichtet hatte, nahm sie den Rest der Szenerie wahr.

Am Ende der Wiese packten drei der Studenten ihre Gerätschaften in den Kombi. Mark und Noa waren nicht zu sehen. Vorne rechts, in der Ecke bei den Grabsteinen, stand der Graf. Er hatte eine dunkelbraune Hose an, dunkelbraune Schuhe und ein Tweedjackett mit Lederflecken an den Ellenbogen. Das war ihr schon heute morgen aufgefallen, dieser britische Landhausschick, zu dem er ein dunkelgrünes Halstuch trug.

Der alte Herr hielt sich sehr aufrecht, keines der weißen Härchen auf seinem Kopf tanzte aus der Reihe. Anders der Mann, der ihm gegenüberstand. Als sie ihn sah, wünschte sie, daß sie gestern nicht davongelaufen wäre. Sein dichter Haarschopf war zerzaust, seine Katzenaugen eisig blau, er hatte die Hände in die Taschen der ausgebeulten Jeans gesteckt und die Schultern vorgeschoben.

Sie beschleunigte ihren Schritt. Moritz war etliche Zentimeter größer als der Graf, aber beide wirkten einander durchaus ebenbürtig. Gleich würden sie anfangen, die Köpfe zu senken und zum Angriff überzugehen. Wie Hirsche im Herbst.

»Katalina!« Der Alte schien es nicht für nötig zu halten, ihr seinen Blick zuzuwenden. Klar, er mußte ja das andere Männchen niederstarren, dachte Katalina. »Ich möchte wissen, was der Mann hier zu suchen hat.«

»Das ist Dr. Moritz Bergen, er ist Archäologe.«

»Das habe ich nicht gefragt.«

Sein Ton machte sie sprachlos.

»Ich würde dem Herrn schon längst sämtliche Fragen beantwortet haben, wenn er mir auch nur andeutungsweise verraten hätte, mit welchem Recht er fragt.« Moritz' Stimme klang samtweich. Aber dahinter steckte die gleiche Härte wie bei seinem Gegenüber.

»Das ist – Almas Mann«, sagte Katalina und kam sich albern vor. »Ich meine, ihr gewesener Mann.« Das klang auch nicht überzeugender.

Moritz schüttelte langsam den Kopf. Er starrte den Grafen an.

Der Alte starrte zurück.

»Ich habe Augen im Kopf, Katalina«, sagte Moritz. Auch er sah sie nicht an. »Und – meinem bescheidenen Kenntnisstand zufolge hat Gregor v. Hartenfels niemals geheiratet.« Seine Stimme blieb höflich. »Schon gar nicht eine Frau namens Alma Franken.«

Die Gestalt des Grafen hatte sich gestrafft. Jetzt sah der Alte endgültig wie Gawan der Finstere aus. »Nachdem das geklärt wäre, kann ich nun sicherlich eine Antwort auf meine Frage erwarten.«

»Klar.« Moritz nahm die Hände aus den Hosentaschen und verschränkte sie vor der Brust. Ein Bild der Aggression, auch wenn seine Stimme gleichmäßig ruhig blieb. »Die Besitzer von Schloß Blanckenburg haben mir die Erlaubnis erteilt, das Areal, auf dem früher die Schloßkirche stand, mit allen bekannten wissenschaftlichen Methoden zu untersuchen.«

»Und was, bitte schön, soll da im Auftrag der Besitzer von Schloß Blanckenburg exhumiert werden?« Der Graf versuchte, spöttisch zu klingen.

»Welche Leiche hätten Sie denn gern im Keller?« fragte Moritz zurück.

»Ich weiß, ich wiederhole mich, aber: Was suchen Sie hier, Herr … Wie war doch gleich Ihr Name?«

»Ich suche das, was mir gehört.«

Der Graf sagte nichts. Er taxierte den jüngeren Mann. »Und das wäre?« fragte er schließlich.

Katalina sah von einem zum anderen. Keine Ahnung, was sich hier abspielte. Aber es war immerhin erstaunlich, daß sich ein über Achtzigjähriger und ein mehr als zwanzig Jahre Jüngerer noch benehmen konnten wie Halbstarke beim Kräftemessen.

»Mein Erbe.« Moritz sah den Älteren an mit einem Ausdruck im Gesicht, der Katalina zutiefst erschreckte. Vielleicht, weil er ihr vertraut vorkam. Er erinnerte sie an den Schmerz eines Kindes, den es, erwachsen geworden, in Wut verwandelt hat.

»Niemand hat einen Anspruch auf Schloß Blanckenburg außer dem letzten verbliebenen Grafen v. Hartenfels, und der hat keinen Erben, soweit er weiß.« Der Graf lächelte mit zusammengepreßten Lippen.

»Das Schloß interessiert mich nicht.«

»So?« Der Alte hielt dem Blick des Jüngeren stand.

»Mich interessiert nur, was mein Großvater nach Blanckenburg hat schaffen lassen im Vertrauen darauf, daß man es so hüten und bewahren würde, wie es Gregor Graf v. Hartenfels meiner Mutter versprochen hat, als sie sich mit ihm verlobte.«

Der Graf trat einen Schritt zurück. Katalina glaubte ihn aufseufzen zu hören.

»Ich suche die Bilder und die Wandbehänge und die Porzellansammlung von Gut Jechow, die Wilhelm v. Bergen 1944 nach Blanckenburg hat schaffen lassen und die seither verschollen sind.« Moritz' Stimme war immer leiser geworden. »Ich bin sein Enkel.« Der Graf nickte, langsam, fast müde. Der Kampfgeist war aus seinem Gesicht verschwunden. »Mathilde«, sagte er schließlich. »Irgend etwas in Ihrem Gesicht hat mich an sie erinnert, obwohl Sie weiß der Himmel fremd genug aussehen.«

Moritz verneigte sich spöttisch. »Es ist ja auch eine Weile her, seit Sie meine Mutter sitzengelassen haben.«

Der Alte lächelte mit schmalen Lippen. »Wie kommen Sie auf die Idee, daß man jemanden wie Mathilde sitzenlassen könnte?«

»Und wie nennt man das sonst, wenn man eine Verlobung auflöst, weil –« Bergen stockte. Katalina glaubte plötzlich zu ahnen, was passiert war. Das, was ihr geschehen war, nach der Sache mit Mirko und den anderen. Mit einem Unterschied, einem lebenswichtigen Unterschied.

»Ich habe die Verlobung nie aufgelöst, glauben Sie mir.«

»Sie wollten keinen Bankert. Sie wollten kein Kind, dessen Vater nicht bekannt ist.«

»Sie wollen mir sagen –« Die Stimme des alten Herrn zitterte. »Aber das ist Unsinn. Ich war der Meinung, sie habe einen anderen Mann gefunden und geliebt. Es war nie die Rede davon, daß das Kind ... nicht legitim war.«

Moritz zögerte.

»Alles wäre leichter zu ertragen gewesen, als sie verloren zu haben, glauben Sie mir.«

Katalina hätte am liebsten den Kopf geschüttelt. Der Alte irrte sich. Mathilde wäre von einem Traum zu einer Ehefrau geworden. Er hatte es selbst gesagt: das veränderte alles.

»Wo ist sie?« Er schien nicht daran zu zweifeln, daß sie noch lebte.

Moritz' Wut war verebbt. »Ich weiß es nicht. Sie ist gegangen, als ich fünf Jahre alt war.«

Die beiden Männer schienen kleiner geworden zu sein. Zusammengeschrumpft aufs normalmenschliche Maß. Dennoch tat ihr der Anblick weh. Sie wußte etwas, was beide wahrscheinlich nie begreifen würden.

Teil 4

1

Alex würdigte Sophie keines Blickes. Sein Arm lag beschützend um Erins schmale Schultern. Die war noch blasser als sonst und sah aus, als ob sie geweint hätte.

»Niemand ist schuld«, sagte Alex. »Irgend jemand hat das Gatter nicht richtig verschlossen, Daphne ist hindurchspaziert, und dann –«

»... ist sie in ein Auto spaziert, einfach so.« Sophie klang spitz. »Du vergißt, was die Polizisten gesagt haben. Jemand hat das Tier scharf gemacht.«

Scharf gemacht? Naja, dachte Katalina. Ein Pferd ist kein Hund.

»Scharf gemacht auf Leute, die Hüte tragen. Wie ich.« Sophie guckte zu Erin hinüber. Ohne das exzentrische Gehabe und den rosaroten Lippenstift sah sie ihrer Schwester auffallend ähnlich.

»Wie Sigurd Rust«, sagte Alma.

»Liebe Alma, niemand hatte die Absicht, Sigurd Rust zu schaden.« Alex. Immer noch eng umschlungen mit Erin.

»Und was ist mit mir?« Sophie versuchte, sich bei Gundson unterzuhaken, aber der hielt die Hände vor dem Schritt verschränkt und drehte sich zur Seite. Sie war allein, und so klang sie auch.

»Wer bitte sollte dir schaden wollen, liebe Sophie?« Na wer wohl, dachte Katalina. Die gehörnte Ehefrau. Das mußte selbst Alex langsam aufgefallen sein. Sie ging hinüber zur Terrassentür. Im Gärtchen verblühten die späten Tulpen. Der Himmel zog sich zu.

»Katalina?« Sie drehte sich nicht um. »Katalina! Hast du nicht Daphnes Temperament auf einen Zuchtfehler zurückgeführt?«

Widerwillig drehte sie sich um. Sie sollte offenbar den Tod des Pferdes und zweier Menschen für zwar bedauerlich, aber unvermeidlich erklären – um Erin zu schonen?

Sie holte tief Luft, um zu protestieren, als Peer Gundson sich räusperte. »Ich will ja keineswegs den ideellen Wert unterschätzen, den die Stute zweifellos hatte, aber ihr Verlust bedeutet auch eine empfindliche Geldeinbuße.«

»Peer, ich denke, wir sollten uns in diesem Moment nicht über Geld streiten.«

»Wie es mir überhaupt fraglich erscheint, ob unser Projekt auf die Dauer die Früchte abwirft, die nötig wären, um die erheblichen bisher aufgelaufenen Kosten abzudecken.«

Alma umklammerte eine Stuhllehne. Alex hielt sein Weinglas, als ob er es zerdrücken wollte. Nur Erin lächelte.

»Abwarten.« Alex fing sich als erster. »Der Graf ist wieder gesund und –« Sein Blick ging zum Eingang.

Die Archäologiestudenten standen in der Tür, sichtlich verlegen. »Kommen wir zu früh?« fragte Mark.

Alle guckten auf Alma. Sie hatte offenbar trotz allem zur freitäglichen Soiree geladen.

»Aber – ein Mensch ist tot«, hörte Katalina sich sagen. Wie hilflos das klang. »Und ein Pferd.« Aber das interessierte nicht jeden.

Alex blickte schicksalsergeben zur Saaldecke. »Ich mach' dann mal den Prosecco auf«, sagte er und ging zur Theke neben dem Kamin, die Alma aus einem Tapetentisch und zwei Kühlschränken zusammengebaut hatte.

»Wo zum Teufel ist Noa?« Almas tägliche Klage rührte niemanden mehr.

Einer nach dem anderen traf ein. Nur die Bürgermeisterin fehlte. Eine tote Touristin war nicht gut für Blanckenburg – und da empfahl sich der Besuch bei einem Mann nicht, dem die polizeiliche Untersuchung die Verletzung der Fürsorgepflicht vorwerfen könnte.

Auch die Pfarrerin fehlte, kein Wunder, nach dem letzten Streit. Dafür war Walter, der Apotheker, gekommen, und starrte allen Frauen ungeniert in den Ausschnitt. Um eine junge Frau vom Rundfunk kümmerte sich Alex, wenn auch nicht mit seinem üblichen Charme. Dazwischen einige von Katalinas Kunden, ein Rechtsanwalt, der Zahnarzt und andere Leute, die sie nicht kannte und auch nicht kennenlernen wollte. Moritz Bergen fehlte. Und der Graf schien einen öffentlichen Auftritt noch immer zu scheuen.

Katalina nickte allen und niemandem zu, lächelte, sagte hier und da ein paar Worte und versuchte, ihr wachsendes Unbehagen abzuschütteln. Solange Zeus die Ruhe selbst war, malerisch ausgebreitet vor dem Kamin, und die schlechte Stimmung ebenso wie die eintreffenden Gäste souverän ignorierte, war alles gut.

»Man kann sich gar nicht entscheiden, wer hübscher ist: der Hund oder der schwarze Graf«, sagte der Zahnarzt lachend. Katalina hatte keine Lust, zurückzulächeln. Graf Gawan sah so finster aus wie Zeus häßlich war, aber beide trugen ihr Schicksal mit Würde. Als ob er Gedanken lesen könnte, schnaufte der Hund, hob die Rute einen halben Zentimeter über den Boden und ließ sie einmal hin- und hergehen. Dann lüpfte er seine langen Ohren, hob den Kopf und öffnete die Augen.

Noa stand in der Tür, in Jeans und Pullover, ganz die rebellische Tochter. Alma flatterte auf sie zu und tat, was sie nicht lassen konnte: sie beschimpfte ihre Tochter fürs Zuspätkommen, statt sie dafür zu loben, daß sie überhaupt erschien. Noas Gesicht sprach Bände, als sie mit dem Tablett die Runde machte.

Katalina schob sich an den Gästen vorbei durch den Raum, was nicht ganz einfach war, weil viele sie kannten und einige glaubten, dringend etwas mit ihr besprechen zu müssen.

»Wenn Sie nächste Woche Zeit haben, liebe Frau Cavic – also ich habe da ein ganz wunderbares Objekt für Sie, genau das richtige für eine Tierarztpraxis«, raunte ihr eine ihrer Kundinnen zu. Katalina nickte und lächelte und sagte nichts. Es wäre schon das vierte ganz wunderbare Objekt, das man ihr zu einem überhöhten Preis andrehen wollte.

Der Apotheker redete auf Alma ein, die nicht zuhörte. Ihr Blick patrouillierte durch den Raum, auf der Suche nach einem Versäumnis, für das sie Noa kritisieren konnte. Peer Gundson stand mit ausdruckslosem Gesicht daneben, Sophie war nicht zu sehen, und Alex, ein Glas in der einen und ein Zigarillo in der anderen Hand, trug dieses Lächeln im geröteten Gesicht, das auf gestiegene Promillewerte schließen ließ.

Was für eine feine Gesellschaft.

Noa kam mit mürrischem Gesicht und halbvollem Tablett zurück. »Du siehst nicht gerade aus wie die Spitzenkraft, auf die man in der Gastronomie gewartet hat«, sagte Katalina.

Das Mädchen verdrehte die Augen zum Himmel. »Mach das mal Alma klar.«

Katalina tauschte ihr leeres Glas gegen ein volles. Noas Gesicht wurde starr.

Die junge Frau vom Rundfunk schwebte vorbei, nahm im Vorübergehen ein Glas vom Tablett, ohne Noa auch nur anzusehen, und segelte mit kokett geneigtem Kopf auf Mark Kennedy zu. Die Gläser auf dem Tablett klirrten. Noa stand da wie ein störrischer Esel. Mein Gott, das Mädchen ist ja wirklich in ihn verliebt, dachte Katalina und wollte ihr aufmunternd zuzwinkern.

Noas Hand hielt ein volles Glas. Sie hob es hoch. Sie holte aus.

Katalina kriegte gerade noch rechtzeitig ihr Handgelenk zu fassen. »Ruhig«, murmelte sie. »So macht man das nicht.«

»Diese Zicke.« Noas Augen glänzten.

Die erste Liebe tut weh, hätte Katalina fast gesagt. Und: er interessiert sich nicht wirklich für die andere. Denn es gibt nur eines, was einen wie Mark beschäftigt – sein Job. Sie nahm Noa das Glas aus der Hand und reichte es dem Apotheker mit einem Lächeln, das er hoffentlich richtig interpretierte: Du störst, Walter!

»*Du* bist hier die Schloßherrin, Noa«, flüsterte sie. »*Du* hast hier das Sagen.« Erkenne deinen strategischen Vorteil! Das war die Idee. »Und was hat sie?« Ein paar Jährchen mehr. Eine fraulichere Figur. Einen interessanten Beruf.

Aber Noa hatte begriffen. Sie richtete sich auf. Der Blick in ihren Augen war der Blick einer Amazone, die den Kampf aufnimmt. Katalina hätte beinahe salutiert.

Sie schlenderte weiter. Der Apotheker stand an der Terrassentür zum Garten und rief »Bravo!« Neben ihm lehnte Gunnar im Türrahmen, einer der Studenten, fasziniert und fassungslos zugleich.

Sie stellte sich dazu. Zwischen den Blumenkübeln mit den verblühten Zierkirschen und drei eingeschüchterten Pfauen standen Erin und Sophie und versuchten, einander niederzustarren.

»Was hast du Peer erzählt?« Sophie stieß das Kinn vor wie eine Schlange vor dem Biß.

»Die Wahrheit, du Schlampe. Daß du es mit dem Mann deiner Schwester treibst.«

»Du bist wahnsinnig!«

»Und daß du dich bei der ersten besten Gelegenheit mit der ganzen Beute aus dem Staub machen willst! Mit Alex!«

»Du weißt nicht, was du da sagst!« Erin hatte getroffen: Sophie zeigte Wirkung.

»Im Gegenteil. Und ich weiß auch, daß Alex nie mit dir gegangen wäre. Er hat dich benutzt – und du warst zu eitel, um es zu bemerken!« Erins schmales Gesicht glühte. Katalina spürte es kommen, das hysterische Gelächter und den Tränenausbruch danach. Erins Nerven waren bis zum Zerreißen gespannt.

Sophie holte aus und schlug ihrer Schwester ins Gesicht.

Erin wankte nicht. Und sie weinte auch nicht. Nur ihr Gesicht wurde weiß, bevor sich die Stelle rötete, an der Sophie sie getroffen hatte. »Du bist eine betrogene Betrügerin, liebe Schwester«, sagte sie leise. Katalina konnte gerade noch zur Seite treten, als sie an ihr vorüberrauschte.

»Ich liebe Frauen mit ein bißchen Temperament«, sagte der Apotheker.

Was für ein ungemütliches Fest. Die Spannung zwischen den drei Schwestern und ihren Männern stand wie ein böser Geist im Raum. Das Schloß und das, was man sich von seinem Besitz erhoffte, kitzelte offenbar die niedrigsten Instinkte hervor: beim Grafen die Bosheit, bei Alex die Gier. Bei Sophie den Ehrgeiz, bei Erin die Eifersucht. Und bei Peer Gundson? Der stand am Kamin, mit verschlossenem Gesicht und über der Brust gekreuzten Armen, und starrte ins Weite. An seiner Seite Alex, lässig gegen das Sims gelehnt. Er redete, ohne Pause. Versuchte er den Lebensgefährten seiner Geliebten zu beschwichtigen? Gundson wechselte das Standbein, zischte ihm etwas zu und ging.

Es tröstete sie mit einem Mal, daß es in ihrer Vergangenheit nichts gab, das lockte. Und daß ihre Bedürfnisse beschränkt waren. Daß sie nichts zu verlieren hatte. Daß sie frei war von Wünschen.

Nicht ganz, dachte sie. Frische Luft wäre jetzt schön. Ein Glas Wein, nicht dieses saure Prickelwasser. Und früh zu Bett. Freundlicherweise hatte auch Zeus beschlossen, daß ihn die Party langweilte. Er richtete sich auf, gähnte, schüttelte sich, kam auf sie zugetrabt und ließ sich die Ohren kraulen. Als sie wieder aufschaute, sah sie, wie Noa ihrer Mutter das Tablett mit den leeren Gläsern in die Hand drückte und auf Mark zustiefelte. Die Blonde versuchte zu lächeln, aber Noa drehte ihr den Rücken zu. Und nach einer Weile begann Mark, ihr zuzuhören.

Auf dem Weg nach draußen hörte sie Noa mit großer Geste erzählen. Vom Geheimgang, na klar. Von der Krypta. Und daß man nur den Grafen fragen müsse. So, wie Mark sie ansah, hatte Noa die richtige Strategie gewählt.

Katalina atmete tief durch, als sie endlich draußen stand in der frischen Luft. Ihr Bedarf an Menschen, Gefühlen, Sensationen war für heute gedeckt.

2

Es war ein schwacher Laut, aber er kam aus tiefster Hundekehle. Katalina war sofort hellwach. Zeus, der es sich verbotenerweise im Bett zu ihren Füßen bequem gemacht hatte, richtete sich auf und sah konzentriert zum Fenster hinüber. Sie horchte in die Nacht. Jemand rief ihren Namen.

Mit nackten Füßen lief sie die Treppe hinunter. Alma stand vor der Haustür, im Morgenmantel, eine Taschenlampe in der Hand. Fast hätte Katalina sie in den Arm genommen, sie sah so müde und verloren aus.

»Noa ist nicht da.«

Katalina zog die Ältere ins Haus, in die Küche. Zeus beschnupperte sie freundlich.

»Sie ist fünfzehn, Alma. Vielleicht macht sie mit Mark einen Mondscheinspaziergang?«

Sie nahm sich das selbst nicht ab, und Alma sah sie fast mitleidig an. »Katalina! Der Junge ist sieben Jahre älter – und flirtete gestern abend die ganze Zeit mit der Blonden vom Radio!«

Richtig. Aber das Mädchen hatte eine Gegenstrategie entwickelt. Und das konnte bedeuten ... Verdammt! Sie waren hoffentlich nicht mitten in der Nacht losgezogen.

Alma schüttelte den Kopf, als Katalina anbot, Kaffee zu kochen. »Sie war völlig aufgekratzt gestern abend. Hat geheimnisvoll getan. Mark würde staunen.«

Also doch. Das raffinierte Biest hatte seinen Köder ausgelegt, und der Fisch mochte nicht bis morgen früh warten. Mark war ein Vollidiot.

»Schatzsuche. Das ist ja mittlerweile das einzige, was uns noch interessiert. Ich kann es nicht mehr hören. Es hat alles vergiftet.«

Alma redete, als hätte sie sich die Worte seit Wochen aufgespart. Alex Kemper war als erster auf die Idee gekommen, den alten Kasten zu kaufen. Alle sollten ihr Scherflein dazu beitragen, auch Alma. Dafür sollte sie ihren Schmuck ausstellen können und so etwas wie die Mrs Danvers von Manderley spielen. Erin wäre die Schloßherrin an Alex' Seite. Und Sophie ...

»Sie sollte Peer Gundson beschwatzen, Geld zu beschaffen, viel Geld. Als Entschädigung für ein lebenslanges Wohnrecht würde der Graf uns verraten, wo man in irgendwelchen finsteren Kellern nach ausgelagerten Gemälden suchen kann. Caravaggio, ausgerechnet.« Alma klang bitter. »Sophie dachte an nichts anderes mehr.«

»Und dann?«

»Dann zog der Alte hier ein und war vom ersten Moment an nicht mehr ansprechbar. Manchmal denke ich, Erin hat nachgeholfen. Sie hat vor ein paar Jahren unseren kranken Vater gepflegt, bis zu seinem letzten Atemzug. Sie kennt sich aus.«

Das paßte. Erin wußte, wie der Stoffwechsel eines alten Mannes funktioniert. Sie hatte dafür gesorgt, daß der Graf den Mund hielt, weil sie hoffte, Sophie würde Alex fallenlassen, wenn er sein Versprechen nicht einlöste. Erin lag nichts an Schätzen. Nur an ihrem Mann.

Womit nur hatte Alex soviel Zuneigung verdient?

»Und? Redet er jetzt?«

»Er hat Noa die abenteuerlichsten Geschichten erzählt – von einem Versteck in der Krypta. Die Sache mit dem Geheimgang hat sie sich wohl dazugereimt.«

Kunststück. Katalina versuchte, sich an die Computersimulation zu erinnern, die Moritz und die Studenten erstellt hatten. Es war deutlich zu erkennen gewesen: Linien verbanden die Krypta mit dem Brunnen – und dem Schloß. Nur logisch also, im Schloß anzufangen mit der Suche nach dem unterirdischen Gang. Das durfte natürlich keiner der Studenten ohne Erlaubnis. Aber Noa – Noa durfte. Welcher junge Wissenschaftler mit Jagdinstinkt konnte so einem Angebot widerstehen? Gut gemacht, kleines Luder, dachte sie.

Aber wenn ihr etwas passiert war? Und sie hatte Noa auch noch auf die Idee gebracht.

»Ich suche nach ihr.« Sie fragte sich flüchtig, warum Alma nicht zu Alex gegangen war. Zu Peer.

»Katalina, du bist der einzige –« Alma unterbrach sich verlegen. Der einzige Mann im Haus. Katalina kannte das schon.

Die Küchenuhr zeigte halb drei. Sogar sie würde sich um diese Uhrzeit Sorgen um eine Fünfzehnjährige machen – zumal angesichts der Ereignisse der letzten Tage und Wochen.

»Ich warte hier«, sagte Alma, als Katalina wieder herunterkam, in Jeans und Pullover. Sie holte die Taschenlampe aus dem Sicherungskasten, nahm Zeus an die Leine und zog die Haustür auf. Es war wieder kalt geworden, die Eisheiligen waren nicht mehr weit.

Von der alten Burg unter dem Schloß stand nur noch der Bergfried, soweit sie wußte. Sie erinnerte sich zwar nur vage an die Stelle, an der die feine Linie auf dem Monitor des Laptops mündete, die alle für die Spuren eines unterirdischen Gangs gehalten hatten. Aber es könnte hinhauen: Der Bergfried verband den Alten Flügel und den Turmflügel. Nördlich davon hatte die Kirche gestanden.

Zeus sah sie erwartungsvoll an. Er hatte das eine Schlappohr leicht angehoben und ließ die Zungenspitze hervorschauen. Der häßlichste sah plötzlich aus wie der dümmste Hund der Welt. Aber das täuschte. Zeus folgte seiner eigenen Nase. Er zog Katalina über den Schloßhof zum Turmflügel und strebte dorthin, wo die Schloßküche lag.

Der große Raum mit den riesigen Herden und Töpfen und Spülbecken war eisig und roch nach Mäusedreck und Katzenpisse. Trotzdem erstaunte es Katalina nicht weiter, als sie plötzlich Dampfschwaden aufsteigen und Dienstboten umherhasten sah. Es roch nach Kartoffelsuppe. Geschirr klapperte. Und eine kleine, runde Person mit einer weißen Mütze auf dem Kopf stellte einen gefüllten Teller auf den langen Tisch in der Mitte des Raumes.

Zeus, der begeistert herumschnüffelte, holte sie aus ihrem Traum. Er stand vor einer schmalen Tür und knurrte. Katalina öffnete ihm – in eine Art Speisekammer. Der Hund schoß hinein, die Nase auf dem Boden und dann in der Luft. Ihr Blick folgte dem Luftstrom, den die Hundenase zu erfassen schien. Mit steifen Beinen schritt das Tier auf eine weitere Tür zu. Dahinter raschelte es. Und dann schoß ein großer roter Kater aus der Tür, im Maul eine quiekende Maus. Zeus hätte ihn mit Sicherheit erwischt, wenn sie ihn nicht am Halsband festgehalten hätte.

»Such Noa!« Aus seinen bernsteinbraunen Augen traf sie ein Blick, als würde er ihr jeden Wunsch erfüllen, nur zu gern. Aber um welchen handelte es sich bloß?

Der Hund bewegte zögernd seine Rute, schien endlich einen Beschluß gefaßt zu haben und trottete mit der gleichen Selbstverständlichkeit wieder hinaus aus der Kammer, mit der er hineingelaufen war.

Er nahm den Weg zur Treppe, die in die oberen Gemächer führte; das war der Weg zum Grafen, den kannte er. Bevor sie enttäuscht sein konnte, verschwand er hinter der Treppe. Dort ging es endlich in die richtige Richtung – nach unten.

Die Steintreppe war schmal und uneben. An den Wänden tauchten im Schein der Taschenlampe Pfeile und Buchstaben auf, die in der Dunkelheit grünlich schimmerten. Der Weg zum Luftschutzkeller.

Der Hund lief noch immer zielstrebig voran. Sie war kein Naturtalent, was die Orientierung in unbekanntem Gelände betraf, vor allem an so finsteren Orten wie diesem, an denen auch die Gestirne nicht halfen. Aber sie hatte das Gefühl, daß es in die richtige Richtung ging.

Im Licht der Taschenlampe sah sie nur den schmalen Streifen vor ihren Füßen. Mörtelbrocken knirschten. Ein Luftzug streifte ihre Wange. Fast wäre sie in Zeus hineingelaufen, der stocksteif vor einer Stelle im Boden stand, die seltsamerweise freigeräumt war von Dreck und Schutt. Eine Holzklappe. Sie zog sie auf. Treppen führten nach unten. Zeus zögerte einen Moment, dann lief er voran.

Katalina fürchtete sich nicht vor dunklen Gängen. Außerdem war das Reich hier unten nicht leer und angsterregend; es schien bevölkert von Gestalten. Julia lief vorbei auf der Suche nach Romeo, den langen Rock geschürzt, damit er nicht schmutzig wurde auf dem staubigen Boden. Soldaten marschierten hinaus mit klirrenden Waffen, Dienstboten mit Lebensmitteln kamen ihnen entgegen. Vermummte Gestalten duckten sich, Sturmlaternen in der Hand. Und Bahren wurden vorbeigetragen, man brachte die Toten vom Schloß in die Krypta, zur Bestattung. Sie waren auf dem richtigen Weg.

Katalina spürte noch immer keine Angst. Der Gang existierte seit Hunderten von Jahren, die Menschen, die hindurchgezogen waren, hatten ihre Spuren hinterlassen. Es waren nicht die Toten, von denen Gefahr ausging. Bedrohlich waren die Lebenden.

Sie stießen auf keine Hindernisse, bis ein kalter Luftzug sie erschauern ließ. Der Schein der Taschenlampe stieß vor in eine dunkle Öffnung in der roh behauenen Wand aus hellem Granit. Zeus ignorierte die Felsspalte und lief unbeirrt voran. Die Luft, erst feucht und modrig, wurde wärmer. Katalina verlor jedes Gefühl für die Länge der Strecke, die sie zurückgelegt hatten, oder für die Zeit, die verstrichen sein mochte. Sie dachte an nichts, auch nicht an Noa. Erst als Zeus leise japste und dann schneller lief, tauchte sie auf aus ihrer Versunkenheit. Sie kannte den Laut. Der Hund hatte etwas wahrgenommen hier unten, nichts, was ihn beängstigte, etwas Vertrautes vielmehr, das ihn lockte und rief. Menschen.

Erst hörte sie nichts. Und dann ein schwaches Geräusch, das auf Zeus' Japsen zu antworten schien. Sie ging schneller. Eine Tür, halb offen, dahinter ein schwacher Lichtschein. Sie trat in ein langgestrecktes Kreuzgewölbe, darin eine Reihe von Särgen, die meisten aus Stein, einige aus Eisen, einige mit, andere ohne Deckel. Schutt lag auf dem Boden, die Luft war trocken und roch nach Staub.

Zeus hatte sich vor Noa und Mark auf den Rücken

geworfen und leckte ihnen die Hände. Die beiden saßen auf dem Boden, im Mittelgang, an einen der Särge gelehnt.

»Katalina!« Noa klang verängstigt. »Wie hast du uns gefunden? Wir dachten … ich dachte …«

»Sie wollte mich nicht allein lassen im Dunkeln.« Es genierte Mark wohl ein bißchen, daß Noa seine Beschützerin gab. »Ich kann nicht auftreten. Der linke Knöchel ist verstaucht.« Katalina richtete die Taschenlampe nach unten. Er umklammerte sein Bein mit beiden Händen. »Und – wir haben nur eine Taschenlampe. Die Batterien machen es nicht mehr lange.«

»Und wenn die auch noch ausgegangen wäre? Und ich mich verlaufen hätte? Niemand hätte uns gefunden!« Noa war in Panik. »Und dann –«

Mark deutete stumm mit dem Kinn auf den Sarg in der Mitte der Reihe, dessen Deckel neben dem grauen Steinklotz lehnte. »Wir haben es nicht gleich gesehen«, sagte er leise.

»Er – war noch warm.« Noas Stimme zitterte.

Katalina glaubte plötzlich, die tonnenschweren Gesteinsmassen zu spüren, die über ihren Köpfen lasteten und sie zerquetschen würden, wenn etwas irgendwo da oben sie aus dem Gleichgewicht brachte. Sie hielt die Luft an.

Der Sarg stand neben einem kleineren, mit der Stirnseite an der Wand. Über ihm, in einer Nische, traf der Schein der Taschenlampe bekannte Züge. Das in Stein gemeißelte Reliefbild zeigte einen Ritter, Gawan Graf v. Hartenfels. Darunter, im offenen Sarg … Sie dachte für einen kurzen Moment an einen blöden, lächerlichen Streich. Im Sarg lag Alex Kemper.

»Ich habe ihm den Puls gefühlt.« Mark versuchte, die Fassung zu bewahren. »Nichts.«

Im Licht der Taschenlampe sah Katalina in stumpfe Augen. Schwarzverkrustetes Blut auf weißer Stirn. Sie hätte gar nicht nach seiner Halsschlagader suchen müssen, sie tat es trotzdem. Nichts. Natürlich nicht.

Kemper konnte gestürzt sein, war vielleicht mit dem Kopf gegen die Steinkante des Sarges geprallt. Aber wie war er mit einer solchen Verletzung in den Sarg gekommen?

Mark schien zu ahnen, was sie dachte. »Er lag so da, genauso, als wir ankamen.«

»Und die Tür zur Krypta stand offen?«

Mark nickte.

Alex Kemper war offenbar vor den beiden in der Krypta gewesen. Er – und mindestens eine weitere Person. Niemand kriecht schwerverletzt mit letzter Kraft in einen Sarg, in dem noch die Knochen eines anderen liegen.

Aber woher wußte er vom Geheimgang und wie man hineinkommt?

»Ich habe ihm gesagt, was ich – wir – vorhatten. Er tat immer so überlegen. Da habe ich angegeben. Ich wußte ja nicht …« Noa klang jämmerlich.

»Hör auf, dir Vorwürfe zu machen.« Mark hatte das sicher schon mehr als einmal gesagt.

Katalina dachte nicht lange nach, anderes war dringender. »Ihr wartet hier. Ich hole Hilfe.«

»Nein! Können wir nicht alle zusammen gehen?«

Mark legte den Arm um das Mädchen. »Katalina ist schneller ohne uns.«

»Es dauert nicht lange. Ich lasse Zeus bei euch.« Der

Hund schien sofort zu begreifen und legte sich zwischen die beiden.

Katalina drehte sich um und tastete sich zurück.

Sie mußte mehr als die Hälfte der Strecke zurückgelegt haben, als sie die andere Person hörte. Wer immer ihr da entgegenkam, gab sich keine Mühe, ein Geheimnis daraus zu machen. Wieder traf sie der kühle Luftstrom. Diesmal trat sie beiseite, in den Felsspalt, machte die Taschenlampe aus und wartete.

Das Geräusch kam verzerrt bei ihr an, aber jemand tappte durch den langen Gang auf sie zu. Je näher die unbekannte Person rückte, desto deutlicher hörte man einen anderen Laut. Jemand weinte.

Und dann glitt der Lichtkegel einer Taschenlampe über den Boden, dem ein Schatten folgte. Katalina hielt die Luft an. Ein Schritt noch – dann stand sie hinter der anderen Person. Der Judogriff gelang ihr, obwohl sie seit Jahren aus der Übung war.

Erin wehrte sich nicht.

»Wo wollen Sie hin?«

»Alex – er sollte längst zurück sein.«

Wußte Erin, wo Alex war? Hatte er ihr gesagt, wohin er gehen würde? Katalina kämpfte mit Mitleid und endete bei Mißtrauen. Die beiden waren gemeinsam hinuntergestiegen. Dann ein Streit, sie machte ihm Vorwürfe, und irgendwann schlug sie zu – mit einem der Gesteinsbrocken, die es da unten reichlich gab. Und jetzt kehrte sie zurück an den Tatort, um die Spuren zu verwischen.

Aber wie hatte Erin Alex in den Sarg gehievt? Womöglich mit dem Griff, den jeder, der kranke Menschen pflegt, kennt?

Jedenfalls waren sowohl eine besorgte Ehefrau als auch eine Mörderin dort unten in der Krypta fehl am Platz. Erin ließ sich ohne großen Widerstand dazu bewegen zurückzukehren. Katalina ließ sie vorsichtshalber vorangehen.

»Was haben Sie mit dem Grafen gemacht?« fragte sie nach einer Weile. Ihre eigene Stimme klang fremd hier unten, substanzlos, ohne Nachhall.

»Dafür gesorgt, daß er den Mund hielt«, sagte Erin. »Sie hätten sie sehen sollen, wie sie an sein Krankenbett gepilgert sind und ihn händeringend angebettelt haben, sein Geheimnis preiszugeben.« Sie kicherte.

»Er hätte daran sterben können.«

»Ach was. Ich kenn' mich da aus. Ich hab' schon meinen Vater ruhig gekriegt.«

Erin klang aufgekratzt, fast ein bißchen größenwahnsinnig. Die Maske der Bescheidenheit war längst abgelegt.

»Aber er hatte ja noch nicht einmal etwas zu verraten, der alte Betrüger. Er hatte – *nichts*! Und für nichts und wieder nichts hat Alex sich mit Sophie eingelassen, damit Gundson nicht alles absahnt –« Erins Stimme wurde lauter. »Mit meiner Schwester! Meiner eigenen verdammten Schwester!«

Ruhmsucht, dachte Katalina. Gier. Besessenheit. Liebe, zuviel davon. Wahrscheinlich war alles schon vorher dagewesen, aber hier hatte es sich ausbreiten können wie der Schimmelpilz im Schloßgemäuer. »Und wegen Sophie haben Sie die Stute manipuliert? Aus Rache?«

»Glauben Sie aus Vergnügen?« Erin stolperte über etwas und stieß einen leisen Fluch aus, der in Schluchzen überging. »Wenn Daphne nur mitgespielt hätte! Aber der Gaul hat ja immer nur die Falschen erwischt.«

»Wollten Sie Sophie umbringen?«

»Ja! Schwesternmord! Das gefällt Ihnen, Katalina, oder?«

Katalina kannte dieses hysterische Vibrato. Sie versuchte, Erin zu einem schnelleren Tempo zu bewegen.

Abrupt blieb Erin stehen und drehte sich um. »Er mag Sie. Alex. Komisch, nicht? Er ist nicht wählerisch, was Frauen betrifft.«

Katalina sah ihr in die stumpfen Augen. Die Frau vor ihr roch nach Angst und Wahn. Endlich drehte Erin sich um und ging wieder vorwärts.

Beruhige sie, dachte Katalina. Laß sie erzählen. »Kennen Sie sich aus mit Pferden?« fragte sie schließlich.

»Sie wollen alles wissen, nicht? Ich habe Sie durchschaut, Katalina, von Anfang an.« Erins Schatten vor ihr schien kleiner zu werden. Dann blähte er sich wieder auf. »Sie tun ganz harmlos und haben alles unter Beobachtung, stimmt's?«

Ja, dachte Katalina. Ich habe dich gesehen, wie du aus dem Stall herauskamst, einen Hut auf dem Kopf und einen Bullentreiber in der Hand. »Und?«

Erin lachte. »Natürlich kenne ich mich aus. Ich war Juniorenmeisterin im Fünfkampf. Reiten, laufen, fechten, schwimmen und schießen. Ich war verdammt gut.«

Sie ging immer schneller, stolperte, fing sich wieder. »Ich *hasse* es, wenn man mich unterschätzt.« Und dann, endlich, begann sie zu weinen.

Diesmal sah Katalina keine vermummten Gestalten durch den Gang hasten. Es schien, als ob Erins Gegenwart die Geister vertrieben hätte.

Sie stiegen hinauf zum Kellergeschoß des Turmflügels und durchquerten die Schloßküche. Wieder hörte sie

Töpfe klappern und Wasser rauschen, sah Dampfwolken, roch Herdfeuer. Eigentlich hätte der Traum verblassen müssen, je weiter sie sich von der Küche entfernten. Aber sie hatte ihn in der Nase, er wurde immer intensiver. Irgendwann schaltete ihr Gehirn. Sie träumte nicht.

Im selben Moment riß Erin sich los und stürmte die Treppe hoch. Sie hörte sie schreien. Ein entsetzlicher, fast tierischer Schrei. Nach Alex.

3

Katalina saß neben Zeus auf dem Boden, den Rücken an die Mauer gelehnt, und wartete darauf, daß das singende Geräusch in ihren Ohren aufhörte. Und daß sie Erins Schrei nicht mehr verfolgte. Sie hatte »Alex!« geschrien und war vorwärtsgestürmt. Alex liegt in der Krypta, tot, hatte Katalina noch gedacht und ihr hinterhergesehen, wie sie die Treppe hochlief. Seltsam, wie lange sie gebraucht hatte, um sich ebenfalls in Bewegung zu setzen.

Der Rauch quoll ihr entgegen, schon auf der Treppe, er rollte die Stufen hinunter, driftete auseinander, ballte sich erneut zusammen und stieg wieder auf. Sie hatte sich den Ärmel ihres T-Shirts vor die Nase gehalten, als ob das etwas nützte, und war weitergelaufen, den sich entfernenden Schritten hinterher. Der Rauch brannte im Hals und in der Lunge. Es war eine Schnapsidee, Erin zu folgen, zumal Alex gar nicht hier sein konnte.

Alex? Nicht Alex. Der Graf. Es mußte beim Grafen brennen.

Sie hechtete der schemenhaften Gestalt hinterher. Aber der Rauch kam nicht aus den gräflichen Räumen, er quoll aus dem Stockwerk darunter. Sie hatte keine Zeit, erleichtert zu sein. Der Qualm kroch durch die Ritzen einer der Flügeltüren, der zweiten von links. Erin stand davor, riß sie auf und verschwand in einer Rauchlawine.

Katalina legte den Kopf an die Mauer hinter sich. Sie mußte einen Laut von sich gegeben haben, denn Zeus rückte näher.

Sie hatte vor der Tür gestanden, sich nicht getraut, Erin hinterherzugehen; sie konnte nichts sehen, konnte kaum noch atmen. Fensterscheiben klirrten. Es knisterte, es prasselte. Und dann das Rauschen, wie ein Schwarm Wildgänse, die sich alle zugleich erhoben. Der Qualm riß auf und für ein, zwei Sekunden sah sie Erin in einer Feuersäule stehen. Dann raste die nächste Rauchwalze auf sie zu.

Katalina lehnte erschöpft den Kopf an die kühle Wand hinter ihr. Es war alles so schnell gegangen. Sie hatte nicht wahrgenommen, daß jemand sie aus der Gefahrenzone zog und nach draußen brachte. Kurz darauf traf die Feuerwehr ein. Und die Polizei. Es dauerte Ewigkeiten, bevor sich jemand fand, den sie in den dunklen Gang schicken konnte, zu Noa und Mark und Zeus. Und zu Alex.

Die Feuerwehrautos und Krankenwagen und Polizeifahrzeuge und das Auto eines Bestattungsunternehmens waren eines nach dem anderen wieder abgefahren. Zeus hatte hysterisch gekläfft, als Moritz in den Krankenwagen stieg. Fast war sie dem Hund dankbar gewesen, daß er ihr die angstvollen Laute abnahm, die sie selbst nicht von sich geben mochte: Was ist geschehen? Ist dir etwas passiert? Wann kommst du zurück?

Statt dessen hatte sie ihn geküßt, vor allen Leuten.

Katalina lächelte unwillkürlich. Noch bevor der Sanitäter die Tür des Krankenwagens zuschlagen konnte, hatte sie gesehen, wie Moritz nach der Hand des Alten griff.

4

Kriminalhauptkommissar Köster schüttelte den Kopf und starrte auf seine Fingernägel. Kriminalkommissar Sager preßte den Zeigefinger dorthin, wo seine Brille auf die Nasenwurzel stieß und rollte mit der anderen Hand einen Kugelschreiber über die Tischplatte. Drei Leichen auf einen Schlag – das hat man nicht jeden Tag in Blanckenburg, dachte Katalina, die sich schon seit dem frühen Morgen bei völlig sinnlosen Tätigkeiten ertappt hatte wie dem Polieren der blitzblanken Küchenplatte oder der Suche nach Unkraut in den bereits mehrfach gefilzten Blumenkästen.

Der Graf sah unendlich müde aus in dem Sessel unter dem Porträt von Gawan. Moritz stand vor der Terrassentür, die Hände hinter dem Rücken, und wippte unruhig auf den Fußballen. Alma weinte, und Noa sah aus wie ein verschrecktes Kind. Zeus lag ihr zu Füßen, als ob er wüßte, wer ihn am nötigsten hatte.

»Also alles noch einmal von vorn.« Köster räusperte sich. »Noa hier erzählt ihrem Onkel Alex, daß sie mit Mark den Geheimgang zur Krypta suchen will, und sagt ihm auch, wo sie mit der Suche beginnen möchte. Alex Kemper beschließt, schneller zu sein, wobei er das Vorhaben seiner Ehefrau Erin mitteilt.«

Sager hob den Kugelschreiber, und Alma nickte, was Sager zu notieren schien. »Als Noa und Mark in der Krypta ankommen, liegt Alex Kemper tot im Sarg.« Köster verzog den Mund, als ob er die Vorstellung anrüchig fände. »Laut vorläufigem Obduktionsbericht – Maik?«

Sager blätterte in seinem Notizbuch ein paar Seiten vor. »Einwirkung eines stumpfen Gegenstandes auf das Cranium – Einsprengungen von Mörtel in der Wunde, Tatwaffe wahrscheinlich ein Stein –, Tod innerhalb von Minuten. Der Mann kann also nicht mehr in den Sarg geklettert sein, selbst wenn er es gewollt hätte.«

»Was nicht anzunehmen ist«, knurrte Köster. »Weiter. Frau Cavic sucht mit ihrem Hund nach Noa, findet sie und Mark Kennedy und den Leichnam, geht dann zurück und stößt auf Erin Kemper, die ihren Mann sucht.«

Katalina nickte.

»Und Ihnen gegenüber hat Erin Kemper zugegeben, den Grafen mundtot und das Pferd wild gemacht zu haben?«

»Ja.« Katalina hatte Erins Stimme im Ohr. »Sie wirkte völlig durchgedreht.«

»Und wieso sollte der Graf zum Schweigen gebracht werden?«

»Erin wußte vom Verhältnis ihrer Schwester mit ihrem Mann. Sie dachte, daß Sophie das Interesse an Alex verlieren würde, wenn er ihr nicht zum großen Ruhm als Entdeckerin verschollener Kunstschätze verhelfen konnte.«

»Und das Pferd? Können wir Herrn v. Bergen in diesem Punkt von der Liste der Verdächtigen streichen?« Sager hielt den Kugelschreiber in die Luft wie eine Fahnenstange.

»Ich denke schon.«

Moritz sagte nichts und sah sie an, die Katzenaugen noch schmaler als sonst.

»Natürlich wußte Erin, daß man Pferde nicht zu Kampfmaschinen machen kann. Sie wollte Sophie den Spaß verderben – nicht sie töten.« Oder? »Schwesternmord!« Sie hörte Erins Stimme. Vielleicht wäre sie sogar dazu imstande gewesen.

»Nimmt man dafür den Tod zweier anderer Menschen in Kauf, als Kollateralschaden sozusagen?« Köster verzog wieder den Mund.

»Eifersucht ist eine Krankheit. Zuviel Liebe ebenfalls«, sagte Alma leise. »Alex hat immer nur Erin geliebt, trotz all seiner Eskapaden. Sophie war Mittel zum Zweck. Nur über sie kam man an Peer ran. Für Sophie hätte Gundson alles getan – und der hatte das Geld. Das war es, was Alex brauchte – weder Sophie noch verschollene Kunstschätze. Er war pleite.«

Köster sah Sager fragend an. Der nickte. »Es wäre nicht mehr lange gutgegangen mit Kempers Anwaltskanzlei.«

Köster seufzte und schüttelte wieder den Kopf. »Kommen wir zu den Kunstschätzen, Herr v. Hartenfels.«

Der alte Herr sah auf. »Ich habe niemandem etwas Konkretes versprochen. Sie *wollten* glauben, daß in Blanckenburgs Katakomben der große Reichtum lag.«

Er ist ein Trickser. Ein egoistischer Betrüger, dachte Katalina. Warum mag ich ihn trotzdem?

»Ich wußte seit Jahren, daß die Aussichten gering waren. Mein Kontaktmann bei der Stasi hätte mir alles verkauft – wenn er es nur gefunden hätte.«

Katalina hielt die Luft an. Wenn er jetzt nichts sagte … Ihre Blicke trafen sich.

»Hieß Ihr IM bei der Stasi vielleicht Sigurd Rust?« Sager blickte den Grafen interessiert an, so, als ob er von ihm Aufschluß über ein wissenschaftliches Problem erwartete.

»Ja«, sagte der alte Herr leise.

»Und Sie waren mit ihm verabredet an jenem Abend, an dem er starb?«

»Ja.«

»Und Sie sind auch hinuntergegangen zum Pferdestall?«

»Nein. Erin war schneller.«

Moritz atmete hörbar aus. Als ob er sich Sorgen gemacht hätte um seinen – Stiefvater.

Köster wiegte den Kopf. »Sie meinen, sie hat Sie ausgerechnet an diesem Abend – mundtot gemacht?«

»Gedopt. Würde man heute sagen.«

»Mit Insulin oder Rohypnol. Oder einem blutdrucksenkenden Mittel.« Katalinas Information schien niemanden zu überraschen, aber Sager schrieb trotzdem die Namen der Medikamente mit, die sie ihm buchstabierte.

»Hmm. Weshalb wollten Sie Rust überhaupt treffen?«

»Ist doch klar«, murmelte Sager. »Er hätte Ihnen Ihr Altenteil streitig machen können, wenn er etwas gefunden hätte, stimmt's? Man hätte Sie nicht mehr gebraucht.«

»Und das wäre ein Grund gewesen, ein wildes Pferd auf ihn zu hetzen?« Köster klang ratlos.

Der Graf blickte von einem zum anderen und seufzte. »Ich wollte Rust nach der Krypta fragen. Ob man etwas gefunden hat dort unten, bevor sie damals den Kirchturm sprengten.«

»Da war nichts.« Noas Stimme zitterte. »Nur Alex.«

Alma nahm sie in die Arme und funkelte den Grafen an. »Und Sie haben Noa auf die wahnsinnige Idee gebracht, dort unten nachzusehen! Sie ist gerade mal fünfzehn!«

»Mark war doch dabei!« Noa versuchte, sich aus der Umarmung ihrer Mutter zu lösen.

Auf die Idee habe ich sie gebracht, dachte Katalina. Nicht nur der Graf ist ein verantwortungsloser Lump.

»Ich konnte nicht damit rechnen, daß sie schon in der Nacht gehen würde. Und daß sie allen davon erzählt hat. Und daß man überhaupt noch hineinkommt da unten.« Der Graf seufzte wieder. »Wer konnte das wissen?«

Köster wirkte ratlos und sah zu Sager hinüber, der in seinem Notizbuch blätterte. »Faß du zusammen«, grummelte er.

Sager rückte sich die Brille zurecht. »So, wie ich das sehe, ist Alex Kemper mit seiner Frau Erin hinunter in die Krypta gestiegen, dort gab es Streit, sie hat ihn erschlagen und ist dann zurückgegangen, um auch ihre Schwester Sophie zu töten.«

»Was sagt der Sektionsarzt?«

»Massive äußere Einwirkungen im Bereich des Nasenbeins, ebenso auf die Luftröhre. Zur Verdeckung dieser Straftat hat Erin Kemper Feuer gelegt und ist wieder nach unten Richtung Krypta gelaufen, um auch dort die Spuren zu verwischen.«

»Wenn sie es geschafft hätte, den Deckel wieder auf den Sarg zu legen, würde man Alex Kemper wahrscheinlich noch in zehn Jahren suchen.«

Wie hätte Erin das bewerkstelligen sollen? Katalina blickte zu Moritz hinüber, der sie ansah und leicht den Kopf schüttelte.

»Im Geheimgang zur Krypta traf sie auf Frau Cavic. Sie dürfte erkannt haben, daß das Spiel aus war, und lief hinauf in das brennende Zimmer zu ihrer Schwester, um sich, nun ja, in die Flammen zu stürzen.«

»Motiv?«

»Eifersucht.«

»Aber –« Erin hatte nach Alex gerufen, kurz bevor sie hinaufgelaufen war. Alles war in diesem Schrei enthalten gewesen: Liebe, Angst, Sehnsucht. War sie in diesem Moment schon so verrückt, daß ihr gar nicht mehr bewußt war, daß sie Alex getötet hatte?

Katalina preßte die Lippen zusammen. Was immer sie sagte – Erin als Täterin war die einfachste Lösung. Aber sie hatte ein anderes Gesicht vor Augen, wenn sie an enttäuschte Liebe und an Eifersucht dachte.

»Wo ist eigentlich Peer Gundson?« fragte Moritz.

Sager steckte Notizbuch und Kugelschreiber in die Brusttasche seiner Lederjacke, und Köster, der schon aufgestanden war, schüttelte sich die Bügelfalten aus. »Wir haben ihn zur Fahndung ausgeschrieben«, sagte er kühl.

»Weswegen?«

Also doch, dachte Katalina.

Sager guckte Köster an und räusperte sich. »Unterschlagung. Er hat seine Bank und seine Kunden um ziemlich viel Geld betrogen. Sie sind ihm erst jetzt auf die Schliche gekommen.«

5

Es war verdammt kalt geworden nach den paar warmen Frühlingstagen. Die Studenten hatten ihre Apparaturen wieder eingesammelt und waren zurückgefahren an die Universität. Alma und Noa hatten sich nach der polizeilichen Vernehmung verabschiedet, Alma in einem weiten schwarzen Kaftan, Noa noch immer in Jeans und Pullover.

»Warum bleiben Sie nicht hier, Sie und Noa, bis die rechtlichen Dinge geklärt sind?« Der Graf meinte es gut. Und bis zur Klärung der rechtlichen Dinge würde viel Zeit ins Land gehen. Aber man hatte Alma nur allzu deutlich angesehen, daß sie wegwollte – nichts als weg von einem Ort, an dem sie zwei Schwestern, einen Schwager, fast die ganze Familie verloren hatte. Und wie lebte es sich wohl mit der Vorstellung, daß die eine Schwester die andere getötet hatte? Kain und Abel, unter Frauen?

Alma durfte schon allein Noas wegen nicht hierbleiben – nicht nur, weil die Osterferien beendet waren und das Mädchen wieder in die Schule mußte. Da draußen wartete ein Spießrutenlaufen auf sie.

Katalinas Mobiltelefon hatte am Montag früh zum ersten Mal um sechs Uhr geschrillt und ab da keine Ruhe mehr gegeben. Ganz Blanckenburg wollte die gruseligen Details aus erster Hand erfahren und Urteile und Vorurteile loswerden. »Stimmt es wirklich, daß –« So fing jede zweite Frage an. Nach einer Weile schaltete Katalina das Telefon aus.

Ihr war kalt. Sie legte die Hände um die Tasse mit dem heißen Kaffee, stützte ihre Ellenbogen auf den Küchentisch und starrte ins Leere, bis Zeus Laut gab, der auf seinem Polster in der Küchenecke gedöst hatte.

Moritz und der Graf platzten in die Küche, in einem Schwall kühler Luft, die nach verkohltem Holz und Löschwasser roch. Der Alte im Tweedjackett mit Halstuch, Moritz wie immer in Jeans und dunklem Pullover. Die scharfen Falten um den Mund schienen heute weniger ausgeprägt zu sein, und seine blauen Augen blitzten. Noch bevor sie aufstehen konnte, war er bei ihr, zog sie vom Stuhl hoch und umarmte sie.

»Was ist los mit euch?« Sie würde sich gern anstecken lassen von der guten Laune, aber sie wurde den Brandgeruch in der Nase nicht los. Und das störende Gefühl, daß man irgend etwas hätte tun müssen, um das Drama aufzuhalten.

»Gibt es genug Taschenlampen in diesem Haushalt?« Der Graf guckte mit unternehmungslustig blitzenden Augen in die Runde.

Katalina kam sich sauertöpfisch vor, aber – woher nahm der Mann das? Hatte er nicht die Hand in einem Spiel gehabt, das innerhalb von nur zwei Wochen fünf Menschen das Leben gekostet hatte?

»Gregor will in die Gruft.« Moritz immerhin machte den Eindruck, als ob er ihre Vorbehalte spürte. »Du kennst den Weg.«

Gregor. Soso. »Und jetzt werden endlich die Schätze gehoben, für die sich drei Leute umgebracht haben?«

Das Gesicht des Grafen verlor seinen entschlossenen Ausdruck. »Ich bin ein boshafter alter Greis, Katalina, aber – traust du mir das zu?«

Ja, dachte sie.

»Ja«, sagte Moritz. »Und deshalb gehen wir jetzt. Dann wissen wir es ganz genau.«

Diesmal begleiteten sie keine Visionen aus vergangenen Zeiten, als sie hinter den beiden Männern durch den Gang lief. Wahrscheinlich vertrieb das vorwärtsstürmende Wesen der beiden so etwas feines, empfindliches wie die Schatten der Geschichte, dachte sie. Nur Zeus schien die Aura des Ortes zu spüren: er hielt die Nase in den Luftzug, der durch den Gang strich, angespannt wie eine Feder, bis sie in der Tür zur Krypta standen.

Das Licht der starken Taschenlampe auf dem eisernen Katafalk in der Mitte des Raumes strahlte gegen die Decke des Kreuzgewölbes, das den Lichtschein zurückwarf. Der Graf kniete neben dem Sarg Gawans von Hartenfels, obwohl die Polizei ihn mit rotweißen Plastikbändern garniert hatte, was wohl hieß, daß man den Tatort nicht betreten durfte. Katalina interessierte das in diesem Moment genausowenig wie die beiden Männer. Ihr fiel nur auf, wie beweglich der alte Herr noch war. Und daß der Hohlraum unter der Bodenplatte, die er mit einem Messer hochgehebelt hatte, nicht groß genug war für kostbare Gemälde. Der Platz reichte höchstens für ein paar Rohdiamanten.

Der Graf erhob sich nicht ganz so geschmeidig, wie er in die Knie gegangen war. Er hielt ein Bündel in der Hand. Etwas flatterte zu Boden. Blütenblätter, dachte Katalina und verwarf den Gedanken wieder.

Er trug das Fundstück zum Katafalk und legte es behutsam ab. Im Schein der Taschenlampe, die Moritz auf das Bündel richtete, sah man eine Fotografie, stumpf geworden mit der Zeit. Darunter ein Packen Papier, eng beschrieben, soweit sie das erkennen konnte. Darunter graues, fleckiges, steif gewordenes Tuch, sorgsam zusammengefaltet, das der Graf achtlos zur Seite legte.

»Alle Kinder auf Blanckenburg haben das Versteck benutzt«, sagte er. »Wenn Mathilde zu Besuch war, haben wir uns hier Botschaften hinterlegt. Sie und mein Bruder Folkert und ich. Und, später, viel später, als wir verlobt waren –«

Die Fotografie. Ein schmales Gesicht, blonde, glatte Haare, ernste Augen. »Das war das Verlobungsfoto, das sie für mich hat machen lassen.« Der Alte strich mit dem Daumen über Mathildes Bild. Dann legte er es beiseite, faltete das beschriebene Papier, das darunter gelegen hatte, mit größter Vorsicht auseinander, fast andächtig, und starrte auf die Seiten. Eine Weile hörte man nichts, nur Atmen.

»Lies du«, sagte er schließlich. Er hatte Tränen in den Augen.

Katalinas Herzschlag stolperte, während sie Moritz zuhörte, der langsam las, manchmal stockte, wenn er ein Wort nicht gleich entziffern konnte. Sie kannte die Geschichte, auch wenn sie nicht dabeigewesen war.

Während sie zusah, wie das Gesicht des Grafen weich wurde und dann versteinerte, während sie Moritz beobachtete, der zwischen Scham und Wut zu schwanken schien, sah sie vor ihrem inneren Auge endlose Trecks vorüberziehen, Frauen und Kinder, in Europa oder Asien oder Afrika, die aus allen Himmelsrichtungen kamen und in alle Himmelsrichtungen gingen, bedürftige Kreaturen, verfolgt von der Furie des Krieges.

Es war das armseligste, was man sein konnte: ein

Flüchtling. Ob sie das begriffen, der ehemalige Verlobte, der Sohn?

Wie wichtig ihr die Antwort plötzlich war. Sie drehte den Männern den Rücken zu und suchte den dunklen Raum ab, nach irgend etwas, an dem ihr Blick sich festklammern konnte. Zeus rückte näher und schmiegte den Kopf an ihr Knie. Moritz' Stimme verstummte. Eine Weile hörte man wieder nur Atmen, dann holte der Graf tief Luft, es schien ihm plötzlich Mühe zu machen. Und dann –

Sie drehte sich wieder um. Die beiden Männer lagen einander in den Armen.

Sie waren schon an der Tür, als Katalina das Päckchen einfiel, das zuunterst gelegen hatte in dem Versteck bei Gawans Grab. Moritz richtete die Taschenlampe auf das schmutzige Leinentuch, der Graf faltete es behutsam auseinander, seine schmalen Finger zitterten. Schließlich hob er zwei ovale Gegenstände heraus, Bilder, nicht größer als der Handteller eines kräftigen Mannes. Sie leuchteten im Taschenlampenlicht, nichts hatte den Farben ihre Strahlkraft nehmen können.

»Anna Katharina und Friedrich von Jechow, Mathildes Vorfahren. Email auf Gold, Arbeiten von Peter Boy. Ein kleines Vermögen wert.«

Es verschlug ihr den Atem. Wäre das die Lebensrettung gewesen für Alex, Sophie und Erin?

»Ich wußte nichts davon«, sagte der Graf leise.

Und wenn? dachte Katalina. Hätten Sie es ihnen dann verraten?

6

Vielleicht geht es mir wie deiner Mutter – es gibt Dinge, über die sich nicht sprechen läßt. Ob es mir gelingt, sie wenigstens aufzuschreiben? Hoffentlich. Denn ich möchte nicht mißverstanden werden. Nicht von dir.

Weißt du, daß ihr ein bißchen wie Vater und Sohn ausgesehen habt, der Graf und du? Ich habe euch zugesehen, wie ihr sie auseinandergefaltet habt, die mürben Blätter, auf denen Mathilde aufgeschrieben hat, was war, als der Krieg zu Ende ging. Was habt ihr erwartet? So gehen wahrscheinlich viele Kriege zu Ende – mit der Rache der Sieger. Und jeder Sieger weiß, wie man die Niederlage unvergessen macht – man läßt sie an den Frauen und Kindern des Feindes aus. Die Rechnung geht auf. Immer.

Denn das Schlimmste kommt danach. Das Schlimmste ist der Zweifel in den Gesichtern der besiegten Männer, die heimkehren und nicht mehr die Frauen vorfinden, die sie zurückgelassen haben.

Und dieser Krieg nach dem Krieg pflanzt sich fort bis ins was weiß ich wievielte Glied. Hast du das nicht gespürt?

Deine Mutter hat es gewußt. Sie war eine kluge Frau, und ihr werdet sie womöglich nie verstehen.

Du und der, der dein Vater hätte sein können. Ihr habt das billige Papier mit den Bleistiftspuren behandelt wie eine Reliquie, als ob eure Gebete erhört worden wären. Und ich habe zugeguckt und gewußt, daß nichts, was ihr dort lesen würdet, etwas erklärt oder hilft oder überhaupt nur das ist, was ein Mann über seine Verlobte, ein Sohn über seine Mutter erfahren will. Zumal der Graf etwas anderes hören möchte als du. Und umgekehrt.

Vielleicht wäre es besser gewesen, das alles wäre dort unten liegengeblieben, bis es zu Staub zerfallen ist. Nach euch gibt es keinen mehr, den die Geschichte Mathildes noch etwas angeht.

Doch dann denke ich wieder: es wollte gefunden werden, die Fotografie des Mädchens mit den ernsten Augen, die vielen eng beschriebenen Blätter, die beiden Miniaturen mit den Gesichtern aus einer untergegangenen Welt, die letzten durchsichtigen Fasern einer Rose.

Du wirst mich für verrückt erklären, aber je länger ich darüber nachdenke, desto überzeugter bin ich davon, daß ich Mathildes Anwesenheit gespürt habe, seit ich angekommen bin in Blanckenburg. Mathilde war da. Und Ella, die Köchin. Und der russische Soldat, der Klavier spielte in der Nacht.

Warum sonst drängte alles nach oben, was ich zu vergessen gelernt habe in den vergangenen Jahren? Ich hatte eine Liebe, Gavro. Ich hatte einen Bruder, Milo. Ich hatte Großeltern und ein Haus und Nachbarn in Glogovac. Und Jugendfreunde, die ihren Krieg mit Gavro auf mir austrugen. Ich war der Nebenschauplatz.

Irgend etwas wollte, daß ich mich erinnere.

Lach nicht! So ein alter Steinhaufen saugt Geschichte auf wie ein Schwamm. Und dieses verstaubte Päckchen dort unten in der Krypta … Es *wollte* gefunden werden, unter all dem Schutt und noch nach fast sechzig Jahren.

Weißt du, was mich beschäftigt? Wieso hat Mathilde etwas, das ihr doch offenbar wichtig war, ausgerechnet unter der Ruine der Kirche versteckt? Hat sie immer noch geglaubt, daß es Unvergängliches gibt – obwohl sie doch zugesehen hat, wie eine ganze Welt unterging? Muß man nicht Vertrauen in die Fortdauer haben, wenn man das bißchen, das man der Nachwelt überliefern möchte, ausgerechnet bei den Toten hinterlegt? Totenruhe, auf Jahrhunderte hin. Bei uns zu Hause haben wir das nicht gekannt. Jede Neuerfindung der Zukunft kostete Blutströme in der Gegenwart und forderte das Umdeuten der Vergangenheit. Wen man gestern feierlich zu Grabe getragen hatte, der wurde heute wieder ausgegraben, um morgen woanders verscharrt zu werden. Bei uns ist noch jeder Knochen mehrfach unter die Erde gekommen.

Bei uns? Wo ist das schon. Heimat ist dort, wo die eigenen Toten ruhen, sagte man vor langer Zeit. Für Leute wie mich gilt das nicht – ich weiß von keinem einzigen Menschen, der mir etwas bedeutet hat im Leben, wo er begraben liegt. Merkt man mir das nicht an? Das haben Flüchtlinge so an sich: sie gehen nicht, um an einem anderen Ort anzukommen, und sie kommen nicht, um zu bleiben.

Wie fremd wir einander sind. Hinter dir stehen Jahrhunderte, daran ändert auch das bißchen russische Blut nicht, von dem du behauptest, es habe die uralte Linie deiner Familie aufgefrischt. Wozu? Sie geht mit dir zu Ende.

Ihr hattet beide Hoffnung im Gesicht, der Graf und du. Zuerst, später nicht mehr. Der Graf wollte Mathilde wiedererstehen sehen, wie er sie sich zusammengeträumt hat im Laufe der Zeit: eine Heldin, das auch. Aber vor allem ein Opfer, das Bild der Unschuld. Und zur Unschuld gehören ruchlose Täter, Verbrecher und Barbaren allesamt. Statt dessen ein nüchterner Bericht, über Fedor und Wanja, Männer, keine Unmenschen. Zwar haben auch die wilden Horden noch ihren Auftritt, aber kann man sich darauf verlassen, daß ausgerechnet einer von ihnen es war, der dir zu deinen Augen verholfen hat?

Siehst du: so entstehen Zweifel.

Die Zweifel hätten alles vergiftet. »Alles wäre leichter zu ertragen gewesen, als sie verloren zu haben.« Ich glaube nicht daran. Mathilde wäre bis ans Ende der Tage der Stachel im Fleische ihres Mannes gewesen. Sie ist aus Liebe gegangen – sie wußte, wem sie die Schande ersparen wollte.

Die Schande. Hast du gehört, wie behutsam der Graf den brutalen Sachverhalt benannt hat, dem du dein Leben verdankst? Mathilde sei »geschändet« worden, hat er gesagt. Das ist ein Wort, das Männer benutzen. Männer sagen »entehrt«, weil sie an ihre Ehre denken, sie sagen »geschändet«, weil das, was ihren Frauen angetan wird, ihnen Schande bereitet. Ich ziehe »vergewaltigt« vor. Das kommt von Gewalt antun. Es ist der ehrlichere Begriff.

Und was ist mit dir, fragst du? Sie wollte ihrem edlen Verlobten keinen halbasiatischen Bastard mit Erbberechtigung zumuten, sagst du. Ein Kind, das sie niemals hat lieben können, glaubst du. Warum hätte sie es sonst verlassen, als es fünf Jahre alt war?

Vielleicht, weil sie dir solche Fragen nicht beantworten wollte. Ein Barbar, ein Unhold, das ist dein Erzeuger für den Grafen, es wäre ihm sicher unerträglich, wenn auch nur ein sympathischer Zug an ihm wäre. Aber ist nicht für ein Kind das Gegenteil wichtig, müßte man da nicht hoffen, es wäre Fedor gewesen, den sie zwar nicht geliebt hat, der ihr aber wenigstens keine Gewalt antat? Schließlich soll der kleine Junge ja irgendwann ein Mann werden wollen.

Ja, ich weiß, du wirst dich ewig fragen, ob sie dich geliebt hat. Aber es sieht ganz danach aus.

Und warum sollte sie es nicht getan haben? Es gibt kein Vergewaltiger-Gen, das sich fortpflanzt. Und glaub mir: das mögliche Ergebnis einer Vergewaltigung ist weit weniger schlimm als die Gewalt währenddessen. Und die Demütigungen.

Und vor allem das, was danach kommt.

Das, was danach kommt. Mein Vater kam, ich war im siebten Monat schwanger – von Mirko oder Djonjon, von Slobo oder Vladi oder Kujo. Der eine ist Politiker geworden, er macht seine Sache gut, glaube ich. Nur Djonjon haben sie vor ein Kriegsgericht gestellt. Er soll ein Fachmann im Foltern gewesen sein.

Mein Vater kam. Ich habe meinen Vater nicht oft gesehen. Milo muß ihm etwas gesagt haben, mein Bruder, dessen Vorstellung von Ehre die Vergewaltigung seiner Schwester erträglich fand – nicht aber, daß sie einen liebte, der nicht die richtige Herkunft vorzeigen konnte. Mein Vater kam, er sagte nicht viel. Er hat mir das Kind aus dem Leib getreten, wenn du es genau wissen willst.

Mein Vater, der mir das Leben gegeben hat, hat ein anderes Leben genommen. Ganz nach Belieben.

Dabei war das Kind ein Grund gewesen weiterzuleben. Sie hatten sieben Monate zuvor Gavro abgeholt. Wann er gestorben ist an dem, was sie ihm antaten, habe ich nie erfahren. Das Kind war übrigens ein Junge. Fast wäre ich ebenfalls verblutet, dort unten auf dem Küchenfußboden, unter der Spüle, im Haus meiner Großeltern. Es steht nicht mehr. Sie leben nicht mehr. Aber das sagte ich wohl schon.

Siehst du, das sind die Dinge, über die sich so schwer reden läßt. Natürlich kannst du zweifeln an der Liebe deiner Mutter, so wie der Graf an der Liebe seiner Verlobten zweifelt. Ihr habt beide Anlaß dafür. Aber keinen Grund.

Übrigens: Erinnerst du dich noch, was der Graf gesagt hat, unten in der Krypta, als wir schon gehen wollten, er schien felsenfest davon überzeugt? »Sie ist zurückgekommen nach Blanckenburg, irgendwann. Wir hatten eine Verabredung.«

Wir haben beide das gleiche gedacht, du und ich. Jetzt spinnt er, der Alte.

Aber mir ist etwas aufgefallen, was keiner von euch beiden gemerkt hat. Sie hat drei Miniaturen mitgebracht aus Jechow, schreibt sie. Aber eine lag nicht mehr unter dem Stein beim Grab von Gawan dem Finsteren: das Bild von ihm, das Gregor ihr geschenkt hatte. Pastell auf Elfenbein, Rosalba Carriera.

Mathilde ist zurückgekommen. Sie hat ihr Versprechen gehalten.

7

Brockenzeitung, 2. Juni 2004

Mordfälle von Schloß Blanckenburg aufgeklärt

Der Millionenbetrüger Peer Gundson hat sich den Behörden gestellt. Der Mann sei völlig verwahrlost gewesen, meldet die Polizei. Gundson, ein Bankmanager aus Berlin, hat seine Bank und viele ihrer Privatkunden um ein Millionenvermögen betrogen. In einem ersten Verhör gestand er, seine Lebensgefährtin und deren Geliebten getötet und Feuer auf Schloß Blanckenburg gelegt zu haben. Als Grund gab er Eifersucht an und die Ausweglosigkeit seiner Lage.

Der tragische Fall hat mit der Schwester und Ehefrau der Ermordeten ein weiteres Opfer gefordert. Graf v. Hartenfels, der heute wieder auf Schloß Blanckenburg wohnt, entkam dem Flammeninferno dank seines Adoptivsohnes Moritz v. Bergen, eines bekannten Altertumsforschers.

Dank

Es gibt in diesem Buch Anleihen an die Wirklichkeit: den Fluchtweg Mathildes habe ich zumindest mit dem Finger auf der Landkarte nachvollzogen, und Schloß Blanckenburg hat ein Vorbild. Die Anregung, ausgerechnet ein verfallenes Schloß in Sachsen-Anhalt am Rande des Harzes zum Tatort zu machen, verdanke ich einem Artikel von Matthias Grünzig in der FAZ. Für seine Gastfreundschaft auf dem »wirklichen« Schloß Blankenburg danke ich Manfred Schneider.

Abgesehen davon sind die Personen und ihre Geschichte frei erfunden.

Es gibt Menschen, denen das Manuskript viel verdankt, insbesondere Reinhard Jahn, Christian Schneider und Rudolf Westenberger, aber auch Maria Stephan und Ulrike Ackermann. Die Briefe meiner Mutter an ihren Mann in französischer Gefangenschaft, vor allem aber auch die Erinnerungen der Anonyma »Eine Frau in Berlin« (Frankfurt a. M. 2003) sowie die Pionierarbeit von Helke Sander »BeFreier und Befreite« (mit Barbara Johr, München 1992) haben mich berührt und inspiriert.

Auf die Debatte um die Varusschlacht machten mich Malachy Hyde (Karola Hagemann und Ilka Stitz) aufmerksam. Für viele praktische Hinweise aus dem tierärztlichen Leben danke ich Karin und Wilhelm Biedenkapp-Raabe und Jürgen G. Heß – und besonders schön war, daß jeder Hilferuf an die Mailing-Liste des »Syndikats« beantwortet wurde: danke für die Expertisen von

Renate Klöppel, Oliver Buslau, Peter Heilmann, Angela Eßer und Rebecca Gablé.

Theodor Storms Gedicht »Tiefe Schatten«, das mein Vater gern und oft vorgetragen hat, ist zitiert nach Theodor Storms »Sämtlichen Werken«, 8. Aufl. 1995, Band 1, S. 183 ff.

John Donnes »Legacy« (Das Vermächtnis) habe ich der Ausgabe von Wolfgang Breitwieser entnommen: »Hier lieg ich von der Lieb erschlagen«, 3. Aufl. Frankfurt am Main 2000, S. 36.

Susanne Mischke

Das dunkle Haus am Meer

Roman. 269 Seiten. Serie Piper

Aus Mangel an Beweisen wurde ihr Freund Paul im Mordfall an der jungen Frau freigesprochen. Helen vertraut ihm, und jetzt möchte sie in Saint-Muriel, in ihrem einsamen Haus an der wildromantischen bretonischen Küste, nur noch die Schrecken des letzten Jahres hinter sich lassen. Doch um das dunkle Haus am Meer ranken sich Gerüchte und uralte Geschichten, und auch Paul und Helen holt die Vergangenheit schneller ein, als ihnen lieb ist …

Susanne Mischkes neuer, schaurig schöner Kriminalroman.

»Eine faszinierende schlüssige Geschichte, kunstvoll erzählt. Nicht nur für Bretagnesüchtige.«

Buchkultur

05/1666/01/L

Susanne Mischke

Wölfe und Lämmer

Kriminalroman. 304 Seiten. Serie Piper

Ein abgeschiedener Gutshof im Norddeutschen und seine vier Bewohner. Ein abgelegenes Paradies, in dem jeder versucht, seine Träume zu leben: Barbara, die nur allzugern den Frauenheld Hannes heiraten würde. Und Robin, der verhinderte Schriftsteller, den angeblich nur seine Freundin Klara von seinem großen Roman abhält. Bis eines Tages die undurchschaubare Nasrin auftaucht. Nasrin, die vorgibt, in Todesangst vor ihrer Familie zu fliehen. Die vier nehmen sie auf – aber schon bald gibt es das erste Todesopfer, einen Fremden, den Nasrin noch nie gesehen haben will …

»Bei Susanne Mischke kommen Krimi-Fans ganz schön ins Schwitzen.«

Münchner Merkur

05/1903/01/R

SERIE PIPER

Karin Fossum

Dunkler Schlaf

Roman. Aus dem Norwegischen von Gabriele Haefs. 263 Seiten. Serie Piper

Sie gehört zu den Meisterinnen ihres Genres: die Norwegerin Karin Fossum. In diesem packenden Kriminalroman recherchiert der wortkarge Kommissar Konrad Sejer den Fall der sonderbaren Irma Funder: In deren Keller liegt ein sterbender junger Mann – und für Sejer beginnt ein Wettlauf gegen die Zeit, den er nicht gewinnen kann … Ein fesselndes Psychogramm, in dem sich die Grenzen zwischen Opfer und Täter immer mehr verwischen.

»Seit Jahren schon erweist sich Karin Fossum mit ihren anspruchsvollen, lebensklugen Sozialthrillern als ebenbürtige Kollegin von Henning Mankell.«
Der Spiegel

05/1482/01/L

Karin Fossum

Schwarze Sekunden

Roman. Aus dem Norwegischen von Gabriele Haefs. 300 Seiten. Serie Piper

Die schwarzen Sekunden der Septembernacht dehnen sich unerträglich, während Kommissar Sejer verzweifelt die verschwundene Ida Joner sucht. Ist der autistische Emil Johansson ihr unergründlicher, grausamer Mörder? Psychologische Finesse und höchste Spannung prägen den neuen Kriminalroman der preisgekrönten Autorin Karin Fossum.

»Meisterhaft schildert Karin Fossum die Katakomben der menschlichen Psyche. Ein Nervenzerrspiel, dessen Plot über die letzte Seite hinaus verstört.«
Facts

05/1773/01/R

Arne Dahl

Misterioso

Kriminalroman. Aus dem Schwedischen von Maike Dörries. 345 Seiten. Serie Piper

Kaum ist Paul Hjelm, Inspektor der Stockholmer Polizei, zur Sondereinheit für besonders schwierige Fälle berufen worden, da hat er es schon mit einem kaltblütigen Serienmörder zu tun: drei unbescholtene Geschäftsleute – hingerichtet mit Kopfschüssen aus nächster Nähe, nach einem präzisen Ritual. Eine erste Spur, die zu einer Geheimloge führt, erweist sich als Sackgasse. Ist womöglich die russische Mafia in die Morde verwickelt? Doch dann die heiße Spur: ein Jazzstück mit dem bezeichnenden Titel »Misterioso« …

»Sein Erzählstil ist dicht, seine Figuren sind glaubwürdig gezeichnet, seine Geschichte gut durchdacht und geschickt konstruiert.«

Westdeutsche Zeitung

05/1525/01/L

Arne Dahl

Falsche Opfer

Kriminalroman. Aus dem Schwedischen von Wolfgang Butt. 388 Seiten. Serie Piper

Der brutale Mord an einem Stockholmer Restaurantbesucher, ein Zeuge, der nichts gesehen haben will, die unerklärliche Bombenexplosion in einem Hochsicherheitsgefängnis und ein tödlicher Bandenkrieg – nach seinen Bestsellern »Misterioso« und »Böses Blut« gelingt Arne Dahl ein glänzender neuer Fall um seine Sonderermittler Paul Hjelm und Kerstin Holm.

»Der vielgelobte Schwede Arne Dahl ist ein scharfer Kritiker sozialer Zustände, zudem ein packender Erzähler und auf dem besten Weg, Altmeister Henning Mankell zu entthronen.«

Der Standard

05/1900/01/R

Anne Holt, Berit Reiss-Andersen

Das letzte Mahl

Roman. Aus dem Norwegischen von Gabriele Haefs. 427 Seiten. Serie Piper

Der grausame Mord an dem Osloer Restaurantchef Ziegler stellt Hanne Wilhelmsen und Billy T. vor ein Rätsel: Wer hat ihm das edle japanische Messer in die Brust gestoßen? Und was hat es mit dem unvollendeten kunstvollen Mosaik in Zieglers Wohnung auf sich? Nach dem tragischen Tod ihrer Freundin Cecilie ist Hanne endlich nach Oslo zurückgekehrt. Nur zögernd wird sie von ihren Kollegen wieder akzeptiert, bis sie diese vor einem schwerwiegenden Fehler bewahrt und den Mord aufklären kann.

»Ein Roman, der gleichzeitig so fesselt, daß man ihn verschlingt, aber doch so nachhaltig beschäftigt, daß man ihn nicht vergißt.«
Stadtmagazin Hannover

05/1771/01/L

Anne Holt

Das einzige Kind

Roman. Aus dem Norwegischen von Gabriele Haefs. 294 Seiten. Serie Piper

»Olav ist zwölf Jahre alt, chronisch hungrig, unglaublich fett und sehr unglücklich. Er ist ›das einzige Kind‹ seiner geliebten und gequälten Mutter, die ihn fürchtet. So landet er schließlich im Kinderheim ›Frühlingssonne‹. Dort führt Agnes Vestavik zwar ein strenges Regiment, überblickt aber nicht die Situation. Folglich stirbt sie, mit einem Messer im Rücken. Gleichzeitig verschwindet Olav. Und Hauptkommissarin Wilhelmsen weigert sich verzweifelt, ein zwölfjähriges Kind des Mordes zu verdächtigen. Sehr spröde erzählt sie ihre dunkle und spannende Story, bespielt den Plot nach allen Regeln der Schreibkunst – eine präzise, düstere Romancienne mit kriminellen Neigungen. Ihr drittes Buch ist schon eine schöne Geschichte. Ihre schönste bis jetzt.«
Hamburger Abendblatt

05/1052/01/R

Krystyna Kuhn

Die vierte Tochter

Kriminalroman. 283 Seiten. Serie Piper

Verlieben will Franka sich so schnell nicht wieder, das steht nach der Pleite mit Magnus fest. Ihr Job als Grabforscherin ist schließlich aufregend genug: Sie kann in den Knochen lesen wie in einem Buch, sie kann Alter, Abstammung, Ernährung und Todesursache erkennen. Doch dann liegt plötzlich keine anonyme Leiche vor ihr, sondern eine schlanke Frau mit hüftlangem Haar – und ausgerechnet Franka hat sie als letzte lebend gesehen. Die Fremde bestand darauf, eine Urenkelin der Kaiserin Sisi zu sein ... Mit Tempo, Spannung und doppelbödigem Humor zieht Krystyna Kuhn den Leser in den Bann ihres neuen Romans.

»Krystyna Kuhn schreibt mit Witz, Charme und Leichtigkeit. Ihr Krimi bringt nicht nur das Zwerchfell, sondern auch die Gehirnzellen in Schwung.«
Marie Claire

05/1683/01/L

Elfie Donnelly

Kein einziges Wort

Roman. 187 Seiten. Serie Piper

Stella Norden, die attraktive Wiener Bestattungsunternehmerin aus der norddeutschen Provinz, widmet sich nach dem Unfalltod von Mann und Sohn ganz ihrem Beruf – und dem Tango. Diese Leidenschaft verbindet die scheue Schöne mit dem rundlichen Kommissar Strecker, zweimal in der Woche. Als der Tanz zum Tango mortale wird und aus der Gruppe die lebenslustige und immer flirtende Dorothea Griester tot aufgefunden wird, beginnt für Stella ein Wettlauf gegen die Zeit, denn nur sie glaubt, daß es kein Unfall war ... Ein packender Krimi über die Frage: Beendet der Tod die Schuld?

05/1339/01/R

SERIE PIPER

SERIE PIPER

Christoph Spielberg
Die russische Spende
Roman. 319 Seiten. Serie Piper

Berlin, ein warmer Sommerabend. Stationsarzt Dr. Felix Hoffmann will es sich gerade vor dem Fernseher gemütlich machen, da wird er zum Nachtdienst gerufen. Und um seine Laune vollends zu verderben, liefern die Sanitäter einen Notfall ein. Dr. Hoffmann kann nur noch den Totenschein ausstellen. Am nächsten Morgen ist der Totenschein verschwunden, und einige Tage später wird der Verwaltungsdirektor der Klinik, Dr. Bredow, erhängt aufgefunden … Die Krankenhausmisere bildet den Hintergrund dieses Kriminalromans, in dem die Russen-Mafia mehr als nur ihre Finger im Spiel hat.

»Dies ist nicht nur ein ebenso kurzweiliger wie intelligenter Roman, sondern auch eine hochwillkommene Ideeninjektion für die deutsche Krimilandschaft, die Christoph Spielberg völlig zu Recht den Friedrich-Glauser-Preis beschert hat.«
Volker Isfort, Abendzeitung

05/1338/03/L

Christoph Spielberg
Denn wer zuletzt stirbt
Roman. 248 Seiten. Serie Piper

»Jeder Mensch hat das Recht zu sterben!« Da muß Dr. Felix Hoffmann, der in der Humana-Klinik nun die Abteilung für die Nachsorge meist alter Menschen leitet, seiner betagten Tante zustimmen. Doch er kann nicht an Zufall glauben, als ihm der Kauf einer Wohnung angeboten wird, die genau dem Patienten gehört, den er gerade erst erfolgreich ins Leben zurückgeholt hat. Als er dieser Spur folgt, muß er erkennen, daß hier jemand mit großer krimineller Energie Profit aus dem Ableben alter Menschen schlägt. Und zwar jemand, der nicht gewillt ist, sich dabei von Dr. Hoffmann stören zu lassen. – Ein spannender und hochauthentischer Krankenhaus-Krimi eines Insiders.

»Dr. Hoffmann ermittelt auch in unserer eigenen Sache. Und er macht es mit für deutsche Verhältnisse erstaunlicher Ironie und Lakonie.«
Andrea Fischer, Der Tagesspiegel

05/1429/03/R

Daniel Silva

Double Cross – Falsches Spiel

Roman. Aus dem Amerikanischen von Reiner Pfleiderer. 568 Seiten. Serie Piper

Operation Mulberry: so lautete das Codewort für die alliierte Invasion in der Normandie und war das bestgehütete Geheimnis des Zweiten Weltkriegs. Als der englische Geheimdienst meint, alle deutschen Spione enttarnt und umgedreht zu haben, setzt die deutsche Abwehr ihre attraktivste Geheimwaffe ein: Catherine Blake, Top-Agentin, eiskalt und brillant. Mit atemberaubender Präzision geht sie auf die Jagd nach den alliierten Plänen. Auf der Gegenseite wurde, von Churchill persönlich, der Geschichtsprofessor und geniale Analytiker Alfred Vicary eingesetzt – ihr absolut ebenbürtiger Gegenspieler, der in letzter Minute entdeckt, daß es ein zweites deutsches Spionagenetz gibt. Catherine Blake ist in seiner nächsten Nähe … Daniel Silva verdichtet den teuflischen Wettlauf mit der Zeit, als das Schicksal Europas auf des Messers Schneide steht, zu einem rasanten Thriller.

05/1144/01/L

Daniel Silva

Der Maler

Roman. Aus dem Amerikanischen von Wulf Bergner. 487 Seiten. Serie Piper

Vor der amerikanischen Ostküste explodiert eine vollbesetzte Boeing 747. Michael Osbourne, erfahrener CIA-Agent und Terrorismusexperte, glaubt die Handschrift des Täters zu kennen. Gegen den Willen seiner Vorgesetzten verfolgt er dessen Spur – und gerät in ein tödliches Netz aus Macht, Intrigen und persönlicher Rache. Wieder beweist Daniel Silva seine Meisterschaft als einer der besten zeitgenössischen Autoren von Politthrillern.

»Eine dramaturgisch perfekt durchkonstruierte Geschichte, die virtuos gängige Thriller-Strukturen variiert. Ein eminent spannendes, nachtfüllendes Abenteuer.«
Die Welt

05/1445/01/R

SERIE PIPER